W0217758

HEYNE

SCIENCE FICTION

STAR TREK©-SEKTION 31:

Bd. 1: *S. D. Perry:* Der dunkle Plan · 06/5706
Bd. 2: *Andy Mangels/Michael A. Martin:* Die Verschwörung · 06/5769
Bd. 3: *David Weddle/Jeffrey Lang:* Der Abgrund · 06/5729
Bd. 4: *Dean Wesley Smith/Kristine Kathryn Rusch:* Der Schatten · 06/5821

Ein Verzeichnis aller weiteren im HEYNE VERLAG erschienenen STAR-TREK©-Romane finden Sie am Schluss des Bandes.

S. D. PERRY

STAR TREK
CLASSIC

SEKTION 31™
DER DUNKLE PLAN

Roman

Star Trek®
Classic
Band 106

Deutsche Erstausgabe

WILHELM HEYNE VERLAG
MÜNCHEN

HEYNE SCIENCE FICTION & FANTASY
Band 06/5706

Titel der amerikanischen Originalausgabe
SECTION 31: CLOAK
Deutsche Übersetzung von Andreas Brandhorst

Umwelthinweis:
Dieses Buch wurde auf chlor- und säurefreiem Papier gedruckt.

Redaktion: Rainer Michael Rahn

Erstausgabe by Pocket Books/Simon & Schuster Inc., New York

http://www.heyne.de
Printed in Germany 2002
Umschlagbild: Pocket Books/Simon & Schuster, New York
Umschlaggestaltung: Nele Schütz Design, München
Technische Betreuung: M. Spinola
Satz: Schaber Satz- und Datentechnik, Wels
Druck und Bindung: Ebner & Spiegel, Ulm

ISBN 3-453-21362-9

Für die Autoren der klassischen Serie,
die Geschichte schrieben

Lass uns gemeinsam durchstreifen dieses große Feld,
um zu sehen was das Offene und Verborgene enthält.

Alexander Pope

PROLOG

Jack Casden erlebte einen Albtraum, aus dem es kein Erwachen gab, weil er nicht schlief. Er war allein auf der Brücke, vom Rest des Schiffes abgeschnitten, und nichts reagierte auf seine Kommandos – in dieser Horrorvision fehlte nur noch irgendein abscheuliches Ungeheuer. Aber Casden wusste, dass Ungeheuer viele Gestalten hatten und ebenso menschlich wirken konnten wie er selbst. Das immer lauter werdende Heulen des Warptriebwerks vervollständigte den Albtraum: Es durchdrang Wände und Boden, wies ihn darauf hin, dass es jetzt nicht mehr lange dauerte. Höchstens noch eine Stunde. Dann war er tot.

Casden holte tief Luft, ein weiterer Atemzug, der sein Leben ein wenig verlängerte. Niemand reagierte mehr auf seine Kom-Signale. Der letzte Kontakt lag vierzig Minuten zurück und betraf einen sterbenden Fähnrich, eine junge Frau, die in ihrem Quartier eingeschlossen war. Allein der Gedanke daran erfüllte ihn mit Übelkeit und ließ ihn müde werden. Nun, er zweifelte nicht daran, dass er bald schlafen würde, und zwar für immer. Die Frage lautete nur noch, wer länger durchhielt, die Luft oder das Schiff.

War es die Sache wert? War sie es wert, alles zu verlieren und allein mitten im Nichts zu sterben?

Es gab keine Antwort – die Frage war so absurd wie seine Situation. Wenn er es vorausgesehen und nicht so überstürzt agiert hätte, wenn er bereit gewesen wäre, während eines früheren Stadiums seiner beruflichen

Laufbahn über Politik nachzudenken ... Hier und heute war es sinnlos, darüber zu grübeln, auf welche Weise er eine derartige Entwicklung hätte verhindern können. Damit schürte er das Feuer des Zorns und ihm blieb nur seine Selbstbeherrschung, sonst nichts. Alles andere – das Schiff, die Crew, sein Ruf – war verloren, wegen seiner Fehler und jener Männer und Frauen, die sie ausgenutzt hatten.

Es wurde immer kälter und Casden zitterte, ging noch einmal die Theorien und Pläne durch, die er bereits als unmöglich verworfen hatte. Es gab nichts anderes für ihn zu tun, abgesehen davon aufzugeben. Der Bordcomputer nahm keine Anweisungen von ihm entgegen. Die Brückenkontrollen waren blockiert und das Subraum-Kommunikationssystem so stark beschädigt, dass es nicht repariert werden konnte. Selbst wenn es eine Möglichkeit für ihn gegeben hätte, einen Bericht über die Ereignisse aufzuzeichnen und sich zu rechtfertigen – er wusste, dass das Schiff bereits mit Warp fünf oder sechs flog. Entweder würde es auseinander platzen oder explodieren. Bestimmt blieb nichts davon übrig, so oder so.

Das Lebenserhaltungssystem der Brücke war als letztes deaktiviert worden, was bedeutete: Von der Besatzung lebte niemand mehr. Casden wollte nicht darüber nachdenken. Ihm lag nichts daran, die letzten Momente seines Lebens in Verzweiflung zu verbringen. Aber es konnte kein Zweifel bestehen an seiner Verantwortung, die nun zu seinem Leichentuch werden würde. Sechsunddreißig Männer und Frauen, die während der letzten vier Jahre seine Familie gewesen waren – gefangen und erstickt. Und das alles wegen seiner Unfähigkeit, die Wahrheit zu akzeptieren. Er hatte die Augen erst geöffnet, als es bereits zu spät war.

Hinter ihm zischte es, als sich die Tür des Turbolifts öffnete, und dort stand er, der unwillkommene Passagier, mit dem Phaser in der Hand. Ein Sauerstofffilter bedeckte die untere Gesichtshälfte, und in den dunkelblauen Augen darüber glitzerte eine heuchlerische Entschuldigung.

Von der Station …

»Es tut mir leid«, sagte er und Casden handelte, ohne nachzudenken. Er stürmte dem Mistkerl entgegen, von der kalten Entschlossenheit erfasst, den Schöpfer des Albtraums zu erledigen. Sein eigenes Leben spielte kaum mehr eine Rolle angesichts des Schreckens, für den er mitverantwortlich war.

1

CAPTAINS LOGBUCH, STERNZEIT 5462.1:

Wir haben unsere Untersuchungen am Rand des Lantaru-Sektors beendet, der seit kurzer Zeit zum stellaren Territorium der Föderation gehört, und kehren nun in dichter bevölkerte Raumbereiche zurück. In zwei Tagen findet auf der Deep Space Station M-20 eine wissenschaftliche Konferenz statt. Die wissenschaftlichen Offiziere und Chefingenieure der meisten Raumschiffe im Quadranten nehmen daran teil, außerdem auch einige bekannte Forscher der Föderation.

Dr. McCoy und seine medizinischen Mitarbeiter haben mit den halbjährlichen Untersuchungen der Besatzungsmitglieder begonnen. Innerhalb einer Woche erwarte ich den ersten Bericht.

Auf der Brücke der *Enterprise* lehnte sich Captain James T. Kirk im Kommandosessel zurück, froh darüber, keine weitere Untersuchung ertragen zu müssen. Manchmal hatte er den Eindruck, er müsse sich jeden Monat in der Krankenstation einfinden, um dort auf Herz und Nieren überprüft zu werden. Er verabscheute es, irgendwelchen Apparaten im wahrsten Sinne des Wortes Einblick in sein Innerstes zu gewähren. Diesmal brauchte er in dieser Hinsicht nichts zu befürchten: Nach dem Zwischenfall mit dem Interphasen-Phänomen und den Tholianern vor einigen Wochen war er gründlich überprüft worden und Pille hatte ihn für kerngesund erklärt.

Abgesehen davon, dass ich angeblich überarbeitet bin, dachte Kirk und blickte geistesabwesend zu den Sternen, die wie träge über den Wandschirm glitten – derzeit flog die *Enterprise* mit Warp vier. Dieser Punkt tauchte in McCoys Berichten immer wieder auf. Pille wurde nicht müde, darauf hinzuweisen, dass etwas Dramatisches und Schreckliches geschehen würde, wenn sich der Captain der *Enterprise* nicht endlich einen Urlaub gönnte. Kirk wies bei solchen Gelegenheiten darauf hin, dass der Bordarzt seit ebenso langer Zeit auf Ferien verzichtete, aber irgendwie gelang es McCoy immer, diese Worte zu überhören. Sturer als er konnte kaum jemand sein.

Kirk lächelte, als er daran dachte, dass McCoys Hartnäckigkeit Bewunderung verdiente. Die wissenschaftliche Konferenz würde ihnen beiden Gelegenheit geben, einige Tage auszuspannen. Es ging hauptsächlich um die Entwicklung von neuen Energiequellen in der Föderation, ein Thema, das eher in den Zuständigkeitsbereich von Spock und Scotty fiel. Selbst mit Warp vier würden sie ihr Ziel einen halben Tag zu früh erreichen, und eigentlich gab es dort nichts für sie zu tun. Wie auch immer Pille die Sache sah: Kirk wusste, dass ihm ein Tapetenwechsel gut tun würde, ganz zu schweigen davon, dass er vielleicht Gelegenheit bekam, einige Kollegen zu treffen. In Hinsicht auf Commodore Mendez war er nicht sicher, aber Bob Wesleys Schiff sollte sich eigentlich in diesem Raumsektor befinden und er hatte gehört, dass Gage Darres zur Crew von M-20 gehörte. Er freute sich darauf, einige bekannte Gesichter wiederzusehen …

»Captain, ich empfange Signale von einem Föderationsschiff …«

Lieutenant Uhuras Stimme ertönte hinter Kirk, klang so ruhig und beherrscht wie immer. Aber eine gewisse Anspannung darin weckte den Captain aus seinen Träumereien.

»Es handelt sich um den automatischen Notruf der U.S.S. *Sphinx,* Alarmstufe Rot, Katastrophenstatus«, sagte Uhura.

Kirk stand auf. Spocks Hände glitten bereits über die Kontrollen der wissenschaftlichen Station und rejustierten die Sensoren, um nach dem Schiff zu suchen.

Der automatische Notruf wurde nur dann aktiv, wenn es niemanden gab, der eine Aktivierung verhindern konnte. In Gedanken ging Kirk die verschiedenen Möglichkeiten durch und keine einzige von ihnen gefiel ihm. *Eine Seuche an Bord. Übernahme durch einen Feind. Entweichende Antimaterie. Noch ein verdammter Planeten-Killer …*

»U.S.S. *Sphinx,* Centaurus-Klasse, kommandiert von Captain Jack Casden«, sagte Uhura.

»Wie viele Besatzungsmitglieder?«, fragte Kirk und spürte eine gewisse Erleichterung. Schiffe der Centaurus-Klasse wurden für Scout-Einsätze oder den Transport von Botschaftern eingesetzt, gelegentlich auch bei einfachen wissenschaftlichen Erkundungen. Sie waren vor allem schnell und gehörten zu den kleinsten mit Warppotential ausgestatteten Schiffen der Föderation. Mehr als hundert Personen konnte ein Raumer der Centaurus-Klasse nicht befördern.

»Laut der Starfleet-Dateien besteht die Crew aus insgesamt siebenunddreißig Personen, Sir.«

»Geschwindigkeit und Kurs?«, fragte Kirk. Er trat vor und sah über Sulus Schulter.

»Die *Sphinx* fliegt mit … Warp sieben und kommt aus dem Lantaru-Sektor«, sagte Sulu. »Kurs zwei zwei eins Komma drei fünf.«

Verdammt. Das Schiff flog in Richtung einiger ziviler

Kolonien im Ramatis-System. Wenn es die gegenwärtige Geschwindigkeit beibehielt, erreichte es sie in weniger als einer Stunde.

»Können Sie einen Kontakt herstellen?«, fragte Kirk und wandte sich an Uhura. Mit der einen Hand hielt sie das Kom-Modul ans Ohr, mit der anderen bediente sie die Kontrollen.

»Negativ, Sir. Die Subraum-Empfangsmodule reagieren nicht.«

Spock beugte sich über die Displays seiner Station. »Die Sensoren registrieren eine Art Schweif aus Warpplasma und Trümmerstücken hinter dem Schiff.« Der Vulkanier richtete sich auf und sah zu Kirk. »Captain, die *Sphinx* beschleunigt nach wie vor. Sie fliegt jetzt mit Warp acht und wird in drei Minuten und zweiundzwanzig Sekunden Warp neun erreichen.«

Schiffe der Centaurus-Klasse sollten schnell sein, aber nicht so schnell. Die *Sphinx* war beschädigt und außer Kontrolle. Ohne den aktuellen Status der Crew zu kennen, durften sie es nicht riskieren, das Schiff noch mehr zu beschädigen. Aber sie konnten auch nicht zulassen, dass es die Kolonien im Ramatis-System erreichte. Wenn es dort zu einer verheerenden Explosion kam …

Kirk kehrte zum Kommandosessel zurück und begriff, dass er wertvolle Zeit verlor, wenn er weiterhin über die verschiedenen Möglichkeiten nachdachte. Eine knappe Minute war vergangen, seit ihn Uhura auf den Notruf hingewiesen hatte, und wenn er nicht sofort handelte, mochte das den Tod für Captain Casden und seine Crew bedeuten. Falls sie noch lebten – doch um nach Lebensformen an Bord zu scannen, mussten sie näher heran.

Wir müssen den Warptransfer der Sphinx *irgendwie beenden.* Gedankenfragmente zogen durch Kirks Selbst, und einer davon führte zu einer Idee.

»Mr. Spock, angenommen, wir können unsere Geschwindigkeit der des anderen Schiffes anpassen – wäre es dann möglich, die *Sphinx* mit einem Traktorstrahl abzubremsen?«

»Das lässt sich nur bei einer exakten Anpassung bewerkstelligen«, erwiderte Spock. »Der geringste Unterschied …«

Kirk hatte bereits genug gehört. »Mr. Chekov, gehen Sie auf Parallelkurs.« Dieser Plan mochte riskant sein, aber er war immer noch besser als gar keiner. Und wenn ihn jemand durchführen konnte, so seine Leute. »Mr. Spock, Mr. Sulu, koordinieren Sie Ihre Arbeit mit Mr. Scott. Wir versuchen, die *Sphinx* aus dem Subraum zu holen. Lieutenant Uhura, bemühen Sie sich auch weiterhin, einen Kom-Kontakt herzustellen.«

Kirk nahm im Kommandosessel Platz und betätigte eine Taste in der Armlehne.

»Kirk an Maschinenraum. Wir haben ein Problem, Scotty.«

»Sie wollen *was?*«

Scotty stand neben dem Interkom an der Wand, die eine Hand an den Kontrollen, und er spürte ein vertrautes flaues Gefühl in der Magengrube, hervorgerufen von den Worten des Captains. Lieber Himmel, was dachte sich Kirk nur? Glaubte er vielleicht, die *Enterprise* bestünde aus Neutronium?

»Sie haben mich richtig verstanden. Spock schickt Ihnen die Daten und die Navigation ist in Bereitschaft.«

Scotty schüttelte den Kopf. Die pulsierenden Lichter der Reaktionskammer ließen den Schatten zu seinen Füßen hin und her tanzen. »Captain, ich kann dieses Schiff zwar auf eine so hohe Geschwindigkeit bringen, sie aber nicht lange genug beibehalten, um den Traktorstrahl einzusetzen …«

»Ja, ich weiß, dass es unmöglich ist«, erwiderte Kirk. »Und je länger wir warten, desto schlimmer wird's. Ergreifen Sie alle notwendigen Maßnahmen, und zwar *sofort.*«

»Aye, Sir, Scott Ende.« Der Chefingenieur drehte sich um und sah Grant und Washburn an. In ihren Gesichtern bemerkte er die gleiche schmerzerfüllte Sorge, die auch in seiner eigenen Miene zum Ausdruck kommen musste. Seit der Mittagspause bestand die Crew des Maschinenraums nur aus ihnen. Tam und Dixon überprüften das Impulstriebwerk und der Dienst von Celaux begann erst in einer halben Stunde.

»Sie haben den Captain gehört. Mr. Washburn, nehmen Sie Mr. Spocks Daten in Empfang und geben Sie sie ein. Kümmern Sie sich anschließend um die Reaktionskammer und behalten Sie den Energiefluss im Auge. Informieren Sie Celaux, wenn Sie fertig sind. Sie soll sich die Prioritätssysteme und die sekundären Schaltkreise vornehmen.«

Scotty schritt zu den Anzeigen des Warptriebwerks und wandte sich über die Schulter hinweg an Grant. »Für den Traktorstrahl müssen wir die Reserve der Phaserbatterien anzapfen. Bereiten Sie die energetischen Transferleitungen vor, während ich versuche, zusätzliche Energie aus den Schilden zu gewinnen ...«

»Sir, das Rendezvousmanöver ist programmiert«, meldete Washburn. »Das andere Schiff fliegt jetzt mit ... acht sieben vier.«

»Entfernung?«

»Exakt 61 280 Milliarden Kilometer. Die Distanz schrumpft.«

»Geschwindigkeitsabgleich?«

Washburn zögerte. »Äh ... bei zweiundsechzig Millionen Kilometern.«

»Teilen Sie der Navigation mit, dass wir dass Rendezvousmanöver bei acht acht fünf durchführen«, sagte Scotty und tief in ihm verkrampfte sich etwas. »Mr. Spock soll sich um die Feinabstimmung kümmern – wir haben hier schon genug zu tun.« Die Brückencrew musste sehr sorgfältige Arbeit leisten, bis auf die letzte Millisekunde abgestimmt. Die *Enterprise* konnte zwar bis auf Warp neun Komma fünf beschleunigen, ohne dass es zu strukturellen Schäden kam, aber diese Geschwindigkeit ließ sich nicht auf Dauer beibehalten, erst recht nicht mit einem aktiven Traktorstrahl. Scott hätte sogar die Lebenserhaltungssysteme deaktivieren müssen, um genug Energie zu bekommen, und dazu war er nicht bereit. Hinzu kam: Das energetische Niveau der *Enterprise* reichte nur für einen Versuch. Auch wenn der Captain mit noch so viel Nachdruck mehr Energie forderte – sie ließ sich nicht herbeizaubern.

Lieutenant Uhuras melodische Stimme ertönte überall an Bord aus den Interkom-Lautsprechern und verkündete Alarmstufe Gelb. Scotty achtete nicht darauf, betätigte Schaltelemente und sah auf den Monitor, der ihm die gegenwärtige energetische Struktur der Schilde zeigte. Ein Teil von ihm betete für die *Sphinx* und ihre Crew. Ein anderer Teil glaubte, dass sich die Personen an Bord des in Not geratenen Raumers glücklich schätzen durften: Wenn es in der Galaxis ein Schiff gab, das sie retten konnte, so war es die *Enterprise*.

»Zwanzig Sekunden, Mr. Sulu«, sagte Spock.

Hikaru Sulus Finger schwebten über den Kontrollen des Warptriebwerks. Er beobachtete die wissenschaftlichen Daten, die durch ein Display glitten, lauschte gleichzeitig dem Countdown des Vulkaniers. Der Maschinenraum hatte darauf hingewiesen, dass die *Enterprise* bereit war, wenn die *Sphinx* eine Geschwindigkeit von Warp acht Komma acht fünf erreichte. Rick Washburn und Spock hatten die Daten Chekov übermittelt, der den Navigationscomputer damit programmierte und eine geringfügige Kurskorrektur vornahm. Sulu wusste, dass er den Berechnungen vertrauen konnte, aber er hätte sie trotzdem gern überprüft. Immerhin stand ein sehr schwieriges Manöver bevor.

»Sechzehn ... fünfzehn ...«

Die *Enterprise* würde in den Warptransit springen, kurz bevor die *Sphinx* an ihr vorbeiflog. Normalerweise wäre es nicht sonderlich schwer gewesen, die Geschwindigkeit der *Enterprise* der eines anderen Schiffes anzupassen, aber Sulu wusste, dass die Beschleunigung in diesem Fall das gesamte energetische Potential erforderte, was für ihn bedeutete: Er durfte sich nicht den kleinsten Fehler leisten.

»Elf ... zehn ...«

Eine Haarsträhne fiel Sulu in die Stirn, aber er achtete nicht darauf, konzentrierte sich ganz auf seine Aufgabe. Er hörte nur noch Spocks ruhige Stimme und sah die Daten im Display – sie wiesen auf die abnehmende Entfernung zwischen den beiden Raumschiffen hin. Scott stellte die Energie zur Verfügung, Spock richtete den Traktorstrahl aus, der Captain gab die Anweisungen und Sulu ... Er musste die *Enterprise* steuern, sie an die Seite der *Sphinx* bringen, nahe genug, um das andere Schiff vor der völligen Vernichtung zu bewahren.

»Drei ... zwei ... eins. Warptransfer einleiten, Mr. Sulu.«

Die Finger des Navigators berührten Schaltelemente und die *Enterprise* sauste los. Die Sterne auf dem Wandschirm verwandelten sich in Streifen und das dumpfe Summen des Warptriebwerks schwoll an, durchdrang Decks und Wände.

Eine halbe Sekunde später erschien die *Sphinx* im zentralen Projektionsfeld und Sulu stellte voller Stolz fest: Das kleine Schiff befand sich weniger als zwölf Kilometer auf der Backbordseite und nur sieben Kilometer hinter ihnen. Behutsam steuerte er die *Enterprise* näher, blickte dabei nicht zum Wandschirm, sondern auf die Anzeigen seiner Konsole.

Und dann verschwand sein Stolz, als er sah, was geschah, noch während Spock den Captain darauf hinwies. Ein Blick zum Wandschirm bestätigte die wissenschaftlichen Daten: Gas strömte aus einem Riss in der Außenhülle des beschädigten Schiffes, im Warptransfer nur als vager Dunst zu erkennen, der sich hinter der *Sphinx* verlor. Doch der faserige Schleier genügte, um die Geschwindigkeitskonstante des kleinen Schiffes zu beeinträchtigen. Sulu hielt die *Enterprise* auf Kurs, wartete auf Anweisungen und fragte sich, ob Scott kompensieren konnte. Nein, so etwas war praktisch unmöglich.

Ein Traktorstrahl lässt sich nur dann ausrichten und stabil halten, wenn die beiden Raumschiffe mit exakt der gleichen Geschwindigkeit fliegen. Bestenfalls blieben ihre Bemühungen vergeblich. Doch wenn es zum Schlimmsten kam, würde der Traktorstrahl wie ein Rammbock auf die *Sphinx* wirken, sie fortstoßen und noch schwerer beschädigen.

»Offenbar ist nicht nur der Warpkern in Mitleidenschaft gezogen, sondern auch die Sauerstofftanks«, sagte Spock. »Das Ausströmen von Gas und Treibstoff bewirkt ständige Veränderungen bei Geschwindigkeit und Flugvektor. Unter solchen Umständen ist es ausgeschlossen, einen exakten Parallelkurs mit genau der gleichen Geschwindigkeit zu fliegen.«

2

Der Captain blickte zum Wandschirm, runzelte die Stirn und wandte sich dann an Spock.

»Lebenszeichen?«, fragte er.

Spock sah erneut auf die Anzeigen seiner Konsole, die sich während der letzten Sekunden jedoch nicht verändert hatten.

»Die von den Sensoren ermittelten Daten sind nicht eindeutig. Es lassen sich mehrere Wärmequellen feststellen, aber sie könnten von mechanischer Überlastung verursacht werden. Die Lebenserhaltungssysteme scheinen nicht aktiv zu sein.«

»Wir müssen das Schiff aus dem Warptransit holen, Mr. Spock. Wie gehen wir dabei vor?«

Der Ärger in Kirks Stimme war unüberhörbar, doch Spock blieb stumm. Ganz offensichtlich hatte er keine Lösung des Problems parat.

Während des Warptransits konnte niemand an Bord der *Sphinx* gebeamt werden und alle anderen Möglichkeiten stellten eine erhebliche Gefahr für die Crew des kleinen Schiffes oder die der *Enterprise* dar. Zwar wiesen die bisherigen Daten darauf hin, dass an Bord der *Sphinx* niemand mehr lebte, aber sie konnten nicht ganz sicher sein. Und die Möglichkeit, dass auch nur ein Besatzungsmitglied überlebt hatte, schloss eine einfache Lösung des Problems aus. Spock wusste, dass der Captain es ablehnen würde, Leben in Gefahr zu bringen, wenn sich das irgendwie vermeiden ließ – eine bewundernswerte, manchmal aber auch unlogische Haltung.

»Das geringste Risiko besteht darin, den Flugvektor der *Sphinx* zu stabilisieren und den ursprünglichen Plan auszuführen«, sagte Spock und dachte über die Alternativen nach, während er diese Worte formulierte. »Allerdings gibt es an Bord des kleinen Schiffes so viele Fehlfunktionen und inaktive Systeme, dass eine Fernsteuerung per Computer-Interface oder Prioritätssignale nicht in Frage kommt.«

Der Captain sah wieder zum Wandschirm, kniff nachdenklich die Augen zusammen und rieb sich geistesabwesend das Kinn. Noch immer quoll ein kristalliner Nebel aus Sauerstoff und Wasserstoff aus dem Heck der *Sphinx* und formte einen dunstigen Schweif. Einige Sekunden verstrichen und dann sprach Kirk mit jener leisen Stimme, die darauf hinwies, dass er laut dachte. Das ständig lauter werdende Summen des Warptriebwerks übertönte seine Worte fast.

»Plasma entweicht, und wenn außerdem die Sauerstofftanks undicht sind, so betrifft das Leck den Frachtbereich und die unteren Decks der technischen Sektion. Wenn wir den Riss in der Außenhülle verbreitern können, ohne andere Abteilungen zu gefährden …«

Spock nickte und begriff sofort, worauf Kirk hinauswollte. »Dann verstärkt sich der Gasaustritt, um kurz darauf zu versiegen, was Flugbahn und Geschwindigkeit stabilisiert.«

»Scott an Brücke.« Die Stimme des Chefingenieurs klang besorgt.

Der Captain öffnete einen internen Kom-Kanal. »Hier Kirk. Ich höre, Scotty.«

»Wir sind jetzt über Warp neun hinaus, Sir, und die strukturellen Belastungen steigen. Ich kann Ihnen nur noch zwei oder drei Minuten geben, bevor wir eine Überladung riskieren.«

»Zwei oder drei, Scotty?«

Scott zögerte kurz. »Ich kann Ihnen zwei versprechen«, sagte er ernst. »Alles darüber hinaus ist reines Wunschdenken, Sir.«

Spocks eigene Schätzungen gingen um fast eine Minute über die des Chefingenieurs hinaus, aber er machte Scotts Angaben zur Grundlage seiner Berechnungen. Zwar neigte Scotty zu unangemessenen emotionalen Reaktionen auf kritische Situationen, aber an seiner Kompetenz konnte kein Zweifel bestehen.

»Was ist mit dem Traktorstrahl?«, fragte der Captain und runzelte erneut die Stirn.

»Wir verwenden die Energie der Phaserreserven.«

Kirk stand auf und seine Haltung brachte Autorität zum Ausdruck. Ganz offensichtlich hatte er eine Entscheidung getroffen.

»Wir haben nur eine Möglichkeit und nicht viel Zeit«, sagte er fest und hob die Stimme, um das laute Brummen des Triebwerks zu übertönen. »Chekov, richteten Sie einen Photonentorpedo auf den Riss in der Außenhülle, niedrigste Ladung. Die Zielerfassung muss absolut genau sein. Ich möchte das Leck erweitern, nicht das ganze Schiff zerstören. Können Sie das schaffen?«

Chekov straffte die Schultern, schob das Kinn vor und nickte knapp. Er schien von seinen eigenen Fähigkeiten überzeugt zu sein. »Kein Problem, Sir.«

»Sulu, sobald die Flugbahn der *Sphinx* stabil genug ist, dass wir unsere Geschwindigkeit anpassen können … Warten Sie nicht auf meine Anweisungen. Spock, das gilt auch für Sie – richten Sie den Traktorstrahl so schnell wie möglich aus. Scotty, beginnen Sie sofort damit, die Geschwindigkeit zu reduzieren, sobald wir die *Sphinx* im Griff haben. Bremsen Sie uns langsam und gleichmäßig ab. Meine Herren, bei dieser Sache ist absolute Präzision notwendig, also geben Sie gut Acht.«

Spock bestätigte die Anweisungen und war einmal

mehr fasziniert von der unglaublichen Selbstsicherheit, die der Captain ausstrahlte. Er erwartete einfach das Beste von seinen Leuten, und aus irgendeinem Grund bekam er es auch – allein seine Erwartungen sorgten für Höchstleistungen.

Spock arbeitete schon seit einigen Jahren mit Kirk zusammen und wusste, dass der Captain seine Crew inspirierte. Die Besatzung war stolz darauf, unter seinem Kommando tätig zu sein, und sie versuchte immer, seinen Ansprüchen gerecht zu werden. Emotionen spielten dabei eine wichtige Rolle – ein kleines, aber recht interessantes Faktum, über das Spock häufig nachgedacht hatte. Immerhin war auch er bereit, viel für Jim Kirk zu geben …

»Torpedo auf Ziel gerichtet«, sagte Chekov und klang noch immer so zuversichtlich wie zuvor.

Der Captain blickte zum Wandschirm und nickte kurz.

»Feuer«, sagte er, und ein Feuerball löste sich von der *Enterprise,* raste zur *Sphinx.*

Lieutenant Uhura öffnete einen externen Kom-Kanal, für den Fall, dass die *Sphinx* andere Signale sendete als nur den Notruf. Anschließend reservierte sie mehrere interne Kanäle für Aktivitätsberichte der einzelnen Abteilungen, drehte dann ihren Sessel und sah zum Wandschirm. Bis zum nächsten Routinebericht an Starfleet gab es nichts mehr für sie zu tun.

Sie beobachtete die *Sphinx* und wünschte das Beste für sie, als der Captain den Feuerbefehl gab.

Eine kleine Lichtkugel zuckte zum kleinen Raumschiff, das plötzlich schlingerte, wie ein Boot in stürmischer See. Es änderte den Kurs, angetrieben vom Gas, das schneller aus dem größer gewordenen Leck strömte, und verschwand in der Dunkelheit des Alls.

»Getroffen!«, entfuhr es Chekov. Uhura konnte sein Gesicht nicht sehen, aber trotz des inzwischen heulenden Warptriebwerks der *Enterprise* hörte sie jungenhaften Triumph in seiner Stimme.

»Bleiben Sie bei der *Sphinx,* Mr. Sulu«, sagte Captain Kirk, ohne den Blick vom Wandschirm abzuwenden. »Spock?«

»Mr. Chekov hat Recht«, erwiderte der Vulkanier. Das Licht aus dem Sichtschlitz des Scanners flackerte grün in seinem Gesicht. Spocks Stimme klang ruhig und kühl. »Es entstanden keine zusätzlichen internen Schäden und die Sensoren registrieren eine drastische Verringerung des Gasstroms. Die Flugbahn der *Sphinx* sollte sich in ... sechzig Sekunden stabilisieren.«

Damit schien Spock das Stichwort gegeben zu haben: Plötzlich ertönte Scotts Stimme. Sie kam aus den Interkom-Lautsprechern der Brücke und auch aus dem Kom-Modul an Uhuras Ohr. Die dunkelhäutige Kommunikationsoffizierin konzentrierte sich darauf, filterte alle anderen Geräusche aus ihrer Wahrnehmung.

»Captain, ich kann Ihnen noch eine weitere Minute geben, mehr nicht! Die strukturellen Belastungen sind schon jetzt zu groß!«

Scotts Warnungen in Hinsicht auf eine zu hohe Warpgeschwindigkeit klangen vertraut, waren dadurch aber nicht weniger bedrohlich. Uhura glaubte zu spüren, wie eine eisige Hand nach ihrem Herzen griff und dort mit den Fingern trommelte. Vor dem inneren Auge sah sie ein Bild, das ihr einmal im Traum erschienen war und das sie nie vergessen würde: Die *Enterprise* raste durchs All und Teile von ihr lösten sich, als sie zu schmelzen schien; schließlich kam es zu einer lautlosen Explosion, die vierhundert Besatzungsmitgliedern den Tod brachte. So viele Leben, von einer Sekunde zur anderen ausgelöscht. Sie wurden zu Staub im schwarzen Nichts, weit, weit von zu Hause entfernt ...

»Versuchen Sie, die Daumen zu drücken, Mr. Scott«, sagte der Captain.

Es gelang Captain Kirk selbst dann, die Furcht aus Uhura zu vertreiben, wenn er angespannt klang. Sie atmete tief durch und drückte in Gedanken die eigenen Daumen.

Sekunden verstrichen und das Heulen des Warptriebwerks der *Enterprise* wurde immer schriller. Sulus Rücken und Schultern versteiften sich, als er auf Anweisungen wartete. Alle sahen zum Wandschirm, mit Ausnahme von Spock, der nach wie vor in den Sichtschlitz des Scanners blickte, die eine Hand an den Traktorstrahl-Kontrollen.

»Die Flugbahn stabilisiert sich«, sagte der Vulkanier.

Sulu betätigte Tasten und irgendwie gelang es ihm, noch etwas mehr Leistung dem Triebwerk abzuringen. Die *Enterprise* glitt schneller nach vorn und näherte sich dem kleineren Raumschiff.

Als die beiden Raumschiffe wieder mit Parallelkurs flogen, hallte erneut Scotts Stimme aus dem Kom-Modul an Uhuras Ohr und den Interkom-Lautsprechern der Brücke. »Captain, ich muss die Geschwindigkeit jetzt senken …«

»Nur noch einige wenige Sekunden, Scotty«, erwiderte Kirk ein wenig geistesabwesend – seine Aufmerksamkeit galt dem Wandschirm.

»Kurs angepasst«, meldete Sulu.

Spock sah auf die Anzeigen der wissenschaftlichen Station und seine Finger huschten über die Kontrollen. »Traktorstrahl ausgerichtet, Captain.«

Innerhalb weniger Sekunden wurde das Heulen des Warptriebwerks zu einem gleichmäßigen Summen, als die Geschwindigkeit auf Warp acht sank, und Uhura erinnerte sich daran, wieder zu atmen. Die beiden Raumschiffe blieben direkt nebeneinander, als Scott die *Enterprise* behutsam abbremste.

Captain Kirk drehte sich um, lächelte und nahm so im Kommandosessel Platz, als wären derartig dramatische

Situationen reine Routine. »Ausgezeichnete Arbeit. Lieutenant Uhura, bitte geben Sie der Crew Bescheid ...«

Der Captain erteilte weitere Anweisungen, die der Navigation und dem Maschinenraum galten, aber Uhura hörte ihn kaum mehr, als sie einen internen Kom-Kanal öffnete, der Besatzung einen kurzen Überblick über die aktuelle Lage gab und Statusberichte der einzelnen Abteilungen entgegennahm. Abgesehen von einigen überhitzten Schaltkreisen und Antriebsspulen im Maschinenraum war die *Enterprise* unbeschädigt.

Uhura wandte sich mit einer entsprechenden Mitteilung an den Captain und speicherte dann die Berichte, dankbar dafür, dass sie die *Sphinx* vor der Zerstörung bewahrt hatten. Wie immer nach einer überstandenen Gefahr freute sie sich darüber, zu einer so talentierten und einfallsreichen Crew zu gehören – dies gab ihr ein Gefühl der Sicherheit, das sie nur selten bewusst zur Kenntnis nahm. Die Eingabe von Daten in den Computer erforderte ihre ganze Aufmerksamkeit und deshalb nahm Uhura Spocks Worte erst zur Kenntnis, als Captain Kirk sie wiederholte – sein kummervoller Tonfall riss sie aus ihrer Konzentration.

»Keine? Sind Sie ganz sicher, Spock?«

»Ja«, bestätigte der Vulkanier. Zwar verriet seine Stimme keine Emotionen, aber die Falten in seinem ausdruckslosen Gesicht wirkten ein wenig tiefer. »Es gibt keine Überlebenden an Bord der *Sphinx.* Captain Casden und seine Crew sind tot.«

Leonard McCoy erreichte den Transporterraum gerade noch rechtzeitig, um den Rest des Berichts zu hören, den einer von Scottys Leuten erstattete. Der Bursche hielt den Helm seines Raumanzugs in der einen Hand. Fähnrich Burton oder Burdock – McCoy erinnerte sich nicht genau an den Namen, denn der junge Mann gehörte erst seit kurzer Zeit zur Besatzung der *Enterprise.* Spock hatte den Tricorder des Fähnrichs entgegengenommen und sah aufs Display, während Jim aufmerksam zuhörte. Das Trio stand an der Transporterkonsole. Der andere Techniker, Rick Washburn, streifte seinen Schutzanzug in der einen Ecke des Raums ab. Zwei Sicherheitswächter warteten auf der Plattform.

»… niemanden gesehen, aber wir sind nicht über den Maschinenraum hinausgekommen«, sagte der junge Mann.

»Wir hatten gar keine Möglichkeit dazu, denn die Tür war von außen blockiert«, ließ sich Washburn vernehmen. »Es handelt sich eindeutig um den Ausfall des Lebenserhaltungssystems, aber es hätte repariert werden können, wenn jemand rechtzeitig zur Stelle gewesen wäre. Wir brauchten nur zwanzig Minuten.«

»Keine Anzeichen von Giftstoffen in der Luft oder Krankheitserregern«, sagte Spock, klappte den Tricorder zu und schlang sich den Riemen über die Schulter, als McCoy näher trat. Der Captain dankte den beiden jungen Männern, schickte sie fort und begrüßte den Bordarzt mit einem knappen Nicken. Er lächelte nicht, was McCoy kaum überraschte. Eine anscheinend völlig sinnlose Tragödie hatte sich ereignet und die Gründe dafür waren rätselhaft. Bestimmt würde Jim alles daransetzen, um dieser Sache auf den Grund zu gehen. Der Arzt fragte sich, warum er an dem Außeneinsatz teilnehmen sollte. Von den beiden Sicherheitswächtern ganz zu schweigen …

»Doktor …«, sagte Spock.

»Ich dachte, an Bord der *Sphinx* sind alle tot«, wandte sich McCoy an den Captain, nachdem er Spock höflich zugenickt hatte. Die gegenwärtigen Umstände eigneten sich nicht für ein verbales Duell mit dem Vulkanier.

Jim presste kurz die Lippen zusammen. »Ja, das stimmt und ein Ausfall der Lebenserhaltungssysteme scheint dafür verantwortlich zu sein. Aber ich möchte es genau wissen.«

McCoy deutete zu den beiden Sicherheitswächtern. »Rechnest du mit Schwierigkeiten?«

»Nein. Aber wir wissen nicht, wie der Bordcomputer der *Sphinx* funktioniert; vielleicht ist es notwendig, das Schiff Raum für Raum zu durchsuchen.« Jim schritt zur Transporterplattform. »In dem Fall brauchen wir zusätzliche Augen.«

Spock und McCoy folgten ihm, traten rechts und links vom Captain auf Transferfelder. Der Arzt fühlte sich dabei von vertrautem Unbehagen erfasst. Er widerstand der Versuchung, Zweifel an der Zuverlässigkeit des Transporters zu äußern. Spock hätte das sicher zum Anlass genommen, ihm einen weiteren Vortrag über Wissenschaft und Sicherheitsstatistik zu halten – das wäre ihm noch unangenehmer gewesen, als seinen Körper von einem Computer auseinander nehmen und anschließend wieder zusammensetzen zu lassen.

»Energie«, sagte Jim und nickte dem Techniker an der Konsole zu.

Der Transporter summte, es schimmerte kurz – und dann standen sie auf der Brücke eines Raumschiffs der Centaurus-Klasse. Der rechteckige Raum war etwa halb so groß wie die Brücke der *Enterprise*. Nur die Notbeleuchtung funktionierte. Keine einzige Kontrolllampe leuchtete an den Konsolen und es war ziemlich kalt; die Temperatur schien nur knapp über dem Gefrierpunkt zu liegen. Selbst wenn die Lebenserhaltungssysteme wieder funktionierten: Die Luft hatte noch nicht Zeit genug gehabt, sich zu erwärmen. McCoy schnitt eine finstere Miene, bekam sofort eine Gänsehaut …

… und vergaß die Kälte, als er die Leichen sah. Zwei Männer lagen vor der Tür des Turbolifts, halb verborgen hinter einer Konsole. Einer trug eine Kommando-Uniform, der andere den Overall eines Technikers.

»Pille«, sagte Jim.

McCoy hatte sich bereits in Bewegung gesetzt, mit dem medizinischen Tricorder in der einen Hand.

Neben den Leichen ging er in die Hocke, löste den Scanner vom Tricorder und sondierte damit die beiden Toten. Während die Daten ausgewertet wurden, machte er eigene Beobachtungen. Der Mann in Uniform war vermutlich Captain Jack Casden. Seine erstarrten Finger umklammerten eine zerbrochene Sauerstoffmaske und ein Phaserstrahl hatte ihn aus unmittelbarer Nähe in der Brust getroffen – es musste sofort tot gewesen sein. Der andere Mann hielt noch immer die Waffe in der Hand; seine Haut hatte sich blau verfärbt und er war erst vor kurzer Zeit gestorben. Die Zellzersetzung deutete darauf hin, dass der Tod vor ungefähr zwei Stunden eingetreten sein musste – vermutlich war der Mann erstickt.

McCoy beugte sich zu dem Techniker hinab und betrachtete sein Gesicht. Am Nasenrücken beobachtete er einen dünnen Streifen abgeschabter Haut, wahrscheinlich hervorgerufen vom oberen Rand der Atemmaske, die die Finger des Captains umklammerten.

Der Techniker hat Casden erschossen und Casden hat die Maske des Technikers zerbrochen ... Aber warum? Und wer hat die Auseinandersetzung begonnen?

McCoy setzte sich auf die Fersen und runzelte die Stirn. Wenige Sekunden später erklang Spocks Stimme von einer der Konsolen an der gegenüberliegenden Wand. Die Worte des Vulkaniers vergrößerten das Rätsel nur noch.

»Captain, die Speicherbänke des Computers sind gelöscht. Es wurden bestimmte Dateien entfernt, von persönlichen Aufzeichnungen bis hin zu Wartungsberichten.«

»Eine Fehlfunktion?«, fragte Jim. Er schien ebenso verwirrt zu sein wie McCoy.

»Negativ«, erwiderte Spock ruhig. »Das chronologische Muster der Löschung deutet auf Sabotage hin.«

McCoy sah erneut auf den toten Captain und seinen Mörder hinab, fröstelte dabei auf eine Weise, die nichts mit der geringen Temperatur zu tun hatte.

»Was zum Teufel ist hier geschehen?«, fragte Jim leise. Niemand antwortete – die *Sphinx* blieb so stumm wie ihre Namensschwester.

3

Die Fähnriche Burdock und Washburn hatten im Maschinenraum der *Sphinx* niemanden gesehen, weil sie nicht auf den Gedanken gekommen waren, den Ausrüstungsschrank zu kontrollieren. Als es Kirk schließlich gelang, die Tür zu öffnen – sie war ebenso blockiert wie der Eingang des Maschinenraums –, fand er im Innern des großen Schranks zwei Männer und eine Frau, aneinander gedrängt und kalt wie Eis. Sie schienen erstickt zu sein. Ihre Lippen und Finger wiesen die gleiche blaue Verfärbung auf, die man auch bei den übrigen Leichen an Bord beobachten konnte.

Casden bildet die einzige Ausnahme.

Er war erschossen worden, und vielleicht aus gutem Grund. Es widerstrebte Kirk, darüber nachzudenken, aber vielleicht hatte Pille Recht. Bevor sie mit der Durchsuchung des Schiffes begannen, hatte der Arzt eine beunruhigende Theorie entwickelt: Casden könnte die Lebenserhaltungssysteme deaktiviert und es dann mit der Rache eines Überlebenden – des Technikers – zu tun bekommen haben. Nun, es erklärte gewisse Dinge. Ein Captain, der den Verstand verlor, die Crew umbrachte und die Zerstörung des eigenen Schiffes plante … Wahnsinn brauchte kein Motiv. Aber es ergaben sich auch einige Fragen. Allein die Logistik war problematisch genug … Zwar fehlten noch immer konkrete Hinweise, doch der Instinkt sagte Kirk, dass weitaus mehr hinter der Katastrophe steckte, hinter der schrecklichen Stille, die sie an Bord der *Sphinx* erwartet hatte.

Er wandte sich von den drei Leichen im Schrank ab, voller Kummer und Zorn angesichts eines so sinnlosen Verlustes von Leben. Erneut blickte er durch den kalten, halbdunklen Raum. Nur die Kontrollen der Lebenserhaltungssysteme blinkten, einige wenige Lichter auf der gegenüberliegenden Seite, an einer breiten Instrumententafel, die weitaus mehr Aktivität hätte zeigen sollen. Ein ausgebildeter Techniker wäre in der Lage gewesen, die beschädigten Lebenserhaltungssysteme in zwanzig Minuten zu reparieren, und drei solche Techniker steckten weniger als vier Meter entfernt in einem Schrank – einfach unfassbar.

Eine ganze Crew war ums Leben gekommen, ohne irgendeine Erklärung. Kirk ging langsam zur Instrumententafel, dachte an die gelöschten Speicherbänke des Computers und fragte sich, ob die Dateien irgendwelche Hinweise geboten hätten. Spock schloss eine Fehlfunktion aus und hatte ganz offen von Sabotage gesprochen, von der absichtlichen Entfernung bestimmter Dateien.

Aber das ergibt doch keinen Sinn. Man muss irre sein, um einen Massenmord zu begehen und das eigene Schiff zu zerstören. Und welcher Irrer nimmt sich die Zeit, Dateien selektiv zu löschen? Warum überhaupt eine solche Löschung vornehmen, wenn das Schiff vernichtet werden soll?

Er blieb vor der Tafel stehen und starrte auf die Displays, ohne sie wirklich zu sehen. Ihm fielen die Routineuntersuchungen ein, die McCoy derzeit durchführte. Zu ihnen gehörte auch ein obligatorischer dermal-optischer Test, mit dem sich Anzeichen einer bevorstehenden Psychose feststellen ließen. Man schnappte nicht einfach von einem Augenblick zum anderen über und wurde gewalttätig. Es gab warnende Symptome – es sei denn, es handelte sich um eine Krankheit, die ganz plötzlich ausbrach. Doch bei den Tricorder-Sondierungen hatte sich nichts Ungewöhnliches ergeben. Angesichts der gelöschten medizinischen Daten ließ sich nicht feststellen, wann zum letzten Mal psychologische und psychiatrische Gutachten über die Crew der *Sphinx* erstellt worden waren. Mehr als sechs Monate konnten seitdem kaum vergangen sein und bei den meisten Raumschiffkommandanten fanden solche Untersuchungen alle vier Monate statt.

Kirks Kommunikator piepte. Er klappte ihn auf und das dabei ertönende elektronische Zirpen klang unnatürlich laut in dem stillen Raum.

»Hier Kirk.«

»Hier Spock, Captain. Der Doktor und die Sicherheitswächter sind zur Brücke zurückgekehrt. Abgesehen von den beiden hier befindlichen Toten melden sie zweiunddreißig weitere Leichen.«

»Fügen Sie der Liste noch einmal drei hinzu, Mr. Spock«, sagte Kirk und sah dabei zu den reparierten Lebenserhaltungssystemen. »Ich bin gleich bei Ihnen …«

Er sprach nicht weiter und sah genauer hin. Die Kontrollen für Atmosphäre, Temperatur und elementare Lebenserhaltung waren nur leicht beschädigt, im Gegensatz zu den Prioritätsschaltungen der Reaktionskammer …

Die Lebenserhaltungssysteme scheinen überhaupt nicht das Ziel gewesen zu sein.

»Spock … richten Sie Mr. Scott aus, dass er sich mit einigen Technikern an Bord beamen soll, um die Beschädigungen des Schiffes zu beurteilen«, sagte Kirk langsam. Er wusste noch nicht genau, wonach es Ausschau zu halten galt. »Ich möchte, dass alles überprüft wird, vom Bug bis zum Heck. Außerdem soll Scotty bei seinen Sondierungen auf ungewöhnliche Energiefelder und alle anderen Dinge achten, die aus dem Rahmen fallen. Kirk Ende.«

Er sah noch einmal zu den drei Personen, die sich im Tod aneinander schmiegten – vielleicht hatten sie Trost darin gefunden, nicht allein zu sterben. Als er sich umdrehte und den Maschinenraum der *Sphinx* verlassen wollte, spürte er den eigenen Zorn. Jemand mit einem dunklen, verzerrten Ich hatte diesen sinnlosen Albtraum geplant und inszeniert, die hilflosen Techniker im Schrank und alle anderen an Bord umgebracht.

Ein solches Verbrechen konnte und wollte Kirk nicht ungesühnt lassen. Alles in ihm drängte danach, den Verantwortlichen zu finden und ihn vor Gericht zu bringen. Wenn der Schuldige Casden hieß, so war er allerdings straflos davongekommen.

Zwar war Spock bezüglich seiner Entdeckungen bis auf einen vernachlässigbar geringen Prozentsatz sicher, aber trotzdem wiederholte er den ganzen Vorgang: Er öffnete die nicht gelöschten Personaldateien jedes einzelnen Besatzungsmitglieds der *Sphinx* und verglich die Daten mit den DNS-Proben, die McCoy an Bord des kleinen Schiffes gesammelt hatte.

Der Vulkanier saß allein in einem nur selten benutzten Konferenzzimmer des neunten Decks, arbeitete ruhig und methodisch. Derzeit war seine Präsenz auf der Brücke nicht erforderlich. Zwar bot sein Quartier mehr Komfort als dieser Raum, aber oft zog er es vor, in einer solchen Umgebung tätig zu sein – die schmucklose Umgebung lenkte ihn nicht ab. Es mangelte ihm nicht an der Fähigkeit, sich zu konzentrieren, doch aus Erfahrung wusste er: Die völlige Abwesenheit von ästhetischen Elementen erleichterte es ihm, sein Selbst zu fokussieren.

Als Spock die Vergleiche zum zweiten Mal durchgeführt und dabei das gleiche Resultat erzielt hatte, verließ er das Konferenzzimmer, um die Brücke aufzusuchen und dem Captain Bericht zu erstatten. Der neuen Information kam bei den Ermittlungen in Hinsicht auf die *Sphinx* große, vielleicht sogar entscheidende Bedeutung zu. Darüber hinaus wollte Spock den Captain um die Genehmigung bitten, an Bord des kleinen Raumschiffs zurückkehren zu dürfen; seine Entdeckung erforderte weitere Untersuchungen.

Er erreichte den Turbolift, betrat ihn und nannte sein Ziel. Als ihn die Transportkapsel durch die *Enterprise* trug, dachte Spock über mehrere interessante Möglichkeiten nach, die den gegenwärtigen Zustand der *Sphinx* betrafen. Bisher hatte er noch keine Gelegenheit gefunden, sie eingehender zu analysieren. Unglücklicherweise verfügte er nicht über genug Informationen, um eine von ihnen ganz konkret in Erwägung zu ziehen. Einige seiner Theorien waren sehr unwahrscheinlich, aber deshalb ließen sie sich nicht vollständig ausschließen. Spock hoffte, dass Scotts Bericht weitere Aufschlüsse ermöglichte.

Auf der Brücke herrschte eine gedrückte Stimmung, zweifellos eine emotionale Reaktion auf den Verlust von Leben. Der Captain saß steif im Kommandosessel, das Kinn auf die Hand gestützt, und blickte zum Wandschirm, der die *Sphinx* zeigte. Als er Spock bemerkte, stand er sofort auf.

»Was haben Sie entdeckt?«

»Wenn Dr. McCoy die DNS-Proben von der *Sphinx*-Crew korrekt gesammelt hat – und ich habe nicht den geringsten Grund, daran zu zweifeln –, so lässt sich folgende Feststellung treffen: Der Mann, der Captain Casden erschossen hat, gehörte nicht zur Besatzung und ist in keiner Starfleet-Datenbank registriert. Derzeit bin ich nicht in der Lage, ihn zu identifizieren.«

Der Captain runzelte die Stirn, als er über diese Information nachdachte. Die medizinische Bibliothek der *Enterprise* war ziemlich umfangreich und enthielt eine aktuelle DNS-Datenbank mit Informationen über alle

Starfleet-Angehörigen. Hinzu kam ein ständig wachsender medizinischer Katalog mit Daten über Föderationsbürger. Anonymität an Bord eines Raumschiffs war nahezu unvorstellbar. Die Starfleet-Vorschriften verlangten, alle nicht zur Föderation gehörenden Passagiere an Bord von Warpschiffen zu melden.

»Was ist mit dem Rest der Crew?«, fragte der Captain.

»Sie sind alle identifiziert. Siebenunddreißig, einschließlich Jack Casden.«

»Letzter Einsatz?«

»Das ist nicht ganz klar«, erwiderte Spock. »Offenbar sollten sie alle einen Urlaub antreten, nach dem routinemäßigen Transport von Ausrüstungsmaterialien zur Wega-Kolonie. Die beiden Föderationsbasen Starbase 19 und Deep Space Station R-5 sind dem zuletzt gemeldeten Standort der *Sphinx* am nächsten, aber das Schiff legte dort nicht an.«

Die Falten fraßen sich tiefer in die Stirn des Captains. »Das ist ziemlich weit von hier entfernt. Haben Sie den Ausgangspunkt des Fluges berechnet?«

»Unbewohntes All, tief im Lantaru-Sektor«, sagte Spock. »Im Umkreis von zwei Lichtjahren keine Kolonien oder Planeten, auf denen Leben möglich ist.«

Der Captain schüttelte den Kopf und sein Gesicht zeigte dabei eine Mischung aus Verwunderung und Ärger. »Um einer Lösung des Rätsels näher zu kommen, müssen wir den Unbekannten identifizieren, nicht wahr?«

Eine logische Schlussfolgerung. »In der Tat. Ich bitte um Erlaubnis, zur *Sphinx* zurückkehren zu dürfen, um dort das Quartier des Unbekannten zu durchsuchen. Vielleicht bieten seine persönlichen Gegenstände irgendeinen Hinweis ...«

»Erlaubnis erteilt. Und versuchen Sie, Mr. Scott zu helfen, während Sie dort sind. Ich habe seinen Bericht schon vor zwanzig Minuten erwartet.«

Spock nickte und wollte gehen, als Scotts Stimme aus dem Interkom des Kommandosessels drang. Der Chefingenieur war gerade im Transporterraum der *Enterprise* eingetroffen.

»Berichten Sie«, sagte der Captain und Spock blieb stehen, um zuzuhören. Die bisherigen Erkenntnisse waren sehr interessant gewesen und er glaubte, dass ihnen noch weitere ungewöhnliche Entdeckungen bevorstanden. Doch das, was Scott zu sagen hatte, überraschte sogar den Vulkanier.

»Captain, die internen Schäden entsprechen weitgehend unseren Erwartungen«, sagte Scott und Aufregung vibrierte in seiner Stimme. »Das Kommunikationssystem funktioniert nicht mehr. Die Warp- und Navigationskontrollen scheinen Hauptziele gewesen zu sein ... Aber Sie erraten nie, was wir an der Außenhülle fanden ...«

»Scotty ...«, sagte Kirk langsam und der warnende Unterton war unüberhörbar.

»Die *Sphinx* war vor kurzer Zeit einem Gravitonfeld ausgesetzt«, sagte der Chefingenieur und er schien diesem Umstand große Bedeutung beizumessen.

Spock spürte den Blick des Captains und ergriff daraufhin die Initiative. »Mr. Scott, natürliche Gravitonfelder kommen recht häufig vor und sind harmlos. Wenn ein Schiff über eine so weite Strecke fliegt, so konnte es mit einem solchen Feld in Kontakt geraten und ...«

»Aye, aye, ich bin nicht dämlich, Mr. Spock«, sagte der Chefingenieur verärgert. Spock wollte gerade darauf hinweisen, dass es keineswegs seine Absicht gewesen war, so etwas anzudeuten, aber Scott kam ihm zuvor.

»In diesem Fall handelt es sich um eine besondere *Art* von Gravitonfeld. Als wir vor einer Weile den Romulanern begegneten und uns ihre Tarnvorrichtung *ausliehen ...* Nun, nachdem wir sie benutzten, ließen sich an der Außenhülle der *Enterprise* für einige Zeit die gleichen Emissionen feststellen. Ich meine *exakt* die gleichen Emissionen. Sie sind einzigartig und unverkennbar. Es gibt keine Anzeichen dafür, dass sich eine Tarnvorrichtung an Bord der *Sphinx* befand, aber ich wette den guten Namen meiner Mutter darauf, dass sie sich vor kurzer Zeit im Innern eines romulanischen Tarnfelds befunden hat.«

Trotz der verwirrenden Grammatik – mit »sie« meinte Scott ganz offensichtlich die *Sphinx* und nicht seine Mutter – war diese Information sehr wichtig, gelinde gesagt. Unter welchen Umständen auch immer das kleine Schiff Kontakt mit einem Tarnfeld gehabt hatte – daraus mochten sich verheerende Folgen für die Föderation ergeben.

»Faszinierend«, sagte Spock und Kirks Gesichtsausdruck wies darauf hin, dass er die gleiche Ansicht vertrat.

Seit der Reise der *Enterprise* zur Kolonie Gamma Hydra IV und seiner Widerstandsfähigkeit der Alterungskrankheit gegenüber sah Chekov den Routineuntersuchungen in der Krankenstation mit sehr gemischten Gefühlen entgegen. Natürlich hätte er das nicht zuzugeben – dazu war er zu stolz –, aber ganz deutlich erinnerte er sich an die langen, qualvollen Stunden in der Rolle des Versuchskaninchens. Eine solche Erfahrung schüttelte man nicht einfach so ab. Zwar mochte er Dr. McCoy, doch die Worte »noch eine Probe, Chekov« ließen ihn nach wie vor erzittern. Er hörte sie vor allem in Angstträumen.

Nun, wenigstens geht's gleich los, dachte er, als er vor der Tür der Krankenstation stand. *Es bleibt also kaum noch Zeit, mir Sorgen zu machen.* Direkt nach Chase und unmittelbar vor Chesterton. Eine fünf bis zehn Minuten lange körperliche und psychologische Untersuchung – dann konnte er zur Brücke zurückkehren und hatte für die nächsten sechs Monate Ruhe. Dort wäre er jetzt am liebsten gewesen, auf der Brücke. Wenn er daran dachte, worüber Spock und der Captain gesprochen hatten, als er den Kontrollraum verließ …

Die Tür der Krankenstation öffnete sich und Steve Chase trat in den Korridor, stieß fast gegen ihn. Chekov entschuldigte sich verlegen, straffte die Schultern und ging in die Krankenstation, bevor sich die Tür wieder schließen konnte.

Christine Chapel stand neben der Untersuchungsliege und schrieb etwas auf einen elektronischen Datenblock. Sie sah auf, bemerkte Chekov und lächelte. Ihre natürliche Freundlichkeit beruhigte ihn ein wenig. Eine sehr attraktive Frau, Schwester Chapel …

»Genau zur richtigen Zeit, Mr. Chekov«, sagte sie und nickte in Richtung Liege. »Dr. McCoy macht sich gerade einige Notizen. Wir können schon einmal beginnen, indem wir Ihren Blutdruck messen und das Gewicht feststellen …«

Chekov hielt den Kopf hoch erhoben, als er sich der Liege näherte. Er erinnerte sich daran, dass Russland der Geburtsort der modernen Medizin war – vermutlich hatten seine Vorfahren dabei mitgeholfen, die Diagnosesysteme zu entwickeln, die ihn gleich unter die Lupe nehmen würden. Er streckte sich auf der Liege aus und die Bio-Indikatoren summten und piepten, als sein Kopf das Kissen berührte. Ganz deutlich hörte er, dass sein Herz viel zu schnell schlug: Das laute *Bumm-bumm* verriet seine Nervosität.

»Entspannen Sie sich, Pavel«, sagte Schwester Chapel sanft. »Atmen Sie gleichmäßig und versuchen Sie, an etwas Angenehmes zu denken.« Sie betätigte eine Taste des Datenblocks und begann mit der Aufzeichnung.

»Ich *bin* entspannt«, brummte Chekov. Trotzdem atmete er einige Male tief durch und lockerte die Muskeln.

»Lassen Sie mich raten – die Russen erfanden die Meditation«, sagte Dr. McCoy amüsiert, als er vom Nebenzimmer hereinkam.

Chekov schüttelte den Kopf. »Nein, aber sie haben sie verbessert, zu Beginn des einundzwanzigsten Jahrhunderts. Wir sind ein sehr spirituelles Volk, wissen Sie.«

»Daran zweifle ich nicht.« McCoy nahm Tricorder und Scanner von einem nahen Tisch, trat damit an die Diagnoseliege heran.

Chekov wollte irgendetwas sagen, um zu verhindern, dass schreckliche Erinnerungen in ihm erwachten. »Äh ... bringen die Angehörigen der medizinischen Abteilung ihre Routineuntersuchungen ebenfalls in alphabetischer Reihenfolge hinter sich?«

Schwester Chapel lächelte einmal mehr. »Nein. Wir schieben sie ein, wenn sich Gelegenheit dazu ergibt. Ich habe meine heute Morgen hinter mich gebracht, als Dr. M'Benga Dienst hatte. Zwischen A und B.«

»Oh, natürlich, Sie waren ja an Bord der *Sphinx*, nicht wahr?«, wandte sich Chekov an McCoy. Neugier verdrängte seine Nervosität. »Haben Sie von dem Fremden gehört, von dem Mann, der den Captain erschoss?«

McCoy nickte, während Schwester Chapel verwirrt wirkte. »Ich habe eben mit Captain Kirk gesprochen«, sagte McCoy. Dünne Falten formten sich in seiner Stirn, als er auf Chekov hinabsah. »Einer der Männer an Bord der *Sphinx* konnte offenbar nicht identifiziert werden. Aber ich glaube, es hilft nichts, darüber zu tratschen.«

»Ja, Sir«, erwiderte Chekov, obwohl er nicht so einfach aufgeben wollte. »Aber ich *werde* dabei helfen, dieser Sache auf den Grund zu gehen, sobald ich die Krankenstation verlasse. Es gelingt mir bestimmt, den Fremden zu identifizieren, kein Problem.«

»Setzen Sie sich auf und ziehen Sie den Pulli aus«, sagte McCoy und hob den Tricorder. Als Chekov der Aufforderung nachkam, fragte der Arzt: »Und wie wollen Sie das anstellen, wenn die Datenbanken keine Informationen über den Mann enthalten?«

Chekov lächelte stolz. »Ich habe Beziehungen. Und ich verstehe mich gut darauf, mit Hilfe von Missionsdateien und Berichten den Weg bestimmter Personen zu verfolgen. Jeder hinterlässt Spuren. Mit Geduld und Beharrlichkeit kann man sie finden. Wissen Sie, einige der berühmtesten Detektive der Geschichte waren Russen und ...«

»Und ich bedauere, dass ich gefragt habe.« McCoy schnitt eine Grimasse. »Runter von der Liege und auf die Tretmühle, bevor Sie platzen.«

Schwester Chapel hüstelte und wandte sich ab, aber Chekov war nicht beleidigt, sah den Doktor an und lächelte, als sie zur Tretmühle gingen, wo die Belastungsprobe stattfinden sollte. Es befreite ihn von seiner Furcht, über etwas zu sprechen, auch wenn er Dr. McCoy ein wenig verärgert zu haben schien. Nun, Eifersucht machte sich auf sehr unterschiedliche Weise bemerkbar, wie Chekov schon seit einer ganzen Weile wusste. Nicht jeder konnte stolz auf seine Abstammung sein – immerhin hatte niemand von ihnen die Möglichkeit, sich seine Vorfahren auszusuchen.

4

Als Jim die Besprechung anberaumte, war McCoy gerade mit seiner eigenen Untersuchung fertig. Zu diesem Zweck hatte er Schwester Chapel fortgeschickt, um eine gewisse Privatsphäre zu haben. Ärzte waren die schlimmsten Patienten, das galt auch für ihn. Er unterzog sich den einzelnen Kontrollen, bevor Schwester West kam, denn sie hätte ihn bestimmt aufgefordert, sich von M'Benga untersuchen zu lassen. Nun, M'Benga war ein ausgezeichneter Arzt, aber McCoy wollte sich nicht eine Sekunde lang darüber ärgern, weil sein Kollege die Untersuchungen anders vornahm als er oder ihn wie einen Patienten behandelte. Wenn er es mit Herablassung zu tun bekommen wollte, brauchte er nur mehr Zeit mit Spock zu verbringen.

McCoy fügte seine eigenen Daten denen der C- und D-Patienten hinzu, stellte die Proben in den Schrank und verband seinen Tricorder mit dem Laborcomputer, damit die Analysen vorgenommen werden konnten. Wenige Sekunden später setzte sich Jim mit ihm in Verbindung.

»Kirk an Krankenstation.«

McCoy trat zum Interkom. »Ja, Jim?«

»Es findet eine Besprechung im Hauptkonferenzraum statt, Pille. Wir müssen über die *Sphinx* reden und ich brauche deine Meinung über etwas, das Spock gefunden hat.«

»Was ist es?«

Eine kurze Pause. »Da bin ich noch nicht sicher«, erwiderte Jim.

Ein weiteres Rätsel? Die vielen Toten, der Fremde, auf eine Tarnvorrichtung hinweisende Emissionen … Es gab schon genug.

»Ich komme gleich«, sagte McCoy und sah zum Laborcomputer. Seine Geduld hatte Grenzen, wenn es um die eigene Gesundheit ging, aber die Analyse der Proben würde noch mindestens eine Stunde dauern, sogar noch länger, wenn der Computer irgendetwas Exotisches entdeckte. Er nahm sich vor, an der Besprechung teilzunehmen, anschließend zu essen und sich die Ergebnisse anzusehen, bevor er zu Bett ging. Die Absicht, es nicht zu spät werden zu lassen, fühlte sich eher nach einer Notwendigkeit an, nicht nach einer freien Wahl.

Gib's zu, Doktor, du bist mit dem Resultat der Belastungsprobe nicht zufrieden. Du wirst älter, das ist alles. Dafür braucht sich niemand zu schämen.

McCoy überhörte die beschwichtigende innere Stimme, als er die Krankenstation verließ und sich auf den Weg zum Konferenzraum machte, aber leider weckte sie einige unangenehme Gedanken. Bei seiner letzten Routineuntersuchung vor nur sechs Monaten hatte er die Ausdauer und die Lungenkapazität eines Dreißigjährigen gehabt – nicht übel für jemanden, der gut vierzig war. Aber diesmal drei Minuten lang in die Pedale zu treten … Er hatte den Eindruck gewonnen, einen steilen Berghang emporzulaufen, noch dazu mit Gewichten an den Beinen.

Jetzt bin ich müde und mir tun die Füße weh, dachte McCoy, als er in den Turbolift trat. *Wenn das im Lauf der nächsten hundert Jahre immer schlimmer wird …*

Nun, du solltest darauf achten, was du isst, dir außerdem mehr Bewegung verschaffen, erklang erneut die innere Stimme. *Solchen Dingen muss man Beachtung schenken, wenn man den vierzigsten Geburtstag hinter sich hat.*

McCoy schüttelte den Kopf – von *dieser* speziellen Stimme hatte er bereits genug gehört.

Zum Teufel auch, dachte er, als der Turbolift auf dem dritten Deck hielt und sich die Tür öffnete. Es würde nicht mehr allzu lange dauern, bis er sich in den Ruhestand zurückzog, und dann konnte er sich jeden Nachmittag ein Nickerchen gönnen. Es bestand auch die Möglichkeit, dass er sich eines jener besonderen Fahrzeuge zulegte, mit denen die Ältesten der Alten auf der Erde praktisch jeden beliebigen Ort erreichen konnten. Damit ließen sich recht stilvolle Hausbesuche durchführen.

Als McCoy durch den Hauptkorridor zum Konferenzraum ging und einigen Besatzungsmitgliedern zunickte, stellte er fest, dass seine Füße *tatsächlich* schmerzten. Sie fühlten sich angeschwollen und ödematös an; vielleicht brauchte er ein neues Paar Stiefel und einen Urlaub. Jim wies immer wieder darauf hin, dass er endlich einmal ausspannen sollte, womit er durchaus Recht hatte. Aber diese Ermahnungen waren auch ein gutes Beispiel für einen Esel, der den anderen Langohr schimpfte. Der Captain hörte nie hin, wenn ihm der Bordarzt Ferien nahe legte. Sturer als er konnte man kaum sein …

McCoy betrat das Besprechungszimmer, setzte sich und nickte Sulu und Uhura zu, die über ein botanisches Experiment des Steuermanns sprachen. Scott saß auf der anderen Seite des Tisches und schien erschöpft zu sein, was McCoy nach diesem Nachmittag kaum überraschte. Der Chefingenieur hatte Wunder gewirkt in Hinsicht auf das Warptriebwerk, zum Glück für sie alle. Abgesehen vom Captain hatte er vermutlich den anstrengendsten Job an Bord.

Jim und Spock trafen kurze Zeit später ein. Der Vulkanier kam mit einem kleinen, stark beschädigten Datenchip, den er auf den Tisch legte, bevor er Platz nahm.

Kirk blieb stehen. McCoy sah die absolute Entschlossenheit in seinem Gesicht; in Jims Augen zeigte sich ein fast rebellischer Glanz. Hatte er bereits mit Starfleet gesprochen?

Der Captain nickte Spock zu, der daraufhin den Chip nahm und ihn Scott reichte.

»Vor einigen Stunden habe ich diesen Informationschip an Bord der *Sphinx* gefunden«, sagte der Vulkanier. »Ich glaube, er gehörte dem nicht identifizierten Mörder von Captain Casden. Der Chip befand sich im Spind einer nicht benutzten Kabine, zusammen mit einigen Einsatzrationen, Wasserflaschen und verschiedenen Werkzeugen – vielleicht die Ausrüstung eines Saboteurs, der als blinder Passagier an Bord war. Am Spind und auch am Chip ließen sich DNS-Spuren des unbekannten Mannes feststellen. Wie Sie sehen, wurde der Chip stark beschädigt. Er ist teilweise geschmolzen und dadurch nicht mehr funktionsfähig.«

Scott reichte das Datenmodul McCoy, der bereits wusste, worum es ging. »Aber Sie haben es irgendwie geschafft, auf den Speicher des Chips zuzugreifen, nicht wahr, Spock?«

Der Vulkanier richtete einen kühlen Blick auf den Arzt. »Nach einigen Stunden gelang es mir, dem beschädigten Chip zwei Worte zu entnehmen – obwohl ich Ihre hohe Meinung von meinen Fähigkeiten zu schätzen weiß, Dr. McCoy.«

Bevor der Arzt antworten konnte – etwas in der Art von »Bilden Sie sich nur nichts drauf ein« –, ertönte die Stimme des Captains.

»Die beiden Worte lauten ›von einunddreißig‹«, sagte Jim und sah die Anwesenden der Reihe nach an. »Klingt das für jemanden vertraut? Denken Sie sorgfältig nach. Vielleicht ist es sehr wichtig.«

McCoy überlegte einige Sekunden lang und schüttelte dann den Kopf. Wenn er genug Zeit hatte, ließ sich vielleicht irgendeine Bedeutung konstruieren, aber auf Anhieb fiel ihm nichts ein.

»Es könnte praktisch alles bedeuten«, sagte Sulu und brachte damit das zum Ausdruck, was dem Arzt durch den Kopf gegangen war. Scott und Uhura nickten.

»Ich habe dem Captain bereits mitgeteilt, dass der Computer 171 942 Bezüge auf die Zahl einunddreißig fand, Sternzeiten nicht mitgezählt«, sagte Spock.

McCoy öffnete den Mund, um zu fragen, ob Spock den Bordcomputer oder sein eigenes Gehirn meinte, aber Jim kam ihm erneut zuvor.

»Wie Sie alle wissen, gibt es in Hinsicht auf die *Sphinx* einige Fragen, die wir nicht beantworten können«, sagte Kirk mit fester Stimme. »Der unbekannte Mann auf der Brücke, das von Mr. Scott entdeckte Gravitonfeld, die vielen Toten … Und jetzt dies. Die Antworten sind irgendwo dort draußen, aber so sehr ich sie auch finden möchte: Vor einer knappen Stunde habe ich von Starfleet eine Mitteilung erhalten, eine Reaktion auf unseren Bericht von fünfzehn Uhr Bordzeit in Hinsicht auf die achtunddreißigste Person an Bord und die mögliche Verwendung einer Tarnvorrichtung. In der Nachricht heißt es, dass eine andere Gruppe mit Ermittlungen beauftragt wird.«

McCoy runzelte die Stirn und wechselte einen verwirrten Blick mit Scotty, der ungläubig den Kopf schüttelte. Nun, das erklärte den besonderen Glanz in Jims Augen.

»Das ergibt doch keinen Sinn«, sagte der Chefingenieur. »Hat Starfleet einen Grund genannt, Captain?«

»Nein. Aber unmittelbar im Anschluss an diese Besprechung werde ich versuchen, mehr herauszufinden. Ich beabsichtige, eine private Kommunikationsverbindung mit der nächsten HQ-Station herzustellen.« Bei diesen Worten nickte Jim Uhura zu. »Und da ich Starfleet offenbar dazu überreden muss, uns die Ermittlungen zu überlassen, hatte ich gehofft, dass jemand von Ihnen etwas mit dem Hinweis ›von einunddreißig‹ anzufangen weiß. Ich brauche irgendetwas, um die zuständigen Stellen zu überzeugen, denn allem Anschein nach reicht unser guter Ruf nicht aus.«

Der Captain beherrschte sich, aber tief in ihm brodelte Zorn. McCoy wusste aus Erfahrung, dass Jim bereits ganz erheblich in das Bemühen investiert hatte, Licht ins Dunkel der geheimnisvollen Tragödie zu bringen. Es mochte nicht sehr ratsam sein, sich schon in einem so frühen Stadium emotional zu engagieren, doch dabei handelte es sich um eine der Eigenschaften, die Jim zu einem guten Captain machten.

Es wurden einige Vermutungen in Bezug auf »von einunddreißig« angestellt und es folgten Kurzberichte der einzelnen Abteilungen. Dann war die Besprechung beendet. Jim versprach, Starfleets endgültige Entscheidung bekannt zu geben, sobald er sie erfuhr, und im Anschluss an diese Worte entschuldigte er sich mit einem knappen Nicken. Uhura begleitete ihn hinaus und warf den anderen einen unsicheren Blick zu, bevor sie den Konferenzraum verließ.

»Haben Sie eine Ahnung, was es mit dieser Sache auf sich hat, Mr. Spock?«, fragte Scotty besorgt.

Der Vulkanier zögerte. »Derzeit halte ich Spekulationen für unangebracht, Mr. Scott.«

»Mit anderen Worten: nein«, stichelte McCoy, aber es machte ihm nicht so viel Spaß wie sonst. Er fühlte sich zu müde. Sein einziger Trost bestand darin, dass offenbar auch Spock keine Lust zu einer verbalen Auseinandersetzung hatte.

»Meine Herren ...«, sagte der Vulkanier und ging ohne ein weiteres Wort. Sulu zuckte mit den Schultern und folgte ihm.

»Was halten Sie von einem Essen, Doktor?«, fragte Scott, aber McCoy schüttelte den Kopf.

»Ich glaube, ich brauche ein Fußbad«, erwiderte er und lächelte schief. Er hatte bis zum nächsten Morgen dienstfrei und während der kommenden Tage bestand seine Arbeit vor allem darin, eine im Grunde genommen kerngesunde Crew zu untersuchen und die Ergebnisse der Routineuntersuchungen in den medizinischen Datenbanken zu speichern. Von einem Augenblick zum anderen beschloss er, sich die Resultate der eigenen Untersuchung erst am nächsten Morgen anzusehen, nachdem er geschlafen hatte.

»Ich glaube, mir wird allmählich klar, dass ich nicht mehr so jung bin wie früher, Mr. Scott.«

Der Chefingenieur lächelte traurig. »Ja, wirklich schade, nicht wahr?«

Kirk bat Lieutenant Uhura, ihn mit der nächsten Kommandobasis zu verbinden, die nur einen Raumsektor entfernt war. Er wollte das Gespräch auf einem abgeschirmten Kanal führen, von seinem privaten Büro direkt neben der Brücke aus. Was auch immer Starfleet veranlasst hatte, nicht die *Enterprise* mit den Ermittlungen zu beauftragen – vielleicht war man bereit, ihm Auskunft zu geben, wenn niemand mithören konnte.

Mit verschränkten Armen stand er vor dem Bildschirm in der Bürowand und wartete auf Uhura. Es war kühl und unangenehm hell in dem kleinen Zimmer, aber Kirk wusste, dass Ärger und Ungeduld ihn gereizt und überempfindlich werden ließen. Starfleet wollte nicht, dass sie versuchten, der Sache auf den Grund zu gehen? Na schön. Aber er bestand darauf, den Grund dafür zu erfahren – immerhin hatten sie sich erheblichen Gefahren ausgesetzt, um die *Sphinx* vor der Zerstörung zu bewahren.

Uhuras Stimme drang aus dem Lautsprecher unter dem Bildschirm und teilte dem Captain mit, dass sie eine Verbindung mit einem gewissen Commodore Jefferson von Starbase 27 herstellt hatte. Die Kom-Signale wurden durch einen DS-Transmitter geleitet, was absolute Abhörsicherheit gewährleistete. Kirk dankte Uhura und ließ die Arme sinken – er wollte nicht zu aggressiv wirken, bevor er die ganze Geschichte kannte.

Es zischte und knackte mehrmals, dann erschienen Kopf und Schultern eines distinguierten Mannes auf dem Bildschirm. Das silbergraue Haar war nach hinten gekämmt und das gebräunte Gesicht wirkte freundlich.

»Captain Kirk, nehme ich an«, sagte er in einem glatten Tonfall, der seinem Äußeren entsprach. »Carl Jefferson. Freut mich, Sie kennen zu lernen. Bitte entschuldigen Sie, dass ich Ihnen nicht die Hand schüttele.«

Trotz seiner Anspannung lächelte Kirk überrascht – diesen Spruch hörte er zum ersten Mal. »Die Freude ist ganz meinerseits, Sir. Bitte verzeihen Sie, wenn ich sofort zur Sache komme, Commodore – sind Sie mit unserer gegenwärtigen Situation vertraut?«

Jefferson nickte. »Ich glaube schon, Captain. Wir haben von Starfleet Command eine Kopie Ihres Berichts – äh, Sternzeit 5462.1, fünfzehn Uhr Bordzeit – sowie der Antwort darauf erhalten. Sie wurden aufgefordert, mit der *Sphinx* im Schlepptau zur Deep Space Station M-20 zu fliegen. Dort wartet eine Ermittlungsgruppe, um das Schiff in Empfang zu nehmen. Derzeit weiß ich nicht, wer jene Gruppe leitet. Beschreibt das Ihre gegenwärtige Situation?«

»Ja, Sir«, erwiderte Kirk und musterte das offene, freundliche Gesicht des Commodore. Durfte er von Jefferson Aufrichtigkeit erwarten?

»Gibt es ein Problem, Captain? Sind Ihre Order unklar?«

»Die Order sind klar, Sir, nicht aber die Gründe dafür«, sagte Kirk und versuchte, sich möglichst diplomatisch auszudrücken. »Wir haben bereits mit Untersuchungen begonnen, sowohl in Hinsicht auf den Tod der

Crew als auch den Versuch, das Schiff durch einen beschleunigten Warptransfer zu zerstören. Ich frage mich, warum wir nicht aufgefordert wurden, die Ermittlungen fortzusetzen.«

Jefferson seufzte. »Natürlich. An Ihrer Stelle würde ich mir die gleiche Frage stellen. Ich hoffe, Sie verstehen, dass es hierbei nicht um Ihre Kompetenz oder die Fähigkeiten Ihrer Crew geht … Captain, kannten Sie Jack Casden?«

»Nein, aber ich habe seine Personaldatei eingesehen«, sagte Kirk. »Mehrere Belobigungen, gute Leistungen … Er scheint ein ausgezeichneter Offizier gewesen zu sein.«

»Ja, das war er während des größten Teils seiner beruflichen Laufbahn«, bestätigte Jefferson. »Neun Jahre sind seit seinem ersten Kommando vergangen. Nun, was in der Personaldatei fehlt, sind Hinweise auf seine politischen Anschauungen. Captain Casden trat nachhaltig dafür ein, dass die Föderation mit ihren Feinden Frieden schließen solle, vor allem mit den Romulanern und Klingonen. Man könnte ihn als einen Aktivisten bezeichnen. Er meinte, die Föderation sollte einseitig abrüsten, um ein Beispiel für Pazifismus und friedliche Problembewältigung zu geben.«

Kirk runzelte die Stirn und verschränkte die Arme. »Ich stimme nicht unbedingt mit ihm überein, aber es ist eine ehrenwerte Einstellung. Es gibt einige Gemeinschaften in der Föderation, die die Verwendung von Gewalt generell ablehnen und nur in extremen Fällen zulassen.«

»Wenn es nur eine Meinung gewesen wäre, würde ich Ihnen vorbehaltlos zustimmen«, sagte Jefferson. »Aber bei Casden steckte mehr dahinter. Es gibt bestimmte Anzeichen dafür, dass er nicht autorisierte Kontakte mit den Romulanern unterhielt. Vor etwa zwei Wochen überprüfte das Hauptquartier routinemäßig gespeicherte Logbücher einiger Starfleet-Schiffe und dabei stellte man fest, dass die Missionsberichte der *Sphinx* manipuliert waren. Bei einer genaueren Untersuchung ergab sich dies: Während der letzten zwei Jahre stieß die *Sphinx* dreimal vom Lantaru-Sektor aus in die Neutrale Zone vor.«

»In Computern gespeicherte Daten lassen sich ohne große Mühe verändern«, sagte Kirk langsam. Ein Bild von Ben Finney huschte an seinem inneren Auge vorbei und hinterließ einen Hauch Kummer.

»Das stimmt. Aber vor drei Tagen, als Ermittlungen in Bezug auf Casdens Aktivitäten angestellt werden sollten, verschwand die *Sphinx.*« Jefferson wirkte jetzt sehr ernst. »Jeder Kontakt zu ihr brach ab – bis Sie sie fanden.«

»Und sie kam aus dem Lantaru-Sektor«, sagte Kirk. Es passte alles zusammen. Ein Treffen mit den Romulanern würde das Gravitonfeld erklären …

… und der unbekannte Mann könnte ein Spion der Romulaner gewesen sein. Vielleicht beschlossen die Romulaner, in Zukunft auf Casdens Dienste zu verzichten. Oder Casden konnte die Schuldgefühle angesichts seines verräterischen Verhaltens nicht mehr ertragen und entschied, seinen romulanischen Kontaktmann und sich selbst ins Jenseits zu befördern.

Zusammen mit der ganzen Crew? Nein, dafür mussten die Romulaner verantwortlich sein … Und außerdem: Wie hatte Casden seine Leute dazu gebracht, zusammen mit ihm die Neutrale Zone zu durchqueren, nicht einmal, sondern gleich dreimal?

»Der Unbekannte, den Sie an Bord des Schiffes fanden, war zweifellos Casdens Kontaktmann«, fuhr Jefferson fort. »Und was die Graviton-Emissionen betrifft … Sie sind bestimmt kein Zufall. Der Starfleet-Geheimdienst hat vor kurzer Zeit ein Forschungszentrum eingerichtet, um die Tarntechnik zu untersuchen, aber es befindet sich auf einem Neptunmond. Auf Nereid, glaube ich.«

Offenbar wusste der Commodore nichts davon, dass die *Enterprise* die einzige Tarnvorrichtung beschafft hatte, über die man in der Föderation verfügte. Jeffersons Unwissenheit überraschte Kirk keineswegs. Jene Mission war streng geheim gewesen …

… und vielleicht hatte auch Casden der Crew diese Erklärung gegeben – eine Geheimdienst-Mission. Wenn ihm die Besatzung vertraute, kam er vielleicht damit durch.

»Sie verstehen sicher, dass Starfleet eine gründliche Untersuchung dieser ganzen Angelegenheit plant, eine, die Wochen oder gar Monate dauern könnte«, sagte Jefferson. »Ich möchte noch einmal betonen, dass Ihre Qualifikationen in Hinsicht auf eine Ermittlung nicht bezweifelt werden. Es ist nur eine Frage von Zeit und Ressourcen.«

»Ja, ich verstehe«, erwiderte Kirk. »Und ich weiß Ihre Offenheit zu schätzen, Commodore. Ich übermittle Starfleet Command eine letzte Zusammenfassung.«

»Ausgezeichnet.« Jefferson lächelte. »Gibt es sonst noch etwas, Captain Kirk?«

»Ja. Mein Erster Offizier fand einen Datenchip, der offenbar dem nicht identifizierten Passagier gehörte.«

»Ach?« Der Commodore beugte sich ein wenig vor und sein Lächeln verblasste. »Der wurde in Ihrem Bericht nicht erwähnt. Enthielt er Informationen?«

Jeffersons zwanglose Freundlichkeit wirkte plötzlich gezwungen und für eine halbe Sekunde regte sich Zweifel in Kirk. Doch er verschwand sofort wieder. Casdens heimliche Aktivitäten schienen ihn beeinflusst und Argwohn in ihm geweckt zu haben. Um Himmels willen, Jefferson war ein Starfleet-Commodore!

»Nein, eigentlich nicht«, antwortete Kirk. »Der Chip ist stark beschädigt. Wir haben nur zwei Worte aus ihm herausgeholt, und sie könnten praktisch alles bedeuten: ›von einunddreißig‹.«

Der Commodore schüttelte den Kopf und sein Lächeln kehrte zurück. »Sie haben Recht, das könnte wirklich alles bedeuten. Nun, es war mir ein Vergnügen, mit Ihnen gesprochen zu haben, aber es gibt noch andere Dinge, die meine Aufmerksamkeit erfordern. Wenn Sie mich bitte entschuldigen würden …«

»Natürlich«, sagte Kirk. »Danke dafür, dass Sie sich Zeit für mich genommen haben, Commodore.«

Jefferson betätigte eine Taste und daraufhin verschwand sein Bild vom Schirm. Kirk blieb stehen, dachte an Jack Casden und seinen zu großen pazifistischen Eifer. Die Ideale des Friedens verdienten es, dass man sich für sie einsetzte, aber die Realität war nicht ideal – das hatte Casden zu spät entdeckt.

Der Weg zur Hölle … Es stimmte Kirk traurig, und gleichzeitig weckte es neuen Zorn in ihm. Ganz gleich, welche politischen Einstellungen man vertrat, was man für richtig und falsch hielt: Der Captain war für das Leben seiner Crew verantwortlich. Anführer mussten höheren Anforderungen genügen als die meisten anderen. Menschen machten Fehler, doch jemand, der andere führte, musste manchmal über sich hinauswachsen.

Wie R. M. Merrick. Oder Garth von Izar … oder Ron Tracey oder Matt Decker …

Kirk runzelte die Stirn und verbannte diese Überlegungen aus sich – es gefiel ihm nicht, in welche Richtung sie führten. Es galt, den Flug zu einer wissenschaftlichen Konferenz fortzusetzen. Kirk kehrte zur Brücke zurück und versuchte, sich auf die Angelegenheiten des Schiffes zu konzentrieren. Aber immer wieder kehrten seine Gedanken zu Jack Casden zurück – es geschah oft, das sich wohlmeinende Personen in ihren guten Absichten verloren.

5

Von einem tiefen und friedlichen Ort des Seins aus gestattete es Spock seinem Selbst, nach oben zu steigen, und er beobachtete die Veränderungen, als eine farblose Schicht nach der anderen zurückblieb. Seine bewusste Wahrnehmung beschränkte sich auf das eigene tiefe Atmen, den Herzschlag und das Empfinden, vom Abstrakten zum Konkreten zurückzukehren. Zeit und Aktivität existierten nicht, nur ein Verstehen von Bewegung und die Bestätigung des Unvermeidlichen.

Spock befand sich allein in seinem Quartier, verharrte dicht unter der Oberfläche seiner individuellen Realität und gestattete es formlosen Gedankenströmen, durch sein Bewusstsein zu ziehen. Gedanken und Gefühle, die er zur Kenntnis nahm, ohne sich an ihnen zu beteiligen, die er nur beobachtete und vorbeiziehen ließ. Diese einfache Meditation lehrte man vulkanische Kinder als Teil eines Ausbildungsprogramms, das die meisten beendeten, bevor sie die körperliche Reife erreichten. Aber wegen seiner vulkanoterranischen Herkunft hatte Spock diese Meditation seinen morgendlichen Studien hinzugefügt.

Vor siebzehn Stunden hatte Mr. Scott von Graviton-Emissionen an der Außenhülle der *Sphinx* berichtet, von Emissionen, wie sie durch den Kontakt mit einem Tarnfeld hervorgerufen wurden. Seitdem hatte Spock viele Male an die Mission der *Enterprise* gedacht, bei der es um die Beschaffung einer romulanischen Tarnvorrichtung gegangen war. Er hielt es für verständlich, wenn man die Vergangenheit mit der Gegenwart verband, denn die Tarnvorrichtung war ein gemeinsames Element. Aber die Erinnerungen an eine ganz bestimmte Romulanerin und seine Unfähigkeit, jener Reminiszenzen Herr zu werden, hatten ihn zu dieser Meditation veranlasst. Seine letzten Gedanken an sie lagen Wochen zurück und er hatte geglaubt, die Romulanerin aus seinem tiefen Selbst entfernt zu haben – ein Irrtum, wie sich nun herausstellte.

Gedanken ohne Form, in Gedanken verwandelte Gefühle. Der Klang ihrer Stimme. Spock erinnerte sich daran, entsann sich auch an die physischen Empfindungen, als sie ihm seinen Namen ins Ohr geflüstert hatte. Die starke Verlockung, die in ihren Worten zum Ausdruck kam. Der innere Konflikt, als sie seinen Verrat in Frage stellte, Ärger und Zorn in ihrer Stimme, ein von ihm verursachter Schmerz.

Beobachtet und freigegeben. Die Berührung ihrer Hand. Entflammte Sinne, ein weiterer Konflikt, ausgelöst von physischem Kontakt. Das Entstehen von Verlangen und Sehnsucht, ihre Emanationen stimulierten seine eigenen – und sein privates Missfallen. Er wusste, was die unmittelbare Zukunft bereithielt und angesichts dieses Wissens konnte es nicht zu einer vollständigen Verbindung mit ihr kommen. Sein Missfallen galt dem Umstand, dass er eine Beeinträchtigung seiner Disziplin zugelassen hatte. Und dann ... Akzeptanz, dass dies ihm gleichgültig gewesen war zu dem Zeitpunkt, als ihre Finger ihn berührt hatten.

Gedanken glitten vorbei, fort von ihm. Das endgültige Verstehen der disharmonischen Dualität, dass er einen Erfolg errungen hatte durch die Manipulation eines Offiziers des Romulanischen Reiches ... Und er hatte eine Frau verletzt, die ihm gegenüber verwundbar geworden war. Die persönlichen Konsequenzen: für sie beide eine Rückkehr zur individuellen und kulturellen Identität, zu den Rollen, die sie lange vor ihrer Begegnung für sich selbst gewählt hatten. Vermutlich befand sich die Romulanerin jetzt wieder bei ihrem Volk und hatte ihre Beziehung als einen Fehler zu den Akten gelegt.

Beobachtet. Und entfernt. Um die vulkanische Disziplin zu wahren und sich zu kontrollieren, war es oft notwendig, die Existenz des Alternativen zu akzeptieren. Aufgrund seiner besonderen Natur würde es wahrscheinlich immer ein wenig Mühe erfordern, Emotionen anzuerkennen, ohne ihnen nachzugeben. Und wegen der eigenen Fehler streng über sich zu urteilen … Auch darin kam Emotionalität zum Ausdruck. Er musste beobachten und lernen, anerkennen und freigeben.

Wenn Spock an die Romulanerin und den Diebstahl der Tarnvorrichtung dachte, so bekam er es mit einem Problem spezieller Natur zu tun: Sein emotionales und intellektuelles Verhalten konnte er ebenso wenig rationalisieren wie Starfleets Beteiligung an einem so unverschämten Fall von Spionage. Als Starfleet-Offiziere hatten er und der Captain dem Befehl gehorcht, zu täuschen und zu stehlen, unter der Annahme, dass der Zweck die Mittel heiligte. Es war ihnen gelungen, die Mission zu einem erfolgreichen Ende zu bringen, doch Spock sah sich außerstande, Starfleets Entscheidung gutzuheißen, solche Methoden zu verwenden. Hinzu kam: Er brachte es nicht fertig, sich davon zu überzeugen, dass er keine andere Möglichkeit gehabt hatte, trotz seiner Pflichten Starfleet gegenüber. Es gab *immer* eine Alternative.

Genug.

Er hatte alle Schlüsselelemente erwogen. Unter den gegenwärtigen Umständen blieben weitere Kontemplationen sinnlos.

Spock beendete die Meditation, ließ alle Gedanken

fortgleiten und besann sich auf die Essenz der Disziplin, bevor er zum vollen Bewusstsein zurückkehrte. Er öffnete die Augen und wurde wieder zu Spock, einem Mann der Wissenschaft und strengen Selbstbeherrschung, dem Ersten Offizier der *Enterprise.*

Sein Dienst begann in weniger als einer Stunde. Er erhob sich von den Knien und traf Vorbereitungen.

Christine Chapel kam früher als sonst, um mit der Arbeit zu beginnen, aber diesmal war McCoy noch vor ihr eingetroffen. Er saß an seinem Schreibtisch, vor sich einen Stapel Datenscheiben, und starrte mit völlig ausdrucksloser Miene auf den Computerschirm. Normalerweise kam er immer erst eine halbe Stunde nach dem Beginn von Christines Dienst und war morgens recht brummig. Die Veränderung in seinem Verhalten veranlasste die Krankenschwester, das Schlimmste anzunehmen.

Er hat etwas gefunden. Bei einer der Routineuntersuchungen.

»Doktor?«

Er schien sie gar nicht zu hören. Christine trat einige zögernde Schritte näher und die Leere in McCoys Gesicht beunruhigte sie immer mehr. Er wirkte auch recht blass.

»Dr. McCoy«, sagte sie besorgt und trat neben ihn. Er sah auf, als sie ihn erreichte, und Christine stellte fest, dass der Computerschirm nicht einmal eingeschaltet war.

»Hallo, Christine«, erwiderte der Arzt leise, ohne zu lächeln. Sein Blick reichte in die Ferne und Chapel spürte, wie aus ihrer Sorge Furcht wurde. So sah McCoy sonst *nie* aus.

»Was ist los?«

McCoy blinzelte und sein Blick kehrte ins Hier zurück. Er sah Christine an, schnitt dabei eine ärgerliche

Miene, und angesichts des vertrauten Gesichtsausdrucks fiel der Krankenschwester ein Stein vom Herzen.

»Was meinen Sie mit ›Was ist los‹?«, brummte er. »Es ist früh am Morgen, das ist los.«

»Bitte entschuldigen Sie«, sagte Christine, lächelte erneut und kam sich wie eine Närrin vor. Ihre Mutter hätte sie eine dumme Gans genannt. »Sie wirkten so nachdenklich, und als ich die Datenscheiben sah, dachte ich … Nun, schon gut.«

Der Arzt wölbte eine Braue. »Sie sahen die Datenscheiben und dachten …?«

Christine zögerte und wusste nicht genau, ob sich McCoy tatsächlich eine Auskunft wünschte oder sie nur aufziehen wollte. Vielleicht beides. Allerdings … Er war noch immer blass und in seinem Gesicht zeigte sich eine gewisse Leere.

»Ich dachte, Sie hätten vielleicht etwas in den Ergebnissen der Untersuchungen von gestern gefunden«, sagte die Krankenschwester unsicher. »Ich wollte mir die Resultate ansehen, bevor Sie eintrafen … *Haben* Sie etwas gefunden, Doktor?«

McCoy stand auf, schritt durchs Zimmer und antwortete über die Schulter hinweg. »Soll das ein Witz sein? Wir können von Glück sagen, dass man unsere Abteilung noch nicht geschlossen hat.«

Das ist keine Antwort. Etwas stimmte nicht, Christine spürte es ganz deutlich. Und es sah McCoy gar nicht ähnlich, ihr gegenüber so ausweichend zu sein …

Ein schrecklicher Gedanke entstand in ihr, zu schrecklich, um ihn für sich zu behalten.

»Haben Sie sich mein Untersuchungsergebnis angesehen?«, fragte Christine. Der hohle, erzwungen neutrale Klang ihrer Stimme ließ sie frösteln.

McCoy war am Tresen auf der gegenüberliegenden Seite des Raums stehen geblieben und kramte in einer

Schublade. Als er Chapels Frage hörte, drehte er sich um, und was auch immer er in ihrem Gesicht sah: Es veranlasste ihn, den Kopf zu schütteln. In seinen Augen glänzte es amüsiert.

»Ja, und ich muss Ihnen dies mitteilen, Schwester: Sie haben abgenommen.«

»Tatsächlich?« Innerlich hüpfte Christine voller Freude und klatschte in die Hände. Die vielen Salate zahlten sich aus. »Nun, das ist … wundervoll.«

»Ja«, sagte McCoy, lächelte und entnahm der Schublade zwei Nahrungskarten. »Da meine Arbeit offiziell erst in einer halben Stunde beginnt, werde ich die Sache mit einem kalorienreichen Frühstück feiern: Eier, Schinken, der ganze Kram.«

»Wenn Sie sich das leisten können, dürften Sie ebenfalls abgenommen haben«, erwiderte Christine scherzhaft.

»Ich fürchte, da haben Sie Unrecht«, sagte McCoy. Sein Lächeln verblasste und Chapel stellte fest, dass er einfach nur müde aussah.

Seine Müdigkeit dürfte wohl kaum ein Wunder sein. Er ist ein Morgenmuffel und vermutlich schlief er noch halb, als ich hereinkam …

»Ich bin rechtzeitig zum Beginn meines Dienstes zurück«, sagte McCoy. »Die erste Routineuntersuchung betrifft Miss Eckert, nicht wahr?«

Christine nickte. »Ja, Doktor.«

»Gut. Falls sie ein wenig zu früh eintreffen sollte … Bitten Sie sie um etwas Geduld.«

Er verließ die Krankenstation und blickte nicht zurück. Christine sah ihm einige Sekunden lang nach, schüttelte dann den Kopf und dachte, dass sie einfach zu viel hinter dem seltsamen Verhalten des Arztes vermutete. Irgendwann hatte jeder einmal einen schlechten Tag. Manchmal konnte sie *wirklich* eine dumme Gans sein …

Aber keine dicke, dachte sie, lächelte und klopfte sich an die Hüften.

Christine Chapel nahm vor dem Computer Platz, rief den Tagesplan auf den Schirm und summte leise vor sich hin, als sie Datenscheiben in den Abtaster schob und sich Untersuchungsergebnisse ansah. Sie merkte nicht, dass McCoys Datei fehlte, und als er vom Frühstück zurückkehrte, war er wieder ganz der Alte.

McCoy war von Christine überrascht worden, denn als sie eintraf, hatte er die Resultate gerade erst gelesen. Aber er glaubte, sich schnell genug gefasst zu haben, um die Krankenschwester zu beruhigen. Er frühstückte nicht, wanderte stattdessen ziellos durch die Korridore, bis es Zeit wurde, zur Krankenstation zurückzukehren. Er dachte an nichts, was vermutlich am Schock lag.

Irgendwie brachte er den Morgen hinter sich und versuchte, ganz normal zu erscheinen: Er erlaubte sich den einen oder anderen Scherz, erzählte der Parade wechselnder Gesichter einige Geschichten. Er glaubte, eigentlich gar nicht so schlecht zurechtzukommen. Er wusste nicht, was er denken oder was er unternehmen sollte, aber er hatte die Sorge in Schwester Chapels Gesicht gesehen und begriffen: Mehr davon – von irgendjemandem – wäre zu schmerzhaft für ihn gewesen.

McCoy zwang sich, gegen Mittag etwas zu essen, das überhaupt keinen Geschmack zu haben schien. Er war nicht hungrig, aber es wartete Arbeit auf ihn und ihm lag nichts an einem physischen Kollaps. Ihm blieben noch Wochen, vielleicht sogar Monate, bevor die Symptome seine Leistungsfähigkeit beeinträchtigten. Er wollte die Welt nicht auf seine Krankheit hinweisen, indem er wegen mangelhafter Ernährung einen Zusammenbruch erlitt.

Auch der Nachmittag verging. Er schaffte es sogar, einige Stunden lang nicht an die Diagnose zu denken und über eine von M'Bengas Geschichten zu lachen, als der Doktor am Abend seinen Dienst antrat. Doch er konnte der Wahrheit nicht auf Dauer entkommen, spürte ihr Gewicht, ihr Drängen nach Akzeptanz. McCoy wollte sich nicht mit dem Abendessen aufhalten und nahm einige Nahrungszusätze mit, als er die Krankenstation verließ und sein Quartier aufsuchte.

Er saß auf der Bettkante und spülte einige Pillen mit einem Glas Wasser hinunter. Anschließend zog er die Stiefel aus, legte sich hin, faltete die Hände auf der Brust und schloss die Augen. Erst dann, allein und ohne Verantwortung, gestattete er sich, über die Ergebnisse seiner Untersuchung nachzudenken.

Xenopolycythämie. Unheilbar. Im Lauf der Jahre hatte er Hunderte von Krankheiten kennen gelernt, so viele, dass sie ihre individuellen Eigenheiten zu verlieren schienen. Aber diese seltene Blutkrankheit beanspruchte einen besonderen Platz in McCoys Gedächtnis. Vielleicht lag es am Namen, Xenopolycythämie. Er rollte über die Zunge, wie die Bezeichnung einer exotischen Blume oder eines fernen Ortes.

Der Verlauf der Krankheit war nicht annähernd so zauberhaft, aber ebenso unvergesslich. Es kam zu einer Vergrößerung der Milz, außerdem zu einer gesteigerten Produktion von roten und weißen Blutkörperchen. Im Frühstadium – in seinem Fall vor etwa drei Monaten – konnte die Milz entfernt werden und dann standen die Heilungsaussichten recht gut. Aber sobald das Lymphsystem betroffen war, griff die Krankheit auf die Lymphknoten und andere empfindliche Organe über. Das war der Anfang vom Ende.

Für mich ist es bereits zu spät, dachte McCoy und fragte sich, wann Trauer und Furcht kamen. Derzeit fühlte er sich wie betäubt und müde. Ein gewisses Bedauern regte sich in ihm, so als hätte er von der Tragödie einer anderen Person erfahren, aber mehr nicht. Er wusste nicht, ob das gut oder schlecht war.

Er dachte daran, wie sich die Krankheit auswirkte. Nach und nach würde sich die Vermehrung der Blutkörperchen bemerkbar machen. Schmerzen in den Extremitäten, Schwäche und Erschöpfung, während das Herz immer dickflüssigeres Blut durch die Adern pumpen musste. Während der letzten Monate war der Patient ans Bett gefesselt und jede Bewegung stellte eine große Belastung für die überanstrengten Muskeln dar. Die vergrößerten Lymphknoten in der Brust übten starken äußerlichen Druck auf das Herz auf, das sich immer mehr bemühen musste – bis es schließlich aufgab. Es blieb McCoy höchstens noch ein Jahr.

Was würde er zurücklassen? Einige Freunde, aber keine Familie. Seit Nancy hatte er keine ernsten Beziehungen zum anderen Geschlecht mehr unterhalten und diese letzte war schon seit langer Zeit nicht mehr Teil seines Lebens. Es würde keine Frau geben, die sich an ihn erinnerte und um eine verlorene Liebe weinte. Eine berufliche Laufbahn, die viele gute Leistungen vorweisen konnte; vielleicht würde sein Name in irgendwelchen zukünftigen medizinischen Texten erwähnt werden, in Zusammenhang mit dieser oder jener Technik – ein weiterer alter Name, desinteressiert gelesen von jungen Medizinstudenten, die nicht wussten, dass Leonard McCoy ein Mann mit einem Leben gewesen war, ein Mann, der viele Dinge gesehen, geliebt und die Einsamkeit kennen gelernt hatte. Ein Mann, der vor seinem zweiundvierzigsten Geburtstag an einer unheilbaren Krankheit gestorben war.

Es rannen McCoy keine Tränen über die Wangen, aber der Kummer folgte ihm in den Schlaf, suchte ihn heim in Träumen von all den Patienten, die er verloren hatte. Ihre stummen Gesichter und glasigen Augen schienen ihn als einen der ihren willkommen zu heißen.

6

CAPTAINS LOGBUCH, STERNZEIT 5465.4:

In einer Stunde erreichen wir die Station M-20 und dort sollen wir die U.S.S. *Sphinx* einer speziellen Ermittlungsgruppe übergeben, die vermutlich bereits mit Untersuchungen in Hinsicht auf den angeblichen Verrat des Starfleet-Captains Jack Casden begonnen hat. Darüber hinaus ist eine Gedenkfeier für die ums Leben gekommene Crew der *Sphinx* geplant.

Mit dem kleinen Schiff im Schlepptau können wir nur mit niedriger Warpgeschwindigkeit fliegen, was bedeutet: Wir haben bereits einen Tag der viertägigen wissenschaftlichen Konferenz verloren. Aus Sicherheitsgründen gibt es keinen allgemeinen Landurlaub. Allerdings haben zahlreiche Angehörige der wissenschaftlichen und technischen Abteilungen der *Enterprise* um Erlaubnis gebeten, einzelne Debatten im Rahmen der Konferenz zu besuchen, und ich werde entsprechende Genehmigungen erteilen.

Spock wartete im Transporterraum, als Kirk eintraf, und Scott stand an den Kontrollen. Für diesen Tag waren die Diskussionsrunden der Konferenz beendet, aber ein Repräsentant der Ermittlungsgruppe wartete auf sie. Zwar verstand Kirk jetzt die Gründe für Starfleets Entscheidung, doch er wollte ganz sicher sein, dass er die *Sphinx* – und die von seiner Crew entdeckten Informationen – fähigen Händen überließ.

Vielleicht bin ich dann imstande, diese Sache wirklich loszulassen …

Er war nicht fähig gewesen, sich von dem Unbehagen zu befreien, das Casdens mutmaßlicher mentaler Kollaps in ihm geschaffen hatte. Ganz im Gegenteil: Es wurde immer schlimmer. Wie oft waren gute, bewundernswerte Männer unter dem Gewicht ihrer Verantwortung zusammengebrochen? Was wäre geschehen, wenn …

Hör auf!, befahl er sich und reagierte wie immer ein wenig überrascht, als es tatsächlich funktionierte.

Kirk schritt zur Plattform und Spock folgte ihm.

»Kommt der Doktor nicht mit?«, fragte der Vulkanier.

»Nein, er meinte, er hätte zu viel zu tun«, erwiderte Kirk und sah zum Chefingenieur. »Mr. Scott, ich nehme an, Sie nehmen morgen an der Diskussion über künstlich verbessertes Dilithium teil, nicht wahr?«

»Aye, und ich freue mich bereits darauf, Sir, ebenso wie meine Jungs«, antwortete Scott und strahlte regelrecht. Kirk sah, dass der Chefingenieur am liebsten schon jetzt ausführlich über dieses Thema gesprochen hätte, und er lächelte innerlich über Scotts Enthusiasmus. Es erfüllte ihn mit Stolz, dass so viele Angehörige seiner Crew gebeten worden waren, an der Konferenz teilzunehmen.

»Energie«, sagte Kirk und straffte die Schultern.

Es schimmerte und plötzlich standen der Captain und Spock auf einer anderen Plattform in einem wesentlich größeren, allein auf Nützlichkeit ausgerichteten Raum. Aus einem Reflex heraus ließ Kirk den Blick umherschweifen, um einen Eindruck von der neuen Umgebung zu gewinnen, richtete seine Aufmerksamkeit dann auf den Mann vor ihnen. Eine Uniform mit Kommando-Gelb, graues Haar, ein breites Lächeln …

»Captain James Tiberius Kirk«, sagte der Mann laut, näherte sich und streckte die Hand aus.

Kirk grinste, trat von der Plattform herunter, ergriff die dargebotene Hand und übernahm die Vorstellung. »Mr. Spock, das ist Captain Gage Darres, einer von Starfleets besten Offizieren. Captain, mein Erster Offizier Mr. Spock.«

Der Vulkanier neigte kurz den Kopf. »Es ist mir eine Ehre, Sir.«

In Darres' Augen funkelte es. »Ich habe viel Gutes über Sie gehört, Mr. Spock, aber ich muss fragen, warum sich ein so logischer Bursche wie Sie ausgerechnet mit jemandem wie Kirk herumtreibt.«

Kirk wusste, dass Spock wahrscheinlich versuchen würde, die Frage zu beantworten, und deshalb griff er rasch zugunsten seines Ersten Offiziers ein. »Hören Sie nicht auf ihn, Spock. Captain Darres wird allmählich alt und weiß nicht mehr, was er sagt.«

Darres lachte. Spock beschloss klugerweise, still zu bleiben.

»Kommen Sie, ich spendiere Ihnen beiden einen Drink«, sagte Darres und deutete zur Tür. »In meinem Quartier habe ich eine Flasche mit halbwegs anständigem saurianischem Brandy. Dort ist es ruhiger als in den Bars der Station, in denen derzeit wegen der Konferenz ziemlicher Betrieb herrscht. Meine Güte, Sie können sich kaum vorstellen, wie viel sich diese Wissenschaftler hinter die Binde gießen …«

»Zuerst müssen wir uns um gewisse dienstliche Dinge kümmern«, begann Kirk, aber Darres unterbrach ihn sofort.

»Ich weiß«, sagte er und sein Lächeln verschwand. »Ich bekam gestern den Auftrag, die Ermittlungen zu leiten. Kommen Sie, mein Quartier ist nicht weit von hier entfernt.«

Kirk dachte an seine Besorgnis, die ihm plötzlich völlig unbegründet erschien. Casdens Aktionen *hatten* schwer auf ihm gelastet und ihn an Ereignisse in der Vergangenheit erinnert, die er lieber vergessen wollte. Andererseits war ihm auch nicht wohl dabei zumute gewesen, diese Angelegenheit jemand anders zu überlassen. Aber wenn Gage Darres die Ermittlungen leitete ... Er konnte sich kaum jemanden vorstellen, der besser dafür geeignet war.

Sie verließen den Transporterraum und Darres führte seine beiden Begleiter durch den Korridor. Kirk freute sich über das Wiedersehen. Sie hatten beide zur Crew der U.S.S. *Farragut* gehört, als Kirk noch ein Lieutenant gewesen und Darres gerade zum Commander befördert worden war. Darres kam damals nach dem Zwischenfall auf Tychos IV zur *Farragut,* lernte Kirk während einer negativen Phase seines Lebens kennen und redete ihm sogar die Absicht aus, den Dienst zu quittieren. Trotz einer nur sechs Monate dauernden Zusammenarbeit hatte Kirk zu ihm aufgesehen und noch heute erfüllte es ihn mit Stolz, dass er damals gewissermaßen von Darres auserwählt worden war als jemand, der ein wenig Zuspruch brauchte und auch verdiente.

Die Raumstation M-20 war geradezu riesig und entsprach dem üblichen DS-Muster. Mit anderen Worten: Sie bestand aus zahlreichen multiplen Modulen, untereinander mit Speichen verbunden. Sie konnte fünftausendfünfhundert Personen unterbringen und derzeit schienen sich sogar noch mehr hier aufzuhalten. In den Korridoren herrschte lebhafter Verkehr, manchmal sogar heilloses Durcheinander. Immer wieder bildeten sich hier und dort Gruppen, die für andere Passanten zu Hindernissen wurden. Kirk beobachtete größtenteils Menschen, Starfleet-Angehörige und Zivilisten, deren

Identitätsabzeichen sie als Konferenzteilnehmer auswiesen. Aber ihm fielen auch Repräsentanten anderer Föderationsplaneten und von Welten auf, die der Föderation nahe standen. So sah er zum Beispiel einige Vulkanier, die Spock bemerkten und ihm höflich zunickten, drei in Schutzanzüge gekleidete Regulaner, einen Halkanier, mehrere Tellariten, sogar einige Wesen, die er nicht sofort erkannte … Es war ein ziemlich bunt gemischter Haufen, gelinde gesagt.

»Ich dachte, an der Konferenz nehmen nicht mehr als sieben- oder achthundert Personen teil«, sagte Kirk und hob die Stimme ein wenig, um sich Gehör zu verschaffen – überall um sie herum fanden Gespräche statt.

»Das stimmt«, bestätigte Darres. »Aber sie sind alle in diesem Bereich untergebracht. Vor zwei Tagen hatte der Stationsverwalter Mr. Miatsu die großartige Idee, einigen der berühmteren Föderationswissenschaftlern Offiziersquartiere auf der anderen Seite der Station zur Verfügung zu stellen. Man bat uns, großzügig zu sein – Sie wissen ja, wie das ist. Wie dem auch sei: Für die Dauer der Konferenz wohne ich in dieser Sektion.«

Schließlich blieb Darres vor einer Tür stehen, wandte sich ihrem Kontrollmodul zu und gab seine Identifikationsnummer ein. Die drei Männer traten ein und aus dem Lärm im Korridor wurde ein dumpfes Brummen, als sich die Tür hinter ihnen schloss.

Die Gästezimmer waren schmucklos, aber recht bequem eingerichtet. Darres deutete auf mehrere Sessel, nahm die Flasche mit saurianischem Brandy und zwei Gläser, nachdem Spock den angebotenen Drink abgelehnt hatte. Sie nahmen Platz und Darres schenkte für sich und Kirk ein.

Er hob sein Glas, ohne zu lächeln. »Auf die Crew der *Sphinx*«, sagte er ernst und trank. Kirk nickte zustimmend, folgte seinem Beispiel und spürte, wie ihm der Brandy warm und glatt durch die Kehle rann.

Kurze Stille folgte und Kirk musterte Darres, als der sein Glas erneut füllte. Einige zusätzliche Falten, das Haar jetzt vollkommen grau – aber er strahlte noch immer die Kraft und Vitalität aus, die Kirk stets bewundert hatte. Er war sogar bestrebt gewesen, sich als Captain eine ähnliche Aura zuzulegen.

Er schüttelte den Kopf, als Darres auf sein Glas deutete.

»Es freut mich, Sie wiederzusehen, Captain«, sagte Kirk und lächelte. »Und um ganz ehrlich zu sein: Es erleichtert mich, dass man Sie mit den Ermittlungen beauftragt hat. Mr. Spock hat eine Liste aller Dinge zusammengestellt, die wir bisher herausgefunden haben: medizinische Berichte, Schadensuntersuchungen und so weiter. Hat Starfleet Ihnen bereits die manipulierten Logbücher geschickt?«

Darres nickte langsam und lehnte sich zurück, ohne das zum zweiten Mal gefüllte Glas anzurühren. »Ja.«

Kirk verzichtete darauf nachzuhaken, als Darres nicht weiter auf dieses Thema einging. Vielleicht hatte er die Anweisung gekommen, nicht über die anstehenden Ermittlungen zu sprechen. Doch als Kirk ein weniger ernstes Thema anschneiden wollte, brachte Darres seine Meinung plötzlich auf unmissverständliche Weise zum Ausdruck.

»Ich kannte Jack«, sagte Darres. »An seiner Loyalität der Föderation gegenüber besteht nicht der geringste Zweifel. Es ist eine abgekartete Sache, Jim, die ganze Angelegenheit, aber der Grund dafür bleibt mir ein Rätsel.«

Nach diesen erstaunlichen Worten leerte Darres sein Glas und starrte mit ausdrucksloser Miene darauf hinab. Die Behauptung faszinierte Spock. Als Captain Kirk nicht sofort darauf antwortete, Darres nur überrascht musterte, beschloss der Vulkanier, eine eigene Frage zu stellen.

»Darf ich fragen, auf welcher Grundlage Sie von einer solchen Vermutung ausgehen, Sir?«

Darres lächelte humorlos. »Jack Casden und ich haben zur gleichen Zeit für das Hauptquartier des Starfleet-Geheimdienstes gearbeitet, vor etwa dreizehn Jahren, ich in der Verwaltung und er bei Außeneinsätzen. Etwa zwei Jahre lang waren wir im gleichen Gebäude tätig und wurden zu guten Freunden.«

»In dreizehn Jahren kann viel geschehen«, sagte Captain Kirk sanft. »Menschen verändern sich.«

Darres beugte sich vor und richtete einen durchdringenden Blick auf Kirk. »Ja. Aber vor fünf Jahren wollte es der Zufall, dass wir uns an Bord einer Raumstation begegneten. Wir aßen zusammen, genehmigten uns das eine oder andere Gläschen ... Im Großen und Ganzen war Jack der Gleiche geblieben.

Es ist einige Jahre her, seit wir beide uns zum letzten Mal begegneten, aber früher kannten wir uns gut«, fuhr Darres fort. »Was wäre, wenn Ihnen jemanden erzählen würde, dass ich Klingonen heute für sympathisch halte und der Meinung bin, wir sollten ihnen eins unserer Raumschiffe überlassen – damit sie es untersuchen und feststellen können, dass wir nur die besten Absichten haben?«

»Es ist nicht das Gleiche, Gage ...«

Darres ließ nicht locker. »Wie würden Sie reagieren?«

Captain Kirk zögerte und schüttelte den Kopf. »Ich würde es nicht glauben«, sagte er leise.

»Ich *kannte* ihn, Jim«, sagte Darres mit Nachdruck. »Sicher, er wollte mit unseren Feinden Frieden schließen, aber er war nicht dumm. Er wusste, dass Vertrauen Zeit braucht, und er hätte niemals die völlige Entwaffnung von Starfleet unterstützt. Und er wäre auf keinen Fall bereit gewesen, auf eigene Faust einen Kontakt mit den Romulanern herzustellen. Ich versichere

Ihnen: Jack Casden hätte sein Leben geopfert, um die Interessen der Föderation zu schützen.«

Spock sah deutlich, dass Darres Captain Kirk überzeugt hatte, aber bisher war er noch nicht auf den zweiten Punkt seiner Behauptung eingegangen.

Kirk sprach ihn darauf an. »Wenn Sie Recht haben ... Wem sollte daran gelegen sein, Jack Casden so etwas anzuhängen? Und warum?«

»Außerdem gibt es auch noch die Frage nach dem Wie«, fügte Spock hinzu. »Ihr Glaube an Casdens Unschuld impliziert eine Verschwörung: die Manipulation der Logbücher, die Erzeugung des Gravitonfelds beziehungsweise seine Erklärung ... Und wenn Casden nicht aus eigenem Antrieb den Lantaru-Sektor aufsuchte – wer gab ihm den Befehl, dorthin zu fliegen, und wo befinden sich entsprechende Aufzeichnungen?«

Darres schüttelte den Kopf und sah zum Vulkanier. »Ich weiß es nicht. Aber ich werde es herausfinden. Glauben Sie mir: Wer auch immer hinter dieser Sache steckt – er wird es bald bedauern, dass man mich mit den Ermittlungen beauftragt hat.«

Captain Kirk musterte ihn aufmerksam. »Und wenn Sie Anzeichen dafür finden, dass Casden tatsächlich Schuld auf sich geladen hat?«

»Mir geht es um die Wahrheit, Jim«, sagte Darres. »Wenn ich mich in Hinsicht auf Casden geirrt habe, so werde ich nicht zögern, das einzugestehen.«

Captain Kirk schien mit dieser Antwort zufrieden zu sein. »Na schön. Unser Traktorstrahl ist noch immer auf die *Sphinx* gerichtet. Vermutlich hält sich jemand für den Transfer in Bereitschaft, nicht wahr?«

Als Darres nickte, stand der Captain auf und Spock folgte seinem Beispiel.

»Die betreffenden Personen sollen sich mit meinem Chefingenieur Mr. Scott in Verbindung setzen«, sagte Kirk. »Mr. Spock, die Dateien ...«

Auch Darres erhob sich und Spock reichte ihm einen Datenchip.

»Ich möchte, dass meine Gruppe noch heute Abend mit den Ermittlungen beginnt, aber vielleicht können wir uns morgen beim Mittag- oder Abendessen treffen«, sagte Darres. »Ich würde gern ein wenig plaudern, über die alten Zeiten und so.«

Er nickte Spock zu. »Sie sollten ebenfalls kommen. Ich erzähle Ihnen von einigen alten Leichen in Jims Keller und Sie können mir von den neuen berichten.«

Spock fand die Aussicht, in Anwesenheit des Captains über seine Fehler und Mängel zu reden, alles andere als verlockend und außerdem wollte er den kommenden Tag ganz der Teilnahme an verschiedenen Diskussionsrunden widmen. Um nicht unhöflich zu sein, neigte er kurz den Kopf, gab damit zu erkennen, dass er die Einladung zur Kenntnis nahm.

Die drei Männer gingen zur Tür, Darres und Captain Kirk vor Spock.

»Können Sie mich über alle Entwicklungen auf dem Laufenden halten?«, fragte Kirk.

Darres nickte. »Ich habe den Befehl erhalten, mit niemanden an Bord der *Station* darüber zu reden«, erwiderte er. »Aber wenn Sie an Bord Ihres Schiffes sind ...«

Kirk lächelte. »Gut.«

Es überraschte Spock ein wenig, dass Darres und Kirk die Anweisungen wortwörtlich interpretierten, aber es war nicht unbedingt ungebührlich. Spock erhob keine Einwände, auch deshalb nicht, weil seine eigene Neugier erwacht war. Als Offizier unter dem Kommando von Captain Kirk hatte er die Erfahrung gemacht, dass man ein Ziel manchmal am schnellsten erreichte, wenn man einen Weg fand, gewisse Order zu umgehen. Einmal hatte es der Captain ganz klar ausgedrückt: Es gab nichts daran auszusetzen, die Vorschriften ein wenig großzügig auszulegen, wenn es einen weiterbrachte.

Jain Suni stand am zweiten Tag der Konferenz früh auf, genehmigte sich ein leichtes Frühstück und verbrachte dann eine Stunde damit, Notizen für Bendes' Diskussionsrunde am Abend zu schreiben. Die Konferenz langweilte sie bereits, ebenso die Gesellschaft der Wissenschaftler. Sicher, viele von ihnen waren brillant, aber bisher hatte sie noch keine einzige wirklich originelle Idee gehört. Außerdem war sie noch keiner dynamischen, aufregenden Persönlichkeit begegnet, die über einen wirklichen Sinn für Humor verfügte. Suni wusste, dass solche Leute existierten, aber offenbar hatten sie auf einer Teilnahme an der Konferenz verzichtet. Leider bestand Bendes darauf, dass sie noch einen weiteren Tag blieben.

Und was Bendes wünscht … Suni speicherte die Notizen – die Bendes vermutlich gar nicht brauchte – und spürte, wie sich neuerliche Unruhe in ihr regte. Sie sah sich selbst als eine Frau der Tat. Worte bedeuteten ihr nicht viel, deshalb hielt sie die Konferenz für unwichtig, für Zeitverschwendung. Die meisten Redner hatten ihre Ideen bereits veröffentlicht und Suni las viel. Aber im Gegensatz zu ihr fand Bendes Gefallen an Politik und glaubte, dass ein offener Gedankenaustausch Aufgeschlossenheit bewirkte. Er war seltsam idealistisch, auf seine eigene Art und Weise, doch Suni hielt an der Entschlossenheit fest, ihn um jeden Preis zu unterstützen. Hinzu kam: Derzeit gab es im Laboratorium nichts zu tun, weder für sie noch für ihn, und wenn etwas schlimmer war als Langeweile, so das endlose Warten auf Resultate.

Nach einigen gymnastischen Übungen und einer Dusche kleidete sich Suni an und wählte ganz bewusst einen dunkelgrünen, hautengen Einteiler mit tiefem Ausschnitt. Die Kleidung wirkte durchsichtig, war es aber nicht. Viele ihrer Kollegen würden schockiert, neidisch oder interessiert sein – es hing ganz von Spezies und Geschlecht ab. Sie musste zugeben, dass ihr der allgemeine Antilogie-Faktor gefiel. Von Quantenfeld-Theoretikern erwartete man für gewöhnlich keine Extrovertiertheit.

Sie warf einen kurzen Blick aufs Konferenzprogramm und vermutete, dass Bendes an einer der Diskussionen über Subraum-Theorie teilnehmen wollte. Dabei ging es zum Beispiel um die Frage, welche Arten natürlicher Energie in gewissen Schichten des Subraums existierten und wie man an sie herankommen konnte. Schnee von gestern. Suni hatte bereits die nicht unbedingt plausiblen – und ausgesprochen langweiligen – Spekulationen des wichtigsten Redners zu diesem Thema gelesen. Aber vielleicht sollte sie trotzdem dort vorbeischauen, um mit Bendes zu reden und festzustellen, ob er etwas vom Labor gehört hatte. Darüber hinaus wollte sie ihm ihre Notizen für die Zukunft-der-Technik-Diskussion bringen. Er und fünf andere Starfleet-Größen würden im größten Saal sprechen und man rechnete mit zahlreichen Zuhörern. Ohne Anleitung und einige stabilisierende Fakten neigte Bendes dazu, vom Thema abzuschweifen. Voller Leidenschaft.

Suni steckte einige unentbehrliche Dinge in die kleine Tasche am Gürtel, verließ ihr Quartier und ging in Richtung des Raums, in dem die Subraum-Diskussion stattfand. Unterwegs bemerkte sie zahlreiche Blicke. Selbst die Vulkanier, an denen sie vorbeikam, sahen sie an, obwohl sie sich rein äußerlich keine Reaktion anmerken ließen. Suni mochte Vulkanier. Sie hatten eine anständige, das Leben bejahende Kultur und einen gut ausgebildeten Intellekt. Allerdings war sie nach Gesprächen mit einigen Vulkaniern zu dem Schluss gelangt, dass sie Überlegenheitsgefühle offenbar nicht für Emotionen hielten, und darin sah Suni Mogelei. Sicher galt es nicht für alle Vulkanier, aber zweifellos für jene, die ihr über den Weg gelaufen waren.

Sie passierte das Sicherheitstor und hatte den Konferenzraum gerade erreicht, als sich die Tür öffnete und ein Starfleet-Offizier in Kommando-Uniform rückwärts in den Korridor trat. Er wirkte vertraut, obwohl Suni nur einen Teil seines Profils sah: jung, ein Mensch, mittelgroß, mit breiten Schultern. Sie war bereits interessiert und lächelte, als er sich umdrehte. Captain James Kirk von der *Enterprise*. Sie war ihm nur einmal begegnet, ganz kurz, bei einer kunterbunten Party – vor fünf oder sechs Jahren. Er hatte sie damals beeindruckt. Und ob er sich nun an sie erinnerte oder nicht ... Vielleicht bekam sie diesmal Gelegenheit, *ihn* zu beeindrucken.

»James Kirk«, sagte sie und trat vor. Als sie seinen Blick sah, war sie dankbar dafür, dass sie den eng sitzenden Einteiler gewählt hatte. Kirk blieb höflich und galant, aber in seinen Augen zeigte sich ein Funkeln, das dort nicht erschienen wäre, wenn sie andere Kleidung getragen hätte.

»Tut mit leid«, sagte er und lächelte jungenhaft, als er ihr die Hand schüttelte. »Kennen wir uns?«

»Wir sind uns schon einmal begegnet, vor fünf Jahren, glaube ich. Auf der Erde. Wir nahmen beide an einer Dinnerparty teil, zu Ehren von David Kincaid, der seine Lehrtätigkeit an der Akademie beendete und sich in den Ruhestand zurückzog. Er unterrichtete Physik.«

»Sie gehören zu Starfleet?«, fragte Kirk und lächelte noch immer.

Suni schüttelte den Kopf. »Nein, ich habe als Forschungsassistentin für ihn gearbeitet. Er lehrte auch relativistische Quantenmechanik am New Northern Cal. Meine Aufgabe bestand zum größten Teil darin, Prüfungsarbeiten zu bewerten.«

Kirk verschränkte die Arme und runzelte die Stirn, aber auf eine alles andere als unfreundliche Weise.

»Wollen Sie mich von meinem Elend erlösen oder bestehen Sie darauf, dass ich Ihren Namen errate?«

Er war so charmant wie der Kirk in ihrer Erinnerung. »Jain. Dr. Jain Suni«, sagte sie und sah ihm in die Augen. Sie zeigten Wärme – und Interesse. Suni hätte am liebsten gelacht. Was für ein Zufall, ihm ausgerechnet hier zu begegnen. Und dass er sich auch noch von ihr angezogen fühlte, und sie von ihm …

Kirk wollte etwas sagen, überlegte es sich dann anders und sah zum Konferenzraum zurück. »Wissen Sie, es ist mir ein wenig peinlich, aber … Es fällt mir schwer, der Diskussion dort drin zu folgen. Meine Physik-Kenntnisse sind ein wenig veraltet. Wenn Sie nicht zu beschäftigt sind – was halten Sie davon, mir ein wenig Nachhilfeunterricht zu geben? Ich komme für den Kaffee auf.«

Nicht besonders subtil, aber Suni hatte Direktheit immer zu schätzen gewusst. Außerdem fand sie ihn auf eine sehr reizende Weise bezaubernd und ehrlich. Bendes *brauchte* sie nicht in dem Sinn – er konnte seinen Kommunikator benutzen, wenn er wirklich ihre Hilfe benötigte. Und sie hatte kaum Interesse daran, sich durch einen weiteren langweiligen Konferenztag zu gähnen, in der Hoffnung, bald zum Labor zurückkehren zu können …

»Das würde mir sehr gefallen, Captain«, sagte sie. Als er ihr den Arm anbot, hakte sie sich gern bei ihm ein, erfreut darüber, dass dieser Tag doch noch etwas Interessantes versprach.

7

McCoy vermied es, darüber nachzudenken. Während der ersten drei Tage nach der Diagnose beschränkte er die Kontakte mit anderen Personen auf das Notwendigste. Er schaffte es sogar, Jim aus dem Weg zu gehen, indem er behauptete, von zu viel Arbeit in Anspruch genommen zu sein – was eigentlich gar nicht gelogen war, denn er stürzte sich geradezu auf die Routineuntersuchungen, traf vor dem Beginn seines Dienstes in der Krankenstation ein und blieb bis lange nach dem Ende seiner Schicht. Er konzentrierte sich auf die Ergebnisse der anderen Diagnosen; er rekalibrierte die medizinischen Instrumente, verbesserte die Crew-Effizienz und installierte neue Schränke hinter seinem Schreibtisch. Wenn McCoy nicht an solche Dinge dachte, schlief er. Am Ende eines jeden Arbeitstages sank er erschöpft aufs Bett und war eingeschlafen, noch bevor er sich richtig ausgestreckt hatte.

Ein solches Verhalten nannte man Verdrängung und McCoy sträubte sich keineswegs dagegen. Ihm blieb noch Zeit genug, über die eigene Sterblichkeit nachzudenken, wenn er in einigen Monaten bettlägerig wurde. Die meisten Leute schienen Verdrängung für etwas Negatives zu halten, aber er wusste aus Erfahrung, dass der menschliche Geist erst dann mit gewissen Dingen fertig werden konnte, wenn er dazu bereit war, keine Sekunde früher. Er hatte es nicht eilig damit, sich in einen emotionalen Abgrund zu stürzen; je länger er das hinausschieben konnte, desto besser.

Am Morgen des vierten Tages – inzwischen hatte die *Enterprise* M-20 erreicht – erinnerte sich McCoy an Karen Patterson und aus Verdrängung wurde Hoffnung.

Eigentlich war es ein Zufall. Mehrere Angehörige der medizinischen Abteilung hatten das Schiff verlassen, um die Konferenz zu besuchen, und genau damit rechtfertigte McCoy den Umstand, dass er an Bord blieb und arbeitete. Jim hatte ihn mehrmals aufgefordert, ihn auf die Station zu begleiten – angeblich brauchte er ihn, um die Diskussionsrunden vorzeitig verlassen zu können. Aber McCoy war nicht bereit gewesen, seinem Drängen nachzugeben, auch auf die Gefahr hin, den Captain zu verärgern. Schließlich gab Jim es auf, nahm dem Arzt aber das Versprechen ab, sich irgendwann am nächsten Tag zur Station zu beamen. McCoy kehrte an die Arbeit zurück und stellte plötzlich fest, dass ihm Leute fehlten. Er war so sehr darauf konzentriert, bestimmte Fragen und Überlegungen zu vermeiden, dass er gar nicht mehr wusste, welche Angehörigen seiner Abteilung sich überhaupt noch an Bord befanden. Er hatte nicht einmal daran gedacht, entsprechende Einträge im Dienstplan vorzunehmen.

Ein Anruf im Labor bestätigte den akuten Mangel an Personal. McCoy schnitt eine Grimasse und nahm vor dem Computer Platz, dazu entschlossen, das Problem zu lösen, bevor die ersten Besatzungsmitglieder für ihre Routineuntersuchungen eintrafen.

»Computer, zeig mir eine Liste der Medo-Techniker, die derzeit nicht im Dienst sind, sich aber an Bord befinden«, sagte er. »Nur die Namen.« Schwester West kam in zehn Minuten und er hatte niemanden, der im Labor die Proben untersuchte. Er musste sie darum bitten, was ihm mindestens eine Woche lang missbilligende Blicke und gemurmelte Beschwerden einbringen würde. Sandra West war eine tüchtige Assistentin und die Freundlichkeit selbst, aber sie konnte stinksauer werden, wenn man sie um Dinge bat, für die sie nicht zuständig war.

»Bitte warten«, erwiderte der Computer mit einer Stimme, die fast nach der einer Frau klang, aber so gefühllos war wie … nun, wie die von Spock.

»Carmen, Philip G.; Erickson, Alexander T.; Ivers, Carey N.; Peterson, Sarah T. …«

»Halt«, sagte McCoy und runzelte die Stirn. In Gedanken setzte er zwei der Namen zu einem dritten zusammen.

Carey … Peterson … Karen Patterson.

Mit einem Ruck stand er auf, begann mit einer unruhigen Wanderung durch den Raum und kramte in seinem Gedächtnis nach Erinnerungen. Er kannte Karen vom Medizinstudium her, bei dem sie gemeinsame Kurse belegt hatten. Eine sehr intelligente, praktisch geniale Frau mit rotem Haar und einem unglaublichen Sinn für Humor. Hübsche Augen. Ihr medizinischer Sachverstand war makellos und auf ihre Diagnosen konnte man sich hundertprozentig verlassen. Aber sie verstand sich nicht gut auf den Umgang mit Kranken. Sie war nicht unfreundlich, gehörte aber zu den Leuten, die vor allem die Krankheit sahen und nicht den Patienten. McCoy erinnerte sich vage an seinen Vorschlag, sie sollte sich auf Chirurgie spezialisieren, auf etwas Kompliziertes und Anspruchsvolles, das kaum psychologisches Geschick in Hinsicht auf den Patienten erforderte. Einige Jahre nach dem Abschluss des Studiums hatte er eine Mitteilung von ihr erhalten, in der es hieß, dass Karen im Bereich der privaten Forschung arbeitete und damit wesentlich zufriedener war.

Seitdem hatte McCoy nur einige wenige Male an sie gedacht, zum Beispiel dann, wenn er in einer medizinischen Fachzeitschrift blätterte und Karens Namen las. Sie konnte auf mehrere Publikationen zurückblicken, bei denen es um seltene menschliche Krankheiten ging.

Ihre Artikel waren nicht leicht zu lesen, aber brillant und innovativ. Und wenn er sich recht entsann …

»Computer, Zugriff auf die medizinische Bibliothek. Suche alle Artikel oder Referate mit dem Namen Karen Patterson …« Sie hatte einen ungewöhnlichen zweiten Vornamen. Wie er lautete er? Mica? Nica?

»Karen Nico Patterson«, fügte McCoy hinzu und staunte darüber, an wie viele Dinge man sich erinnerte, wenn es notwendig wurde. »Auf der Grundlage der Artikel Querverweise mit folgenden Begriffen: Xenopolycythämie, Hämatologie, Pathogenese, Krankheit.«

»Bitte warten … Sieben Artikel gefunden. Sieben Artikel enthalten den Begriff Krankheit. Sieben Artikel enthalten die Begriffe Krankheit und Hämatologie. Sieben …«

»Gibt es Artikel mit allen Suchbegriffen?«, fragte McCoy scharf. *Dumme Maschine!*

»Ein Artikel, veröffentlicht Sternzeit 2231.2 im medizinischen Journal Starfleets, Ausgabe 421, verfasst von Dr. Karen Nico Patterson. Der Artikel lautet: *Suche nach Antworten: Hoffnung für Menschen mit auf Blut basierender Hyperplasie.*«

McCoy atmete zweimal tief durch. Er hatte sich richtig erinnert. Der Artikel versprach kein Heilmittel, sondern berichtete von neuen Forschungen auf diesem Gebiet – Xenopolycythämie war eine auf Blut basierende Hyperplasie.

»Computer, wo ist Dr. Patterson derzeit tätig?«

Elektronisches Zirpen. »Unbekannt.«

»Wo hat sie zuletzt gearbeitet?«

»Bitte warten … In den Datenbanken fehlen entsprechende Informationen.«

Verdammt. »Nenne mir Hinweise auf den letzten bekannten Aufenthaltsort.«

»Dr. Karen Nico Patterson, gebuchter Flug von den Luna-Kolonien zur Erde, Sternzeit 2716.6; gebuchter

Flug von den Luna-Kolonien nach Altair VI, Sternzeit 2717.1.«

Vor kaum zwei Jahren. McCoy nickte und seine Aufregung wuchs. »Sie ist also auf Altair VI.«

»Negativ. Der gegenwärtige Aufenthaltsort von Karen Patterson ist unbekannt.«

McCoy ballte die Fäuste und konnte kaum der Versuchung widerstehen, irgendetwas zu zerschmettern. *Warum hast du mir das nicht sofort gesagt, du verdammter Schrotthaufen?*

»Ist alles in Ordnung, Doktor?«

Schwester West. McCoy wandte sich ihr zu und hätte sie am liebsten hinausgeworfen. Alles in ihm drängte danach, Karen zu finden, und es erschien ihm plötzlich lächerlich unwichtig, dass ihm ein Labortechniker fehlte … Doch die mütterliche Sorge im Gesicht der Krankenschwester erinnerte ihn daran, wo – und wer – er war. Woraus auch immer seine Probleme bestehen mochten: Er durfte nicht vergessen, Bordarzt der *Enterprise* zu sein. Solange er dazu imstande war, musste er seiner Verantwortung gerecht werden.

»Es ist der verdammte Computer«, brummte er und schüttelte den Kopf. »Schon gut, Schwester. Heute fehlt es uns an Labor-Personal. Bitte geben Sie Carmen oder Peterson Bescheid – eine halbe Schicht sollte genügen.«

»Sofort, Doktor.«

Die Krankenschwester eilte fort. McCoy trat zum Schreibtisch und nahm Platz, während die Gefühle in ihm sich verknoteten. Die Erinnerung an Karen Patterson und ihr Fachgebiet hatte die Tür der Hoffnung geöffnet, ihn aber auch aus der emotionslosen Grauzone der Verdrängung herausgeführt.

Es spielt keine Rolle. Vielleicht kann Karen mir helfen.

Er musste sie unbedingt finden.

Jain Suni war erstaunlich.

Aus dem Kaffee wurde ein Mittagessen und daran schloss sich eine lange Wanderung durch die große Raumstation an. Nach wenigen Stunden lachten und sprachen Kirk und Suni wie zwei alte Freunde. Sie schien immer das auszusprechen, was ihr gerade durch den Kopf ging, ganz gleich, wie dumm oder unverblümt es sein mochte. Es kümmerte sie nie, welchen Eindruck sie machte. Die Gesellschaft einer so selbstsicheren jungen Frau empfand der Captain als erfrischend und inspirierend, erst recht nach dem Gespräch mit Darres am vergangenen Abend.

So sehr er auch seinem alten Freund glauben wollte – es gab keine konkreten Anhaltspunkte, die Darres' Behauptungen stützten. Spock hatte dieser Einschätzung Kirks zugestimmt. Nach wie vor deutete alles darauf hin, dass Jack Casden die direkte Verantwortung für den Tod seiner Crew trug. Kirk hatte schlecht geschlafen und immer wieder voller Sorge an Darres gedacht. Ein Teil von ihm befürchtete, dass ein weiterer guter Mann die Orientierung verlor und sich selbst täuschte, indem er etwas glauben wollte und es für die Wahrheit hielt.

Das Ergebnis der ruhelosen Nacht bestand darin, dass er den Tag schlecht gelaunt und müde begann. Während der ersten Diskussionsrunde am Morgen, die Spock höchst interessant fand, wurde ihm klar, dass er mehr Kaffee brauchte, wenn er wach bleiben wollte. Viel mehr.

Und dort stand sie. So als hätte das Schicksal ihre Begegnung geplant.

Ihr Aussehen weckte Kirks erstes Interesse, das ließ sich nicht bestreiten. Sie *sah* hinreißend aus: klein, schlank, dunkles Haar, das ein Gesicht wie aus Porzellan umrahmte, ihre Züge eindrucksvoll, die Augen unglaublich hell. Sie trug einen eng anliegenden Einteiler, der ihre Kurven betonte, eine Zartheit, die ihn sehr reizte. Aber nachdem er ein wenig Zeit mit ihr verbracht hatte, hielt er Aussehen und Figur für Zugaben, für einen physischen Ausdruck ihrer Persönlichkeit.

Ich habe nichts gegen das ganze Paket einzuwenden, dachte er und beobachtete Jain, während sie über die Muster sprach, die sie in den Sternen jenseits der Panoramafenster sah, während ihre langen Finger übers Glas glitten. Sie hatten ihre Wanderung in einem fast leeren Aussichtsraum unterbrochen, am Ende der nördlichsten Stationsspeiche, saßen dort in einer Ecke.

Alles an Jain beeindruckte und faszinierte Kirk. Sie hatte einen ausgeprägten Sinn für Humor und war sehr geistreich, ohne dabei überheblich zu sein. Ihre Bemerkungen über die anderen Wissenschaftler fand der Captain sehr komisch. Klugheit bewies sie bei allen Bemerkungen, ob sie nun der Problematik von Zeitreisen galten oder der Föderationspolitik. Gleichzeitig schaffte sie es irgendwie, nur wenig von sich selbst preiszugeben. Wenn Kirk nach ihrer Arbeit oder ihrem persönlichen Hintergrund fragte, blieben ihre Antworten vage.

Eine geheimnisvolle Frau …

Vielleicht steckt Absicht dahinter, eine gewisse Raffinesse, um interessanter zu wirken. Immerhin war sie erst achtundzwanzig Jahre alt – eine Zivilistin, die als Starfleet-Beraterin bei einem Forschungsprojekt arbeitete. Was auch immer der Grund für ihr mysteriöses Gebaren sein mochte – es funktionierte. Indem sie spielerisch gewissen Fragen auswich, weckte sie Kirks Interesse und sorgte dafür, dass er mehr über sie wissen wollte.

»… aber ich dachte immer, dass es aussah wie … Sie hören nicht zu, oder?«

Kirk lächelte. »Da muss ich mich schuldig bekennen. Ich habe an etwas anderes gedacht.«

Jain verschränkte die Arme und ihre Lippen formten ein Schmunzeln. »Clever, Captain – aber ich durchschaue Sie.«

»Was meinen Sie damit?«, fragte Kirk und sein Lächeln wuchs in die Breite.

»Ich soll jetzt fragen, woran Sie gedacht haben, und dann geben Sie eine unglaublich schmeichelhafte Antwort, die mich so überwältigt, dass ich alle Vorsicht über Bord werfe, in Ihren Armen dahinschmelze und mich ganz der Leidenschaft des Augenblicks hingebe.« Jain lehnte sich zurück und wirkte recht zufrieden mit sich selbst.

Kirk lachte. Seit langer Zeit hatte er sich nicht mehr auf so wundervolle Weise von einer Frau herausgefordert gefühlt. »Hätte es geklappt?«

»Das hängt von Mühe und Qualität ab«, antwortete Jain. »Wenn Sie zum Beispiel gesagt hätten, wie wundervoll meine Augen im Sternenlicht aussehen ... Nein, das hätte nicht funktioniert. So etwas ist wohl kaum originell und von Mühe kann überhaupt nicht die Rede sein, abgesehen davon, dass man einen gewissen Mut braucht, um etwas so Dummes zu sagen.«

»Aber es stimmt«, erwiderte Kirk. »Obwohl ich mir natürlich mehr Mühe gegeben hätte.«

Jain beugte sich vor, stützte die Arme auf den Tisch und sah Kirk aus glänzenden Augen an. »Na schön, Jim«, sagte sie leise und schmunzelte noch immer. »Woran haben Sie gedacht?«

»Ich ...«

Ein Kommunikator piepte. Nicht seiner, sondern ihrer.

»Das nenne ich richtiges Timing«, sagte Jain wie beiläufig, aber Kirk spürte, dass sie sich ebenso über die Störung ärgerte wie er. »Tut mir leid. Würden Sie mich bitte entschuldigen? Es könnte einige Minuten dauern.«

»Natürlich«, sagte er und stand auf, als sich Jain erhob und vom Tisch forttrat. Sie schritt durch den Raum, holte dabei ihren Kommunikator aus der kleinen Tasche am Gürtel.

Kirk drehte sich um, sah aus dem Fenster und fragte sich, welche Antwort er gegeben hätte. Jain gefiel ihm – und er ihr, so viel stand fest. Aber nie zuvor war er einer Frau begegnet, die seine Aufmerksamkeit ihr gegenüber so genau geprüft hatte und sich davon so wenig beeindrucken ließ. Was er bisher von ihr wusste, deutete darauf hin, dass ihr Ehrlichkeit lieber war als Idealismus, dass sie das Eingeständnis von Schwäche der Demonstration von Stärke vorzog.

Aber sie würde keinen Mann respektieren, der versucht, ihre Gefühle zu manipulieren – und sie sähe das aus einer Entfernung von mehreren Lichtjahren kommen.

Kirk fand, dass er sich besser nicht bemühen sollte, ihr zu imponieren. Für genauso falsch hielt er es, sich voller Sorge zu fragen, ob er die richtigen Worte wählte und was als Nächstes geschehen mochte. Die schlichte Wahrheit lautete: Jain lenkte ihn auf wundervolle Weise von seinen Gefühlen ab, von dem verwirrten Kummer, der an ihm nagte, seit er an Bord der *Sphinx* gewesen war. Er merkte erst, wie sehr er sich seinen dunklen Gedanken hingegeben hatte, als Jain ihn ablenkte, indem sie einfach nur sie selbst war. So sehr er sie auch berühren und glauben wollte, dass sie sich wünschte, von ihm berührt zu werden, ein Gedanke, der sein Begehren noch verstärkte ... Selbst wenn nichts zwischen ihnen geschah – er war auf jeden Fall froh, sie kennen gelernt zu haben.

»Was denken Sie jetzt, Captain?«

Jain nahm wieder Platz und Kirk setzte sich ebenfalls. Sie musterte ihn mit einem fast objektiven Interesse, als er sorgfältig über ihre Frage nachdachte. Wie sollte er antworten? Wenn er eine Frau traf, die ihm gefiel, so wollte er mit ihr zusammen sein, ihre Nähe spüren. Körperliche Intimität empfand er nicht auf die gleiche Weise bedrohlich wie emotionale – er hatte die schreckliche Angewohnheit, sich zu verwundbar zu machen, was ihm immer wieder Schmerzen bereitete, denn früher oder später rief ihn etwas fort. Eine Frau körperlich zu lieben, wurde seinem Wunsch nach Verbindung gerecht, nach dem Austausch von etwas Besonderem, ohne Raum für Schmerz zu lassen. Er log nie, gab nie Bedeutung vor, und da er seine Partnerinnen immer respektierte, gewann er nicht den Eindruck, sie nur zu benutzen. Manchmal allerdings wurde ihm klar, dass man im Bett nicht alles teilen konnte, und bei solchen Gelegenheiten wünschte er sich eine tiefere Verbindung. Doch um sie zu erreichen, musste er bereit sein, mehr zu teilen als nur ein oder zwei Stunden der Wonne. So etwas erforderte die Bereitschaft, sich selbst zu teilen, und dadurch riskierte er Schmerz, für sich und die betreffende Frau, denn letztendlich gingen sie immer getrennte Wege.

Jain beobachtete Kirk und schien zu wissen, dass er überlegte, wie viel er riskieren konnte. Ihr sanftes Verständnis half ihm dabei, eine Entscheidung zu treffen. Er kannte sie kaum, aber er glaubte an sie, glaubte an das, was er sah. Er sah einen Intellekt und ein Herz, die nicht urteilten. Er sah eine starke, kluge Frau, die ihn nur etwas besser kennen lernen wollte.

»Ich habe daran gedacht, wie froh ich bin, Ihnen begegnet zu sein«, sagte Kirk und blickte Jain in die Augen. »Weil ich es in letzter Zeit recht schwer hatte. Ich glaube, man könnte sagen, dass ich … festsaß. An einem mentalen Ort, der mir nicht sehr gefällt. Und heute, nachdem ich Ihnen begegnet bin …«

»Haben Sie das Gefühl, nicht mehr festzusitzen?«, fragte Jain mit offener Anteilnahme.

»Ja«, bestätigte Kirk und lächelte.

»Darf ich fragen …« Jain zögerte kurz und begann noch einmal von vorn. »Wenn es nicht zu persönlich ist – darf ich fragen, was Sie belastet hat? Ich verstehe, wenn Sie nicht darüber sprechen können oder wollen. Aber ich bin interessiert.«

Wenn sie die Frage anders formuliert oder Hilfe angeboten hätte, anstatt sich neugierig zu zeigen, so wäre Kirk vielleicht nicht bereit gewesen, ihr Auskunft zu geben. Ihre vorsichtige Direktheit wirkte entspannend, so als wüsste sie genau, wie sie ihm seine Befangenheit nehmen konnte.

Einige Sekunden lang suchte Kirk nach den richtigen Worten. »Wissen Sie, wie es ist, wenn man stark an etwas glaubt, an ein Ideal, eine Lebensweise, obwohl es vielleicht Anzeichen gibt, die dagegen sprechen – und dann geschieht eines Tages etwas, das Zweifel daran entstehen lässt, ob jener Glaube jemals gerechtfertigt war?«

Jain runzelte nachdenklich die Stirn. »Ehrlich gesagt: Ich bin nicht ganz sicher, ob ich verstehe, was Sie meinen. Sprechen wir hier von einer persönlichen Überzeugung oder einer externen Doktrin?«

»Sowohl als auch«, sagte Kirk und entspannte sich noch etwas mehr. Es fühlte sich eher nach einer philosophischen Diskussion an. »Ich habe über Folgendes nachgedacht: Wie kann man auch weiterhin an etwas glauben und Vertrauen in die eigene Fähigkeit haben, an einem Ideal festzuhalten, wenn man überall Personen sieht, die ihren Glauben verloren haben? Ich meine Leute, die versagt oder sich verändert haben, gute Männer, die aus irgendeinem Grund das gleiche Glaubenssystem aus den Augen verloren.«

So viel konnte er ihr sagen und es sollte eigentlich genügen, um das Wesen seiner Unzufriedenheit zum Ausdruck zu bringen. Es erstaunte Kirk, wie viel besser er sich bereits fühlte, weil er das Problem zur Sprache gebracht hatte. Von einem Augenblick zum anderen wurde ihm klar, dass er gar keine Antwort brauchte, weder von Jain noch von jemand anders. Es genügte, darüber zu sprechen.

Vielleicht macht das den Unterschied aus zwischen der Be-

reitschaft, den Kampf fürs Gute fortzusetzen oder die eigene Entschlossenheit, den Glauben, zu verlieren – indem man nicht von einer Selbstverständlichkeit ausgeht. Man muss immer daran denken, dass es eine Wahl gibt, an jedem Tag aufs Neue.

»Wollen Sie wissen, was ich denke?«, fragte Jain ernsthaft. Als Kirk nickte, faltete sie die Hände auf dem Tisch und in ihrer Stimme erklang plötzlich eine Schärfe, die er bisher nicht darin gehört hatte.

»Ich glaube, es wird immer Leute geben, die an ihren Idealen festhalten, ganz gleich, was geschieht. Und es gibt auch immer Personen, die schwach sind und sich dem Druck beugen, wenn dieser zu stark wird.« Jain sah dem Captain in die Augen, als sie sprach. »Aber ich glaube, es gibt auch Leute, die schließlich begreifen, dass es nicht so einfach ist, dass es Differenzierungen gibt jenseits von Schwarz und Weiß, von Richtig und Falsch. Leute, die die Reinheit der Absicht als eine Illusion erkennen. Als eine Tarnung, eine moralistische Beschönigung, die genau jene Ideale in Gefahr bringen kann, an denen sie festhalten wollen.«

Jain lächelte, ohne einen für Kirk ersichtlichen Grund. »Es kann ein ziemliches Paradox daraus entstehen, wenn man genauer darüber nachdenkt. Ist es falsch, von den eigenen Überzeugungen Abstand zu nehmen, um sie zu bewahren?«

Kirk war dankbar dafür, dass es sich um eine rhetorische Frage handelte – er hätte keine Antwort darauf gewusst. Bezogen sich Jains Worte auf sie selbst? Philosophierte sie nur, oder sprach sie von eigenen Überzeugungen in Hinsicht auf Moral? Er hatte das Gefühl, dass sie inzwischen verschiedene Wege beschritten. Wenn man von den eigenen Überzeugungen Abstand nehmen musste, um sie zu bewahren ... Dann war mit den Überzeugungen – oder mit einem selbst – etwas nicht in Ordnung.

Jain grinste plötzlich und schüttelte den Kopf. »Was rede ich da … Bitte entschuldigen Sie. Ich schätze, das war nicht sonderlich hilfreich.«

Aus dem Grinsen wurde ein entschuldigendes Lächeln. »Was den Anruf von eben betrifft … Ich fürchte, die Pflicht ruft. Der Mann, für den ich arbeite, nimmt in etwa einer Stunde an einer wichtigen Diskussionsrunde teil und ich habe versprochen, ihm bei den Vorbereitungen zu helfen.«

»Ich begleite Sie auf dem Rückweg«, sagte Kirk. Er war enttäuscht, versuchte aber, es sich nicht anmerken zu lassen. Bisher hatten sie einen sehr angenehmen Tag miteinander verbracht, und er wollte sich nicht schon jetzt von ihr trennen.

Jain schien ähnlich zu empfinden. »Wenn Sie später Zeit haben, können wir vielleicht gemeinsam zu Abend essen, oder so.«

Von hübschen Frauen eingeladen zu werden – daran konnte sich Kirk gewöhnen. »Ich glaube, das lässt sich arrangieren«, sagte er und lächelte.

Sie verließen den Aussichtsraum und Kirk freute sich bereits auf ein Wiedersehen. Aber die seltsame Frage, die Jain gestellt hatte, ging ihm nicht aus dem Kopf, ebenso wenig wie das sonderbare, humorlose Lächeln, das die Worte begleitete. Noch mehr als zuvor wünschte er sich, Jain besser kennen zu lernen und zu erfahren, wer sie war, womit sie sich beschäftigte. Vielleicht gelang es ihm später, einige konkrete Antworten zu bekommen, beim Abendessen … oder so.

Es war ein sehr interessanter Tag.

Spock dachte an die faszinierenden Veranstaltungen des zweiten Konferenztages, als er zusammen mit Captain Kirk im rückwärtigen Teil des großen Versammlungsraums Platz nahm. Hier sollte über zukünftige Technologien gesprochen werden und das Interesse schien sehr groß zu sein – es trafen viele Leute ein. Am Morgen hatte sich Spock einen Vortrag über die Energie-Wahrscheinlichkeiten im Subraum und die Möglichkeiten ihrer Identifizierung angehört. Er erinnerte sich an mehrere wissenschaftliche Artikel über die Anwendung von Impuls-Analysen bei Subraum-Schichten und war keineswegs davon überzeugt, dass es sich dabei um wissenschaftlich stichhaltige Methoden handelte. Doch der Hauptsprecher ging logisch an dieses Thema heran und die übrigen Wissenschaftler leisteten ebenfalls sehr fundierte Diskussionsbeiträge, woraufhin Spock eine Änderung seiner bisherigen Meinung in Erwägung zog. Der Captain ging schon nach kurzer Zeit, wodurch er die Darlegung sehr hörenswerter Standpunkte versäumte.

Anschließend fragte sich Spock, ob er an einer offenen Debatte über die Nutzung von Soliton-Wellen teilnehmen oder einen Vortrag besuchen sollte, den Dellas von Tiburon über die Perpetualität hielt. Er interessierte sich für das Potenzial von Soliton-Wellen, aber Dellas stand in dem Ruf, sehr eindrucksvolle und innovative Vorträge zu halten, und außerdem erschien sie nur selten in der Öffentlichkeit. Deshalb entschied sich Spock für Dellas und er wurde nicht enttäuscht.

Nach dem Vortrag stand die Diskussion über künstlich verbessertes Dilithium auf Spocks Programm, aber als er den Saal verließ, verwickelte ihn Seren von Vulkan in ein langes Gespräch. Spock hatte bereits festgestellt, dass ihm die anderen Konferenzteilnehmer besondere Aufmerksamkeit schenkten, und die drei wahrscheinlichsten Gründe dafür waren: seine Abstammung; der Umstand, dass man ihn vor kurzer Zeit mit einem vulkanischen Wissenschaftspreis ausgezeichnet hatte; und seine einzigartige Position bei Starfleet. Um Letzteres ging es Seren. Ein jüngerer Bruder von ihm erwog eine berufliche Laufbahn bei Starfleet und Seren fragte Spock nach seinen Erfahrungen. Im Anschluss daran wandte sich das Gespräch einigen faszinierenden Themen zu. Sie erörterten föderationsfremde Technik und eine andere Angelegenheit, die in einer von Spock nicht besuchten Diskussionsrunde angeschnitten worden war: Röntgen-Singularitäten. Es gab gewisse Anzeichen dafür, dass die Romulaner diese möglicherweise sehr ergiebige Energiequelle untersuchten, wodurch sie nicht mehr annähernd so absurd erschien wie zuvor.

Seren verabschiedete sich, als die Diskussion über verbessertes Dilithium zu Ende ging, und ein sehr aufgeregter Mr. Scott lud Spock zu einem gemeinsamen Mittagessen ein. Der Vulkanier fand Gefallen an der Gesellschaft des Chefingenieurs. Zwar mangelte es Scott an Logik, aber er schilderte in allen Einzelheiten die Diskussionsrunde, an der er teilgenommen hatte, ließ Spock voller Enthusiasmus an seinem Wissen über Antriebssysteme von Raumschiffen und damit in Zusammenhang stehenden Themen teilhaben.

Der Nachmittag stand im Zeichen weiterer Vorträge: die Möglichkeiten der holographischen Technik; die Rolle der Wissenschaft bei der soziologischen Entwicklung; und eine offene Diskussion über Fortschritte bei der Theorie der Tachyonen-Kommunikation – dabei bat man Spock, ebenfalls einen Diskussionsbeitrag zu leisten. Der Captain hörte sich die zweite Hälfte der Erörterungen an und beglückwünschte Spock später zu seinen Ausführungen.

»Mr. Spock, Sie haben es fast geschafft, die Sache für mich verständlich zu machen«, sagte er und lächelte. Ein großes Kompliment, in der Tat.

Sie schritten zu dem Saal, in dem die Diskussion über zukünftige Technologie stattfinden sollte, und dort wählte Kirk Plätze in einer der hintere Reihen. Als sich der große Raum zu füllen begann, deutete sein Verhalten darauf hin, dass er nach einer bestimmten Person

Ausschau hielt: Immer wieder drehte er den Kopf und sein Blick glitt ständig umher.

»Erwarten Sie jemanden, Captain?«, fragte Spock. »Wenn das der Fall ist, kann ich Ihnen vielleicht dabei helfen, die betreffende Person zu lokalisieren. Es gibt hier achthundert Sitzplätze und vermutlich dauert es nicht mehr lange, bis alle besetzt sind …«

»Danke, Mr. Spock, aber das ist nicht nötig«, sagte der Captain und sah sich weiterhin um. »Äh, die Dame lässt sich kaum übersehen.«

Spock nickte kurz und vermutete, dass die frühere Abwesenheit des Captains vielleicht auf Kontakte mit einer weiblichen Person zurückzuführen war. Auf der Grundlage seiner Erfahrungen hielt er eine solche Annahme keineswegs für unlogisch.

»Da ist sie.«

Der Captain stand auf und trat in den Mittelgang. Seine Aufmerksamkeit galt einer humanoiden Frau, die gerade den Saal betreten hatte. Angesichts ihrer extravaganten Kleidung stimmte Spock dem Captain zu – diese Person ließ sich tatsächlich kaum übersehen.

Die Frau näherte sich ihnen, als die ersten Diskussionsteilnehmer zur erhöhten Plattform weiter vorn schritten. Spock stand auf, um sie zu begrüßen.

»Dr. Jain Suni, das ist mein Erster Offizier, Mr. Spock.«

»Freut mich, Sie kennen zu lernen, Doktor«, sagte Spock höflich.

»Die Freude ist ganz meinerseits«, erwiderte Dr. Suni. »Ich habe Ihre sekundäre These über Charm-Quark-Anomalien gelesen.«

Bevor er antworten konnte, wies der Captain darauf hin, dass der Diskussionsbeginn unmittelbar bevorstand, und sie nahmen ihre Plätze ein.

Sechs Föderationswissenschaftler saßen am Tisch auf der Plattform und sie alle galten als Koryphäen auf ihrem jeweiligen Fachgebiet. Spock hatte Artikel von ihnen allen gelesen und wusste, dass zwei schon seit Jahren keine Arbeiten mehr veröffentlichten: Dr. Lansing, der sich mit biomechanischen Forschungen befasste, und Dr. Kettaract, ein Molekularphysiker. Was die vier anderen betraf: Zwei waren Mathematiker, einer Genetiker und der letzte war ein Chemo-Ingenieur.

Dr. Lansing nahm die Pflichten des Moderators wahr. Er stellte die einzelnen Diskussionsteilnehmer vor und beschrieb die jeweiligen Tätigkeitsbereiche, bevor er ein allgemeines Gespräch begann, indem er fragte: Welche technischen Fortschritte in der Föderation ließen sich für die unmittelbare Zukunft vorhersehen und was würde das nächste Jahrhundert bringen?

Wie Spock erwartet hatte, ergriff Dr. Woodmansey als erster das Wort – der Genetiker genoss den zweifelhaften Ruf, egotistisch und langatmig zu sein. Er prophezeite für die kommenden beiden Jahrzehnte mehrere medizinische Durchbrüche in Hinsicht auf neurologische Funktionen und vermutete, dass Telekinese eines Tages zu einer unerschöpflichen Energiequelle werden konnte. Der Chemo-Ingenieur Dr. Walse stellte mehrere gut überlegte Fragen und sprach dann über aufregende neue Entwicklungen bei der Fusionstheorie. Einer der beiden Mathematiker schnitt das Thema von fraktaler Geometrie bei Julia-Mengen an und Dr. Lansing erläuterte die Verstärkung von Zellverfall-Kinetik. Die Diskussionen erwiesen sich als sehr interessant und fesselten die Aufmerksamkeit des Publikums – bis Dr. Kettaract zu sprechen begann.

Der Molekularphysiker – ein dünner, hoch gewachsener Mensch am Ende seiner mittleren Jahre – war während der bisherigen Debatte stumm geblieben und hatte ein finsteres Gesicht geschnitten. Spock erinnerte sich daran, dass es am Anfang von Kettaracts Laufbahn zu wissenschaftlichen Kontroversen gekommen war; er schien bestrebt zu sein, auch weiterhin den Weg des Konflikts zu beschreiten.

»Was wir bisher gehört haben, ist alles gut und schön«, begann Kettaract und sein Tonfall wies darauf hin, dass er genau das Gegenteil meinte. »Aber meiner Ansicht nach sollten wir über das *Heute* sprechen – nicht darüber, wozu die Föderation fähig ist oder woran wir arbeiten, sondern darüber, was die *Klingonen* und *Romulaner* planen. Während wir hier sitzen und über Möglichkeiten reden, über einzelne Schritte in die Zukunft, wird dort draußen bereits ganz konkret daran gearbeitet, und zwar mit dem Ziel, uns zu vernichten. Wer das nicht begreift, ist ein Narr.«

Ein schockiertes Murmeln ging durchs Publikum. Die Gesichter der anderen Diskussionsteilnehmer zeigten Ärger, Bestürzung und Überraschung. Kettaracts aggressives Verhalten war völlig unangemessen und respektlos.

Dr. Lansing versuchte, die allgemeine Aufmerksamkeit wieder auf das zentrale Thema zu lenken. »Uns allen dürfte klar sein, dass die Föderation Feinde hat, aber dies ist kein politisches Forum. Ich glaube, jene Konferenz findet woanders statt.«

Hier und dort erklang Gelächter, aber es konnte nicht über eine gewisse Anspannung hinwegtäuschen. Lansing setzte seine Bemühungen fort, den Molekularphysiker zu besänftigen. »Dr. Kettaract, vielleicht möchten Sie uns jetzt über Fortschritte in Ihrem Fachgebiet berichten.«

»Es tut mir leid, wenn ich unhöflich gewesen bin«, sagte Kettaract und schüttelte den Kopf. »Aber ich bin der Meinung, dass wir die Realität, in der wir existieren, nicht außer Acht lassen dürfen. Die Föderation ist eine friedliche Gemeinschaft, widmet sich der Weiterentwicklung von Technik und Kultur, aber wir befinden uns nicht im leeren Raum. Während wir nach Möglichkeiten des Fortschritts suchen, trachten unsere Feinde danach, einen strategischen Vorteil zu erringen. Nehmen Sie die Romulaner. Sie haben ihre Zeit damit verbracht, die Tarnvorrichtung zu verbessern und ein Handelsabkommen mit den Klingonen zu schließen. Wie lange dauert es wohl noch, bis der erste getarnte Schlachtkreuzer angreift?«

»Was schlagen Sie vor, *Doktor?*«, fragte Woodmansey spöttisch.

Lansing stand auf. »Meine Herren, *bitte …*«

»Ich schlage vor, dass wir damit aufhören, unsere Zeit mit irrelevanten Dingen zu vergeuden, mit dem, was vielleicht einmal sein wird. Stattdessen sollten wir sicherstellen, dass es die Föderation auch in Zukunft noch gibt.« Kettaract hob die Stimme. »Ich schlage vor, dass die wissenschaftliche Gemeinschaft der Föderation weiter blickt als bisher und sich fragt, wie wir unsere Überlegenheit als galaktische Macht sichern können!«

Überall standen Leute auf. Manche forderten, Kettaract aus der Diskussionsrunde zu entfernen; andere applaudierten. Dr. Walse verließ die Plattform, während Dr. Lansing hilflos dastand – es gelang ihm nicht, die Ordnung wiederherzustellen. Es spielte ohnehin keine Rolle, denn die Mehrheit der versammelten Wissenschaftler schenkte den Sprechern am Tisch keine Beachtung mehr. Sie verließen den Saal entweder oder begannen mit eigenen Debatten.

»Faszinierend«, sagte Spock. Er blieb sitzen und beobachtete, wie Dr. Kettaract seine militante Rhetorik fortsetzte, an ein Publikum gerichtet, das sich vor der Plattform eingefunden hatte und eigene Meinungen anbot. Der Vulkanier beschloss, später an Kettaract heranzutreten, wenn wieder Ruhe eingekehrt war. Es interessierte ihn zu erfahren, was den Molekularphysiker zur Entwicklung einer derartigen Meinung veranlasst hatte.

Der Captain beobachtete das Durcheinander ebenfalls und kniff dabei missbilligend die Augen zusammen. Die neben ihm sitzende Dr. Suni presste die Fingerspitzen beider Hände an die Seiten ihres Kopfes und schien nicht fassen zu können, was geschah. Ihre nächsten Worte bestätigten, dass Spock den richtigen Eindruck gewonnen hatte

»Ich glaube es einfach nicht«, brachte sie hervor. »Wie konnte er nur?«

»Sie kennen ihn?«, fragte der Captain und nickte in Richtung Kettaract.

Dr. Suni seufzte schwer. »Bendes Kettaract? Ja, ich kenne ihn. Wir kamen zusammen hierher. Er ist der Starfleet-Wissenschaftler, für den ich arbeite.«

8

Seit einigen Wochen hatte die Technikerin Joanna Celaux Chekov eine Partie Schach in Aussicht gestellt, aber ihre unterschiedlichen Dienstzeiten erwiesen sich dabei als Hindernis. Wenn er seine Schicht beendete, begann ihre, und umgekehrt. Eine sehr komplizierte Angelegenheit. Außerdem war sie mit einem Techniker aus der wissenschaftlichen Abteilung liiert, einem Langweiler namens Alec oder Alex, er erinnerte sich nicht genau. Ein anständiger Bursche, aber schrecklich uninteressant ... Chekov wusste, dass die Beziehung nichts Ernstes war; dieses Wissen stammte aus einer zuverlässigen Quelle. Wenn er es nur schaffte, einmal mit Joanna Schach zu spielen, nur einmal ... Er beeindruckte sie bestimmt so sehr, dass sie sich auf eine zweite Partie einließ, und dann ... wer weiß?

Diese Dinge gingen Chekov durch den Kopf, als er über eins der unteren Decks schritt und nach der entzückenden Miss Celaux Ausschau hielt. Darüber hinaus versuchte er, sich eine gute Ausrede einfallen zu lassen, die seine Präsenz in der technischen Abteilung des Schiffes erklärte. Joanna sollte nicht glauben, dass er nichts Besseres zu tun hatte, obwohl genau das der Wahrheit entsprach. Die *Enterprise* schwebte mit Relativgeschwindigkeit null neben der Raumstation im All und der Computer kontrollierte jetzt die meisten Bordsysteme. Nur eine Person war nötig, um die Navigationskontrollen im Auge zu behalten, und Chekov hatte seinen Dienst mit Sulu getauscht, damit er Joanna einen Besuch abstatten konnte, bevor sie ihre Schicht beendete.

In Gedanken legte er sich einige beiläufig klingende Worte zurecht – Hallo, Joanna, ich war zufälligerweise in der Nähe, habe einen Schaltkreis überprüft –, als er an einem Raum für die Wartung des Computers vorbeikam. Die Tür stand offen und drinnen brummte jemand verärgert. Chekov hörte nur die Worte *verdammt* und *Mist*, aber sie genügten ihm. Er blieb stehen, neugierig darauf, was McCoy in die technische Abteilung führte.

Der Arzt saß mit dem Rücken zur Tür vor einem Computermonitor und fluchte noch immer leise vor sich hin, als Chekov hereinkam.

»Dr. McCoy?«

Der Doktor zuckte zusammen, drehte sich dann um und wirkte sehr gereizt. »Was ist, Fähnrich? Sehen Sie nicht, dass ich beschäftigt bin?«

Chekov wich einen Schritt zurück und hob die Hände. »Bitte entschuldigen Sie, Doktor. Ich kam an der Tür vorbei und hörte, wie Sie etwas sagten, das ist alles. Verzeihung.«

Er wandte sich zum Gehen, aber McCoy schien noch nicht mit ihm fertig zu sein. »Warum treiben Sie sich überhaupt hier herum? Haben Sie nichts Besseres zu tun?«

Chekov zuckte mit den Schultern. »Ich habe nur einen Schaltkreis überprüft, Sir.«

McCoy musterte ihn und ein nachdenklicher Ausdruck zeigte sich in seiner finsteren Miene. Chekov fragte sich, ob Joanna ihren Dienst bereits beendet hatte. Hoffentlich nicht.

»Mr. Chekov ...«, sagte der Doktor schließlich, »haben Sie neulich nicht darauf hingewiesen, dass Sie Personen finden können? Mit Hilfe eines Computers?«

Chekov hob stolz den Kopf. »Ja, Sir. Wenn die Person

irgendwo existiert, so kann ich sie finden. Es liegt mir praktisch im Blut, wissen Sie.«

»Wie Sie meinen«, erwiderte McCoy. »Ich habe versucht, eine alte Freundin von mir ausfindig zu machen, aber ich komme einfach nicht weiter. Es ist natürlich eine inoffizielle Angelegenheit. Ich hatte gehofft, Papierkram oder Gerede vermeiden zu können …«

Noch ein Mann, der nach Liebe suchte. »Ich verstehe, Doktor. Um mit den Worten des großen russischen Politikers Busdejanow zu sprechen: ›Ich bin genau der richtige Mann für den Job.‹«

McCoy nickte. »Ich habe mich immer gefragt, von wem diese Worte stammen. Nun, wie lange, glauben Sie, könnte die Suche dauern?«

»Seit wann vermissen Sie Ihre Freundin?«

»Seit zwei Jahren.«

»Gehört sie zu Starfleet?«

»Nein. Aber sie ist Ärztin und arbeitet in der wissenschaftlichen Forschung.«

Chekov dachte darüber nach und nickte. »Zwei Tage. Höchstens drei.«

McCoy schnitt erneut eine finstere Miene. »So lange? Was haben Sie vor? Wollen Sie Postkarten verschicken?«

Ziemlich gereizt für jemanden, der um einen Gefallen bat. Aber Chekov glaubte den Grund dafür zu verstehen. Die Liebe ließ Männer verrückt werden.

Und wenn Dr. McCoy seine Freundin zwei Jahre lang nicht gesehen hat … Kein Wunder, dass er dann so empfindlich ist.

»Wie ich schon sagte: Ich habe gewisse Beziehungen. Aber die betreffenden Personen brauchen vielleicht eine Weile, um sich mit mir in Verbindung zu setzen.« Eigentlich beschränkten sich Chekovs Beziehungen auf den jüngeren Bruder des Freundes eines Freundes, der zufälligerweise im Büro des Föderationsarchivs arbeitete, und sie hatten seit mindestens einem Jahr nicht mehr miteinander gesprochen. Aber Chekov sah keinen Grund, den Doktor darauf hinzuweisen. Vermutlich war er imstande, McCoys Freundin ohne fremde Hilfe zu finden, innerhalb von ein oder zwei Stunden. Die meisten Russen kamen von Natur aus gut mit Computern zurecht und er bildete da keine Ausnahme.

»Oh, ich verstehe«, erwiderte McCoy unsicher. Er stand auf, zog einen Datenchip aus der Konsole, an der er gesessen hatte, und reichte ihn Chekov. »Hier sind alle Informationen, die ich habe. Äh, bitte behalten Sie die Sache für sich.«

»Natürlich, Sir«, sagte Chekov; es klang fast verletzt. »Die privaten Angelegenheiten eines Mannes gehen nur ihn selbst etwas an. Erst recht dann, wenn sie eine Frau betreffen.«

McCoy hustete und wandte den Blick ab. »Ja, genau. Sie geben mir sofort Bescheid, wenn Sie etwas gefunden haben, nicht wahr?«

»Verlassen Sie sich darauf, Doktor.«

Der ältere Mann zögerte einige Sekunden lang und war ein wenig rot im Gesicht. »Ich, äh, weiß das sehr zu schätzen, Mr. Chekov«, sagte er und seine Stimme war dabei kaum mehr als ein Murmeln.

»Schon gut, Sir. Sie würden mir sicher den gleichen Gefallen erweisen.« Eigentlich war Chekov da gar nicht so sicher, aber es hörte sich nach genau der richtigen kameradschaftlichen Bemerkung an.

McCoy hustete erneut, nickte und verließ den Raum.

Chekov war stolz darauf, dem Doktor zu Diensten zu sein. Er steckte den Chip ein – und begriff plötzlich, dass er den perfekten Grund dafür hatte, sich in der technischen Abteilung aufzuhalten. Er konnte Joanna sagen, dass er einem Freund half ... Besser noch: Er war an Ermittlungen beteiligt, um einem Freund zu helfen ... einem Offiziersfreund ... bei einer Angelegenheit von äußerster Wichtigkeit. Bei einer Sache, die absolute

Priorität hatte und strenge Geheimhaltung erforderte. Damit konnte der langweilige Labortechniker namens Alec oder Alex nicht konkurrieren.

Chekov lächelte und stellte sich vor, wie Joanna bewundernd zu ihm aufsah. Er klopfte auf die Hosentasche, die den Chip enthielt, und machte sich dann auf die Suche nach der jungen Frau. Neue Hoffnung erblühte wie eine zarte russische Rose in seinem Herzen.

Als die letzten Zuhörer den Saal verließen, entschied Suni, dass Bendes eine Zeit lang ohne sie zurechtkommen sollte. Wie oft hatte sie ihn davor gewarnt, sich gehen zu lassen? Wie oft hatte sie ihn darauf hingewiesen, dass es für alles einen geeigneten Ort und Zeitpunkt gab? Aber er hörte einfach nicht auf sie. Einmal mehr hatte er sich selbst und auch sie in Verlegenheit gebracht, indem er einfach loslegte und nur daran dachte, seine Wahrheit zu verkünden. Er war ein hervorragender Wissenschaftler, kein Zweifel, aber der Rest von ihm konnte eine Generalüberholung gebrauchen.

Suni wandte sich an Jim. »Ich möchte jetzt nicht mit ihm reden. Lassen Sie uns gehen. Ich brauche einen Drink.«

Der Captain nickte und stand zusammen mit der jungen Frau auf. Sein Erster Offizier folgte ihrem Beispiel.

»Ich kann es Ihnen nicht verdenken«, sagte Kirk. »Möchten Sie uns begleiten, Mr. Spock?«

Suni hörte ein gewisses Widerstreben in diesen Worten und vielleicht bemerkte Spock es ebenfalls. Oder er hatte andere Pläne. »Danke, Captain, aber ich möchte hier bleiben. Dr. Suni ...«

Der Vulkanier nickte ihr höflich zu. Sie bedachte ihn mit einem kurzen Lächeln, drehte sich dann um und ging mit langen Schritten zum Ausgang. Sie wollte den Saal verlassen, bevor Bendes sie im Publikum entdeckte. Jim wechselte noch einige Worte mit seinem Ersten Offizier und folgte ihr dann.

Im Korridor fanden aufgeregte Gespräche statt und die Themen überraschten Suni keineswegs: Ablehnung in Hinsicht auf Kettaract, Fragen nach seiner Vergangenheit; aber auch Debatten über die Stichhaltigkeit seiner Behauptungen. Viele Wissenschaftler gehörten zu Starfleet und manche von ihnen teilten seinen Standpunkt.

Meine Güte, welch ein Durcheinander.

Suni ließ den Blick über die diskutierende Menge schweifen und staunte einmal mehr über Bendes' Tollkühnheit.

Jim berührte sie am Arm. »Ist alles in Ordnung mit Ihnen, Jain?«

Sie nickte und wandte sich ihm zu. Sein Gesichtsausdruck – Sorge und Anteilnahme; die Zuneigung in den Augen glänzte wie geschliffenes Dilithium – war rührend, aber unangebracht. Ihre emotionale Reaktion bestand nicht etwa aus Bestürzung, sondern aus heißem, brodelndem Zorn. Sie brauchte eine Ablenkung, um nicht an Bendes Kettaract und sein selbstgerechtes Ego zu denken … Und sie sah die Antwort in Jim Kirks Miene.

»Es geht mir gut, danke«, sagte sie. »Wissen Sie, ich möchte nicht darüber reden und auch nichts davon hören, aber in zehn Minuten wird man sich überall in der Station den Mund darüber zerreißen … In meinem Quartier habe ich eine Flasche Wein – möchten Sie mir Gesellschaft leisten?«

Suni blickte Kirk in die Augen, als sie diese Frage stellte, und sie sah, dass er ihre Bedeutung verstand. Trotzdem zögerte er einige Sekunden, bevor er antwortete, und in dieser kurzen Zeitspanne erkannte sie tief in ihm eine Vorsicht und Selbstbeherrschung, die sie nicht erwartet hatte. Hinzu kam etwas Unvertrautes, das sie nicht exakt identifizieren konnte – bis er seinerseits eine Frage stellte.

»Sind Sie sicher, dass Sie das wollen?«

Er versuchte, für sie aufzupassen, dass er die Situation nicht ausnutzte. Das unvertraute Element war Fürsorge, das Bestreben, sie zu beschützen, und dadurch fühlte sie sich plötzlich so verwundbar, dass sie ihre Einladung fast zurückgenommen hätte. Aber gleichzeitig reizte sie seine ritterliche Wärme und dadurch begehrte sie ihn noch mehr. Sie wünschte sich, mit ihm allein zu sein, von ihm berührt zu werden, ihm in die Augen zu blicken und dort das zu sehen, was sie jetzt sah …

»Ja, ich bin sicher«, sagte sie und ihr Herz klopfte schneller, als diese Worte ein Lächeln auf Jims Lippen zauberten. »Kein Zweifel.«

Er bot ihr seinen Arm an, und als sie durch den Korridor gingen, erschien ihr der Gedanke an Bendes Kettaract wie das Unwichtigste im ganzen Universum.

Spock wartete, bis sich die kleine, enthusiastische Menge um Dr. Kettaract herum auflöste, bevor er sich dem Wissenschaftler näherte, in der Hoffnung, seine ungeteilte Aufmerksamkeit zu bekommen. Er wusste nicht, warum er Kettaracts Vergangenheit mit Konflikten assoziierte, hatte aber bereits beschlossen, nach der Rückkehr zur *Enterprise* mit Untersuchungen zu beginnen.

Kettaract begleitete seinen letzten Befürworter zur Tür, als Spock auf ihn zutrat.

»Wenn Sie ein wenig Zeit für mich erübrigen könnten, Doktor …«

Kettaract wandte sich ihm zu und Spock sah die Überraschung in seinem Gesicht, als er ihn erkannte. Gleich darauf wich sie besonderer Wachsamkeit. Der Wissenschaftler verschränkte die Arme und musterte ihn.

»Sie sind Spock. Von der *Enterprise.*«

»Ja.«

»Habe ich mir Ihre Unterstützung oder Ihre Verurteilung verdient?«, fragte er in einem herausfordernden Tonfall.

»Weder noch, Sir«, erwiderte Spock. »Ich bin nur neugierig. Sie haben Ihren Standpunkt mit ungewöhnlichem Nachdruck dargelegt.«

Kettaract lachte abrupt – ein fast schrilles Geräusch, das auf Hohn oder Spott hinwies. Aber Spock glaubte, dass diese Emotionen nicht ihm galten. »Und Sie möchten den Grund dafür erfahren, nicht wahr? Ausgerechnet Sie.«

Diese Worte verwirrten Spock. »Ich verstehe nicht, warum sich mein Interesse von dem anderer Personen unterscheiden sollte.«

»Wirklich nicht?«

Der Wissenschaftler sah sich im fast leeren Saal um, beugte sich dann vor und senkte die Stimme. »Nachdem Sie und Ihr guter Freund Captain Kirk sich alle Mühe gaben, die Chancen gerechter zu verteilen … Soll ich wirklich glauben, dass Sie nicht wissen, wie ich zu meinem Standpunkt komme?«

Es lag Spock nichts daran, ein gewisses Verstehen zu leugnen, und deshalb schwieg er und wartete darauf, dass sich Kettaract deutlicher ausdrückte – obwohl eigentlich kein Zweifel daran bestehen konnte, dass er den Diebstahl der romulanischen Tarnvorrichtung meinte. Es erstaunte Spock, dass sein Gesprächspartner davon wusste, denn immerhin war jene Mission streng geheim gewesen. Noch bemerkenswerter fand er Kettaracts Bereitschaft, auf sein Wissen hinzuweisen.

»Der Starfleet-Geheimdienst hat mich beauftragt, das Ding zu untersuchen«, fuhr Kettaract fort. Zorn vibrierte in seiner Stimme. »Wenn die Burschen irgendein Stück hoch entwickelter fremder Technik in die Hand bekommen, werde ich als einer der ersten verständigt. Derzeit bereitet Starfleet eine auf meinen Vorschlägen basierende Verbesserung der Sensoren vor.«

»Und deshalb glauben Sie, dass ich mir auf besondere Weise Ihrer Empfindungen in Hinsicht auf die Technik der Föderation bewusst bin?«, fragte Spock und wählte seine Worte mit großer Sorgfalt. Kettaract schien die Notwendigkeit der Geheimhaltung nicht sehr ernst zu nehmen, eine Einstellung, die Spock kritikwürdig fand. So sehr ihn das ungewöhnliche Gespräch auch faszinierte – seine persönlichen Überzeugungen und die Pflicht veranlassten ihn, eine Beendigung der Diskussion in Erwägung zu ziehen.

Die Frage veränderte Kettaracts Verhalten. Spock glaubte, in den nächsten Worten des Wissenschaftlers eine Mischung aus Ärger und Enttäuschung zu hören.

»Wir haben die Technik«, betonte Kettaract. »Starfleet verfügt über die Mittel, einen entscheidenden Schlag gegen unsere Feinde zu führen, aber diese Möglichkeit wird nicht wahrgenommen. Weil die Föderation so großen Wert auf Fairplay legt und angeblich zu gut ist, um etwas so wenig Schmeichelhaftes wie den Sieg zu erringen. Man gibt Tugend vor – eine Schande.«

Spock nickte und verstand. »Sie halten nichts davon, dass Starfleet auf den Einsatz gewisser Technik verzichtet.«

»Natürlich halte ich nichts davon«, erwiderte Kettaract scharf. Er runzelte die Stirn und richtete einen durchdringenden Blick auf Spock. »Und eigentlich sollten Sie meine Meinung teilen. Sie sind Vulkanier. Man hat Ihnen befohlen, zu lügen und zu stehlen. Ich kenne den Bericht … Sagen Sie mir, Spock: Wie haben Sie das alles gerechtfertigt? Und wie rechtfertigen Sie heute die Scheinheiligkeit, die durch Ihre Mission und deren Ergebnis ans Licht kam?«

Es handelte sich um durchaus berechtigte Fragen,

aber Spock fand sie inakzeptabel. Er hatte nichts zugegeben und konnte es auch gar nicht. »Ich bin außerstande, darauf zu antworten, Sir.«

Kettaract nickte. »Das habe ich kaum anders erwartet. Aber an Ihrer Stelle würde ich darüber nachdenken, denn man weiß nie, wann sich die Dinge ändern. Die Föderation will ein Beispiel geben und möchte, dass sich alles ruhig und gleichmäßig entwickelt, damit niemand gewinnen kann. Aber wenn Starfleet jemals etwas wahrhaft *Wirkungsvolles* in die Hand bekommt – glauben Sie im Ernst, dass die Verantwortlichen dann zögern, davon Gebrauch zu machen?«

Trotz der rhetorischen Natur der Frage wollte Spock antworten, doch das Zirpen von Kettaracts Kommunikator hinderte ihn daran. Der Wissenschaftler nahm das Gerät vom Gürtel, klappte es auf und wandte sich halb vom Vulkanier ab.

»Kettaract.«

»Hier ist die Kommunikationsabteilung von M-20, Dr. Kettaract.« Die Stimme eines jungen Mannes. Spock hörte sie ganz deutlich. »Wir haben eine Text-Nachricht für Sie empfangen, Sir.«

»Ich höre.«

»Das Mitteilungsfeld ist leer, Sir«, sagte der junge Mann. »Nur der Name des Absenders wurde übermittelt: John Hermes.«

Kettaract sah kurz zu Spock. »John Hermes … Ein leeres Mitteilungsfeld? Können Sie die Nachricht zurückverfolgen?«

»Nein, Sir, tut mir leid. Sie erreichte uns übers zentrale Sektorrelais.«

»Na schön.« Kettaract seufzte »Danke.«

Er klappt den Kommunikator zu und wandte sich wieder an Spock. »Das ist moderne Technik. Nun, so sehr mir unser kleines Nichtgespräch auch gefallen hat – ich schätze, man wird meine weitere Teilnahme an dieser Konferenz bald unterbinden und ich möchte die Raumstation verlassen, bevor man mich dazu zwingt. Wenn Sie mich bitte entschuldigen würden, Commander ...«

Spock nickte, obgleich er bezweifelte, dass die Organisatoren der Konferenz diesen Wissenschaftler hinauswerfen würden. Kettaract ging fort, die schmalen Schultern hochgezogen, als er wieder den Kommunikator hervorholte.

Der Vulkanier blieb noch einige Sekunden lang stehen, dachte über Bendes Kettaract nach ... und entschied, sofort zur *Enterprise* zurückzukehren. Die kurze Begegnung mit dem Molekularphysiker hatte seine Neugier noch verstärkt. Er gelangte zu dem Schluss, dass dieser Tag noch interessanter werden konnte, als er zunächst angenommen hatte.

Jains Quartier ähnelte Darres' Unterkunft, war schmucklos, aber bequem. Eine stillschweigende Übereinkunft sorgte dafür, dass das Licht gedämpft blieb. Sie sprachen über nichts Besonderes – ein Tier aus der Kindheit, Erinnerungen an die Schulzeit –, während Jain die Flasche Wein entkorkte. Es schien eine Art Burgunder zu sein. Die junge Frau blieb bei ihrer Entschlossenheit, nicht über Kettaract oder die Diskussionsrunde zu reden. Sie füllte zwei Gläser, setzte sich dann zu Kirk auf die Couch, trank ihr Glas in einem Zug halb aus, lehnte sich zurück und seufzte schwer.

»Entschuldigen Sie«, sagte sie und lächelte. »Soweit ich weiß, trinkt man Wein in kleinen Schlucken.«

»Ich glaube, da haben Sie Recht«, erwiderte Kirk und nippte an seinem Glas. Der Wein war schwer und süß, schmeckte ausgezeichnet. Er wollte gerade darauf hinweisen, als Jain noch einen Schluck trank, das Glas dann beiseite stellte und näher rückte. Ihr Bein berührte seins und er spürte plötzliches Verlangen, als sie die Hand hob und nach seinem Weinglas griff. Sie stellte es auf den niedrigen Tisch und wandte sich ihm zu, kam noch etwas näher. Zwar konnte kein Zweifel an ihrer Absicht bestehen, aber Kirk sah einen Hauch Unsicherheit in ihren Augen, die gleiche Unsicherheit, die er im Korridor vor dem Konferenzsaal bemerkt hatte.

Als sie sich vorbeugte, hob er beide Hände zu ihrem Gesicht.

»Jain ...« Er musterte sie und suchte nach geeigneten Worten, um das zum Ausdruck zu bringen, was er ihr mitteilen wollte – dass sie schön, intelligent und aufregend war, dass er sie küssen und lieben wollte. Aber ...

»Wir brauchen uns nicht zu beeilen«, sagte er um ihretwillen. »Ich fände es durchaus in Ordnung, wenn wir nicht sofort ...«

»Küss mich«, flüsterte Jain und Kirk streifte die letzten Reste von Zurückhaltung ab. Er zog sie zu sich heran und küsste sie, staunte darüber, wie weich ihre Lippen waren, ihre Haut, über den Geschmack des süßen Burgunders auf ihrer Zunge und den an Pfirsiche erinnernden Duft ihres Haars. Sie schlang die Arme um ihn und stöhnte leise, als Kirks Finger durch ihr Haar strichen ...

Und dann piepte ihr Kommunikator. Einmal. Noch einmal. Ein drittes Mal.

Kirk spürte, wie sich Jain versteifte. Widerstrebend beendete er den Kuss und konnte ein Lächeln nicht unterdrücken, als er den Ärger im Gesicht der jungen Frau sah. Sie rückte fort und tastete nach dem Kom-Gerät an ihrem Gürtel.

»Jemand hasst mich«, sagte sie, stand auf, öffnete den Kommunikator und strich sich mit der freien Hand übers Haar.

»Suni.«

»Ich bin's, Jain, Bendes. Ich ...«

»Warten Sie«, sagte sie und bedachte Kirk mit einem entschuldigenden Blick, bevor sie ins Schlafzimmer ging.

Kirk holte tief Luft, ließ den Atem zischend entweichen und griff nach seinem Glas. Zwar verstand er keine einzelnen Worte, aber er hörte Jains Stimme und Kettaract tat ihm fast leid.

Fast. Er glaubte noch immer, den Duft von Pfirsichen wahrzunehmen.

Ganz deutlich hörte er, wie Jain fragte: »John? Nicht Tom, sind Sie sicher?« Dann wurde ihre Stimme leiser und ernster, kaum mehr hörbar.

Kirk trank Wein und wartete ungeduldig auf Jains Rückkehr. Wenn sie vorher unsicher gewesen war, so hatte sich dieses Gefühl beim Kuss aufgelöst.

»Jim.«

Er hob den Kopf, sah sie in der Tür des Schlafzimmers und wusste, dass etwas geschehen war. Jains Gesichtsausdruck und der Kummer, mit dem sie seinen Namen ausgesprochen hatte, boten deutliche Hinweise.

Kirk stellte das Glas ab, stand auf, strich seine Uniform glatt und wünschte sich, dass keine Kommunikatoren existierten. Jain trat näher und ließ sich ihre Enttäuschung deutlich anmerken.

»Es tut mir so leid«, sagte sie und nahm seine Hand. »Bendes – Dr. Kettaract – hat beschlossen, die Raumstation zu verlassen. Er befindet sich bereits an Bord des Schiffes und erwartet mich in fünf Minuten. Glaub mir, wenn es irgendeine Möglichkeit gäbe ...«

Kirk rang sich ein Lächeln ab. »Wohin fliegst du?«

»Zurück zum Labor. Jim, das Projekt, an dem wir arbeiten ... Es ist bald zu Ende. Zumindest soweit es mich betrifft ...«

»Wie bald?«, fragte er und sah ihr in die wundervollen Augen. Wissenschaftliche Berater waren oft mit der *Enterprise* unterwegs gewesen.

»Vielleicht einige Wochen«, antwortete Jain. »Oder auch nur wenige Tage.«

»Wie kann ich dich erreichen?« Er strich ihr eine Strähne des dunklen Haars aus der Stirn.

»Das kannst du nicht und du solltest es auch nicht versuchen«, sagte Jain. »Es ist ein geheimes Projekt, tut mir leid. Aber ich kann mich mit dir in Verbindung setzen … wenn du möchtest.«

»Ja, das möchte ich.« Er beugte sich vor, küsste sie noch einmal und sehnte sich bereits nach ihr, als sie ihn zur Tür führte. Er bot ihr an, sie zum Schiff zu begleiten, aber sie schüttelte den Kopf und in ihrer Stimme erklang die Wehmut, die er selbst spürte.

»Auf diese Weise ist es besser«, sagte sie. »Privater.«

Sie umarmten sich, murmelten Worte des Abschieds, dann ging er fort und die Tür schloss sich zwischen ihnen.

9

Spock kehrte fast eine volle Stunde vor dem Captain zur *Enterprise* zurück und hatte dadurch genug Zeit, Untersuchungen in Hinsicht auf Bendes Kettaract anzustellen. Außerdem befasste er sich mit gewissen Dingen, die in der nahen Zukunft eine wichtige Rolle spielen mochten – das hing von seinem Gespräch mit Kirk ab. Spock hatte darum gebeten, benachrichtigt zu werden, wenn der Captain zurückkehrte, und deshalb war er zur Stelle, als Kirk den Transporterraum verließ.

»Mr. Spock, ich habe Sie noch immer bei der Konferenz vermutet«, sagte der Captain. Er wirkte müde und ließ ein wenig die Schultern hängen, als er zu seinem Quartier ging. Spock begleitete ihn.

»Nach dem Gespräch mit Dr. Kettaract habe ich es für besser gehalten, meine Zeit einer Untersuchung seines persönlichen und beruflichen Hintergrunds zu widmen«, erwiderte Spock. »Dabei habe ich einige Fakten entdeckt, die eine sofortige Erörterung verlangen.«

»Ich höre.«

Spock berichtete von seinem Gespräch mit Kettaract und der Captain reagierte mit Überraschung und Sorge. Als sie sein Quartier erreichten, winkte Kirk ihn herein, damit er seinen Bericht fortsetzen konnte.

»Seine Bereitschaft, über die Tarnvorrichtung zu sprechen, und sein übertriebener Zorn auf das, was er für Starfleets Scheinheiligkeit hält, beweisen nichts«, sagte Spock.

Der Captain lehnte sich an den Rand seines Schreibtischs und verschränkte die Arme. »Aber?«

»Es gibt eine Vorgeschichte emotionaler Instabilität. Bendes Kettaract bekam seinen ersten Doktortitel im Alter von neunzehn Jahren, in Molekularphysik, und bis zu seinem fünfundzwanzigsten Lebensjahr kamen zwei weitere hinzu, in Quantenmechanik und Chemie. Er war die ganze Zeit über an der Starfleet-Akademie immatrikuliert und galt bereits als eine Art Wunderkind, noch bevor er seinen ersten Artikel veröffentlichte – über den Zerfall von Protonen. Im Anschluss an die Publikation ernannte ihn die wissenschaftliche Gemeinschaft der Föderation inoffiziell zum Genie. Kettaract verschwand für zwei Jahre und befasste sich mit einem neuen Projekt, doch nach der Veröffentlichung seines zweiten Werks verspotteten ihn jene Leute, die ihn zuvor bewundert hatte. Er entwickelte die Theorie eines stabilen, Energie produzierenden und künstlich erzeugten Moleküls, das ›im Vergleich mit einem Warpkern das darstellt, was ein Warpkern im Vergleich mit einem Streichholz ist‹. Man nannte Kettaract einen Narren, als in seinen Prämissen sofort einige Fehler auffielen.«

Der Captain hob die Hand und unterbrach den Ersten Offizier. »Lässt sich seine Theorie in die Praxis umsetzen?«

»Nein«, sagte Spock. »Allerdings muss ich nach der Lektüre seines Artikels darauf hinweisen, dass Dr. Kettaract einer Realisierung seiner Idee viel näher war, als man gemeinhin annahm. Seine Berechnungen waren ausgezeichnet und es existieren alle Komponenten, auf denen seine Theorie basierte. Wenn eine derartige Synthese möglich wäre, könnte tatsächlich die postulierte Energiemenge produziert werden, vielleicht sogar noch mehr. Aber die entworfene Struktur zeichnete sich durch eine inhärente Instabilität aus, die die Existenzdauer des künstlichen Moleküls auf einen Sekundenbruchteil beschränkt.«

Spock hätte diese Ausführungen fortsetzen können, aber der Captain nickte und daraufhin kehrte er zu Kettaracts Vorgeschichte zurück.

»Die harte Kritik seiner wissenschaftlichen Kollegen veranlasste ihn, für mehr als zehn Jahre aus der Öffentlichkeit zu verschwinden«, sagte Spock. »Es ist nicht bekannt, womit er sich während dieser Zeit beschäftigte, aber im Verlauf der ersten fünf Jahre wurde er zweimal wegen Paranoia im Krankenhaus behandelt – er behauptete, beobachtet und verfolgt zu werden. Offenbar erholte er sich und nach seinem Hiatus veröffentlichte er einen weiteren Artikel, diesmal die spekulative Analyse einer theoretischen Quark-Gruppierung. Man hielt diese Arbeit für brillant und sie stellte einen großen Teil seines einstigen Rufes wieder her. Doch er errang nicht den gleichen Status wie zu Beginn seiner wissenschaftlichen Laufbahn.

Seit jenem Zeitpunkt hat Kettaract immer wieder für die Industrie gearbeitet, unter anderem als Forscher und Berater. Eigentlich gehört er noch immer zu Starfleet, aber man geht schon seit einer ganzen Weile davon aus, dass er keinen aktiven Dienst mehr leistet. Er hat für den Starfleet-Geheimdienst gearbeitet, wie er mir selbst sagte, und es war sein Hinweis auf die romulanische Tarnvorrichtung, die meine Aufmerksamkeit weckte …«

»Hat es etwas mit der *Sphinx* zu tun?«, fragte der Captain ruhig. »Haben Sie Anzeichen für eine Verbindung zwischen Kettaract und Casden gefunden?«

»Nein«, erwiderte Spock. »Derzeit habe ich nicht mehr als Mutmaßungen.«

»Aber Sie glauben, auf etwas gestoßen zu sein, nicht wahr?«

Spock wölbte eine Braue. »Ich halte weitere Ermittlungen für angebracht, Sir.«

Der Captain zögerte und runzelte die Stirn. Unsicherheit erklang in seiner Stimme, als er fragte: »Halten Sie es für möglich, dass Dr. Suni etwas über diese Sache weiß?«

»Das kann ich nicht behaupten«, antwortete Spock. »Aber logischerweise sollte eine solche Möglichkeit in Betracht gezogen werden. Dr. Suni hat selbst darauf hingewiesen, dass sie derzeit mit Dr. Kettaract zusammenarbeitet, bei einem nicht näher beschriebenen Projekt – das in keiner Datei Erwähnung findet.«

Der Captain nickte widerstrebend und schien mit den Schlussfolgerungen nicht ganz zufrieden zu sein. »Ja, natürlich. Empfehlungen?«

»Zunächst einmal sollten wir unsere Untersuchungen mit Captain Darres' Ermittlungen koordinieren«, sagte Spock. »Vielleicht hat seine Gruppe Zugriff auf Informationen über Jack Casden und die *Sphinx*, die uns verwehrt bleiben. Darüber hinaus schlage ich vor, die Datenbanken der Föderation gründlicher nach Hinweisen auf die Doktoren Kettaract und Suni zu durchsuchen, vielleicht mit Querverweisen auf die Dateien von M-20. Wir sollten uns auch mit der Frage befassen, ob Captain Casden wirklich etwas mit den Romulanern zu tun hatte oder nicht. Nach meinem Gespräch mit Dr. Kettaract können wir nicht mehr mit Gewissheit davon ausgehen, dass Captain Casden tatsächlich Kontakte mit Repräsentanten des Romulanischen Reiches unterhielt. Wir müssen nach einer Erklärung für die Graviton-Emissionen der *Sphinx* suchen. Wenn die von uns beschaffte Tarnvorrichtung noch immer vom Starfleet-Geheimdienst untersucht wird …«

»… so ergibt sich die Frage, woher die Emissionen stammen.« Kirk musterte Spock und schürzte die Lippen. »Wie wollen Sie dabei vorgehen?«

»Ich dachte an ein Gespräch mit der romulanischen Offizierin«, sagte Spock. »Sie hält sich noch immer im stellaren Territorium der Föderation auf.«

»Tatsächlich?«, fragte der Captain. »Aber warum? Die Föderation behält niemanden aus politischen Gründen in Haft und es gibt wohl kaum sonstige Gründe, die eine Rückkehr verhinderten.«

»Sie soll gegen einen Botschaftssekretär der Föderation ausgetauscht werden, den die Romulaner unter dem Vorwand der Spionage festhalten«, erklärte Spock. »Die Offizierin ist keine Gefangene. Sie befindet sich in der Starbase 23 unweit der Neutralen Zone und hat die Erlaubnis, sich mit ihrem Volk in Verbindung zu setzen, solange dies die Sicherheitsinteressen der Föderation nicht verletzt. Die romulanische Regierung bestand auf dem Austausch, damit die Freilassung des Botschaftssekretärs nicht für ein Zeichen von Schwäche gehalten wird, weder von den Feinden noch von der eigenen Bevölkerung.«

Der nächste logische Schritt war offensichtlich. Die Entfernung zwischen der Raumstation M-20 und Starbase 23 betrug knapp acht Lichtjahre.

»Sir, ich bitte um Erlaubnis, sofort zur Starbase 23 fliegen zu dürfen, um dort mit der Romulanerin zu sprechen«, sagte Spock.

Der Captain hob beide Brauen. »Glauben Sie, die Dame ist zu einem Gespräch mit Ihnen bereit?«

Spock zögerte und dachte daran, was er über sie wusste. »Ich halte das für möglich.«

Kirk nickte. »Erlaubnis erteilt. Morgen früh bitte ich Captain Darres darum, uns eins seiner Schiffe zu leihen. M-20 verfügt über zwei Personentransporter mit Warppotential. Damit dauern Hin- und Rückflug nur einige Stunden anstatt Tage.«

Spock pflichtete dem Captain bei. Sie besprachen noch einige Möglichkeiten in Hinsicht auf die Erweiterungen der Datei-Suche, dann ging der Vulkanier. Er suchte die Brücke auf, um von dort aus eine Verbindung zwischen den Datenbanken der *Enterprise* und denen von M-20 zu schaffen. Als er den Kontrollraum betrat, wurde ihm klar, dass er einige Minuten lang ganz auf diese einfache Aufgabe konzentriert gewesen war. Er hatte es vermieden, an die Romulanerin zu denken, und das erstaunte ihn. Ein solches Verhalten ließ sich nur mit einer emotionalen Reaktion erklären.

Spock stellte einen Kom-Kontakt mit der Raumstation her, etablierte eine Datenverbindung zwischen den elektronischen Bibliotheken und wies den Computer an, nach den Begriffen Bendes Kettaract, Jain Suni und Jack Casden zu suchen. Nach kurzem Nachdenken fügte er auch den Namen John Hermes hinzu, den Absender der an Dr. Kettaract gerichteten Nachricht, deren Mitteilungsfeld leer gewesen war.

Er rechnete damit, dass die Datensuche mehrere Stunden in Anspruch nahm, beschloss deshalb, sich in sein Quartier zurückzuziehen und über das bevorstehende Gespräch mit der Romulanerin zu meditieren – falls sie bereit war, ihn zu empfangen.

Sein ungewöhnliches Bemühen, nicht an sie zu denken, erforderte Kontemplation. Er war der Erste Offizier der *Enterprise,* und die Angelegenheiten des Schiffes verlangten, dass sich jemand mit einem Repräsentanten des Romulanischen Reiches in Verbindung setzte, um Informationen zu bekommen. Die Romulanerin befand sich in Reichweite und außerdem hatte es für kurze Zeit eine persönliche Beziehung zwischen ihnen gegeben – unter solchen Voraussetzungen war es nur logisch, dass er einen Kontaktversuch unternahm.

Spock hielt diesen Gedanken fest, als er zu seinem Quartier schritt. Es war alles eine Frage der Logik.

Kirk erwachte früh und sprach mit Darres, der sich sofort bereit erklärte, Spock einen Personentransporter zur Verfügung zu stellen. Kirk lud ihn zum Mittagessen an Bord der *Enterprise* ein und meinte, er wollte etwas ausführlicher über Jack Casden reden. Den Grund dafür erklärte er nicht. Angesichts von Darres' Gefühlen in Hinsicht auf Casden hielt Kirk eine persönliche Begegnung für besser.

Zusammen mit Spock ging er die Ergebnisse der Datensuche durch, die eher spärlich waren. Die Informationen über Jain beschränkten sich auf ihren akademischen Werdegang, und was Kettaract und Casden anging, so hatte sich nichts weiter ergeben. Als Spock den Verweis auf John Hermes erwähnte – in der ganzen Föderation schien es derzeit niemanden zu geben, der so hieß –, erinnerte sich Kirk daran, dass Jain am Abend zuvor etwas in der Art von »Tom, nicht John« zu Kettaract gesagt hatte. Spock beauftragte den Computer mit einer Suche nach diesem Namen, aber wieder ergab sich nichts.

Wenig später beamte sich der Vulkanier in die Raumstation und brach um neun Uhr Bordzeit zur Starbase 23 auf. Kirk hielt die Reise seines Ersten Offiziers für eine gute und logische Idee, aber er fragte sich, ob die Romulanerin wirklich bereit sein würde, diesen speziellen Besucher zu empfangen. Spock wollte ganz offensichtlich nicht darüber reden, aber Kirk war nicht blind. Die romulanische Offizierin war persönlich an Spock interessiert gewesen und sie *hatten* viel Zeit miteinander verbracht ... Andererseits konnte sich Kirk kaum einen Mr. Spock vorstellen, der einer Feindin der Föderation – so attraktiv sie auch sein mochte – mit etwas anderem begegnete als mit kühler Sachlichkeit. Nun, es gab immer wieder Überraschungen. Wenn Kirk die für seinen Ersten Offizier bestimmten Signale der Romulanerin nicht völlig falsch interpretiert hatte, so existierte eine recht hohe Wahrscheinlichkeit dafür, dass sie Spock die Tür vor der Nase zuschlug.

An Bord der *Enterprise* gab es kaum Dinge, die die Aufmerksamkeit des Captains erforderten, und deshalb suchte er nach einer Möglichkeit, sich bis zum Treffen mit Darres die Zeit zu vertreiben. Pille war noch immer mit den Routineuntersuchungen beschäftigt und erlebte offenbar eine seiner Arbeitswutphasen. Etwa fünfzig Besatzungsmitglieder besuchten den dritten Tag der Konferenz, aber Kirk verspürte nicht den Wunsch, nach M-20 zurückzukehren. Stattdessen suchte er das Sportzentrum des Schiffes auf, verbrachte eine Stunde am Sandsack und mit Gewichten, dachte dabei an Jain.

In Hinsicht auf Kettaract konnten sie nur in einem Punkt sicher sein: Er war zornig, politisch engagiert und wusste von der Tarnvorrichtung. Aber wenn es noch mehr gab, wenn sie feststellten, dass ein Zusammenhang existierte zwischen Kettaracts Wissen über die Tarnvorrichtung und den Ereignissen an Bord der *Sphinx* – dann bestand die Möglichkeit, dass auch Jain etwas wusste. Nach dem gemeinsam verbrachten, herrlichen Tag konnte Kirk einfach nicht glauben, dass sie imstande gewesen wäre, sich auf etwas Unmoralisches oder Unethisches einzulassen – dazu war sie zu klug, zu direkt. Aber seine Gedanken kehrten oft zu dem Gespräch im Aussichtsraum zurück. Jain hatte davon gesprochen, von den eigenen Überzeugungen Abstand zu nehmen, um sie zu bewahren ... Vielleicht hatte sie etwas über Kettaract herausgefunden, etwas, von dem sie glaubte, dass sie es nicht preisgeben konnte. Das würde ihre seltsame Bemerkung erklären und auch bedeuten, dass sie an keinen dubiosen Dingen beteiligt war. Daran wollte Kirk mehr glauben als an alles andere.

Es fiel ihm schwer, nicht an Jain zu denken. Sie stellte eine Art Paradox dar: offen und ehrlich in Bezug auf ihre Meinungen und Gefühle, aber verschlossen und geheimnisvoll, wenn es um konkrete Informationen über ihr Leben und ihre Arbeit ging. Dass der Computer nur über ihren schulischen und akademischen Werdegang Auskunft geben konnte, war sehr ungewöhnlich, erst recht in Hinsicht auf ihre Behauptung, an einem Starfleet-Projekt beteiligt zu sein.

Kirk duschte, zog sich an und verließ das Sportzentrum gerade, als Uhuras Stimme aus dem Interkom an der Tür erklang.

»Brücke an Captain Kirk.«

Er trat ans Kom-Gerät heran und betätigte eine Taste. »Hier Kirk.«

»Sir, ein gewisser Captain Gage Darres von M-20 möchte Sie sprechen. Angeblich ist es dringend.«

»Stellen Sie ihn durch«, sagte Kirk und runzelte die Stirn. Es war fast elf Uhr Bordzeit – in einer guten Stunde wollten sie sich treffen. Und Darres gehörte nicht zu den Leuten, die sich von unwichtigen Angelegenheiten in Aufregung versetzen ließen ...

»Verbindung hergestellt, Captain«, sagte Uhura.

»Jim?«

»Ja, ich bin hier«, erwiderte Kirk.

Darres schien ein wenig außer Atem zu sein. »Ich muss jetzt sofort an Bord Ihres Schiffes kommen. Empfangen Sie mich im Transporterraum?«

»Natürlich. Was ist los? Stimmt was nicht?«

»Ich fürchte, ein Kom-Kanal ist nicht sicher genug, um darüber zu reden«, brachte Darres hervor und atmete schwer. »Ich habe meine Notizen codiert und bin zwischen ziemlich sicher, dass mein Quartier überwacht wird. Ich spreche vom Ops aus, aber vielleicht überwachen sie alles. Dies könnte eine wirklich große Sache sein ...«

»Immer mit der Ruhe«, sagte Kirk. Darres' Furcht beunruhigte ihn. Diesen Ton hatte er noch nie in seiner Stimme gehört. »Wer sind ›sie‹?«

»Empfangen Sie mich? Jetzt sofort?« Darres schien der Panik nahe zu sein.

»Ja«, sagte Kirk. »Gage, hören Sie ... Geben Sie der Sicherheitsabteilung Bescheid. Lassen Sie sich von jemandem zum Transporterraum begleiten. Einverstanden?«

Darres holte tief Luft. »Schon gut, ich bin so weit in Ordnung. Es ist nur … Nach dem Gespräch mit Ihnen bekam ich diesen Anruf, und …«

»Sie können mir davon erzählen, wenn Sie hier sind. Wir sehen uns in einigen Minuten. Kirk Ende.«

Kirk gab der technischen Abteilung Bescheid und ging dann mit langen Schritten zum Transporterraum. Er war sehr besorgt. Entweder lagen Darres' Nerven blank, was auf den Stress der Ermittlungen zurückgehen mochte, oder ihm drohte tatsächlich Gefahr. Die eine Möglichkeit gefiel Kirk ebenso wenig wie die andere. Er hatte erst vor einigen Stunden mit Darres gesprochen und da war es ihm gut gegangen. Wenn er bereits zu jenem Zeitpunkt das Opfer paranoider Wahnvorstellungen gewesen war, so hatte er sie gut verborgen …

Was darauf hindeutet, dass »sie« wirklich existieren.

Scotty stand an den Kontrollen des Transporters und richtete den Transferfokus auf das Signal der Raumstation aus, als Kirk eintraf.

»Wir sind empfangsbereit, Captain.«

Kirk nickte und sah ungeduldig zur leeren Plattform. Eine weitere Minute verging, dann wies Scott zur großen Erleichterung des Captains darauf hin, dass der Transfer erfolgte.

Vor ihnen glitzerte eine Säule aus Energie und darin formte sich die Gestalt von Gage Darres …

Als die schimmernden Muster Substanz gewannen, brach Darres zusammen und sank auf die Plattform. Die weit aufgerissenen Augen starrten ins Leere.

Eine Sekunde später war Kirk an seiner Seite und hörte kaum, wie Scott die Krankenstation verständigte. Er zog seinen alten Freund in eine halb sitzende Position und nannte seinen Namen.

Gage Darres antwortete nicht. Er war tot.

Da es an Bord der *Enterprise* zu dem Todesfall gekommen war, fiel es in McCoys Zuständigkeitsbereich, die Autopsie durchzuführen. Und da es sich bei dem Opfer um einen von Kirks Freunden handelte, arbeitete der Arzt schnell. Weniger als zwei Stunden nach Scotts Meldung war er bereit, seinen Bericht abzuliefern.

Nachdem McCoy die Leiche des Mannes sicher verstaut hatte, wusch er sich und rief Jim zur Krankenstation. Dabei stellte er überrascht und nicht ohne Schuldgefühle fest, dass die Autopsie in gewisser Weise eine Erleichterung für ihn gewesen war. So tragisch plötzlicher Tod auch sein mochte – er erinnerte die anderen daran, dass sie noch lebten. Das galt auch für Ärzte, vielleicht sogar gerade für sie. Ein großer Teil des medizinischen Berufs drehte sich um den Tod und darum, angesichts seiner traurigen Wahrheit objektiv zu bleiben.

Seltsam, dass diese sorgsam gehütete Objektivität ins Wanken gerät, sobald man sich vorstellt, das eigene leblose Gesicht zu sehen.

McCoy verdrängte diesen Gedanken und erinnerte sich daran, dass er positiv denken musste. Das fiel ihm nicht unbedingt leicht, denn immerhin blieb ihm nichts anderes übrig, als sich darauf zu verlassen, dass Chekov Karen Patterson fand. Nun, der Stolz trieb den jungen Mann sicher dazu an, um jeden Preis einen Erfolg zu erzielen. Chekov würde Karen ausfindig machen, und wenn es irgendwo im Universum ein Heilmittel für Xenopolycythämie gab, so wusste sie bestimmt davon.

Während er auf Jim wartete, ging McCoy Darres' persönliche Gegenstände durch und griff nach dem Datenchip, den er im rechten Stiefel des Toten gefunden hatte. Er schritt damit zum Computer, neugierig darauf, was der Chip enthielt – immerhin hatte Darres ihn an einem recht ungewöhnlichen Ort bei sich getragen. Da die einzigen DNS-Spuren an dem Ding vom Toten stammten, gab es keine Spuren, die bewahrt und sichergestellt werden mussten, also auch keinen Grund, *nicht* nachzusehen.

McCoy schob den Chip ins Lesegerät und Symbole erschienen auf dem Schirm, ein endloser Strom, in dem sich nur einige wenige Zahlen zeigten. Er wies den Computer an, die Zeichenfolgen zu übersetzen, aber offenbar handelte es sich nicht um eine Sprache oder zumindest nicht um eine der Sprachen, die in den Datenbanken gespeichert waren. McCoy seufzte und zog den Chip aus dem Lesegerät, als Jim hereinkam – sein Gesicht zeigte den Ernst eines Mannes, der mit einem unerwartete Trauerfall konfrontiert wurde. McCoy kam sich plötzlich egoistisch vor, weil er an seine eigenen Probleme dachte, während ein Freund von Jim gestorben war.

Der Captain verlor keine Zeit mit Höflichkeitsfloskeln. »Nun?«

»Soweit ich das feststellen kann, war es ein Unfall«, sagte McCoy und stand auf. »Eine Fehlfunktion des Transporters. Damit meine ich nicht unseren, sondern den an Bord der Raumstation. Außerdem die häufigste: Zellschock. Die Dinge passten nicht mehr richtig zusammen. Fast immer kommt es beim inneren Gewebe zu Inkompatibilitäten – die falschen Zellen werden verwendet, um ein bestimmtes Organ zu restrukturieren, oft das Herz. Damit wird der Körper nicht fertig und er kapituliert einfach.«

Jim antwortete nicht und starrte mit leerem Gesicht zu Boden.

»Es ging schnell«, fügte McCoy sanfter hinzu. »Er hat bestimmt nicht gelitten.«

Der Captain sah auf. »Es war also eine Transporter-Fehlfunktion. An Bord der Station.«

»Ja.«

»Könnte Absicht dahinter stecken?«

McCoy blinzelte überrascht. Jim hatte ihn aufgefordert, nach Ungewöhnlichem Ausschau zu halten, und er war von Gewebeschäden oder Giftstoffen ausgegangen, ohne etwas zu finden. Aber wenn jemand den Transporter manipuliert hatte, um die Fehlfunktion zu bewirken … Dann war es schlicht und einfach ein Fall von kaltblütigem Mord.

»Ich weiß es nicht«, sagte McCoy. »Es erscheint mir sehr unwahrscheinlich, dass sich jemand so viel Mühe macht …«

»Aber ist es *möglich?*«, beharrte Jim.

McCoy schnitt eine Grimasse. »Ich bin Arzt, kein Techniker. Frag Scotty oder Spock.«

Jim nickte langsam. »Gute Idee. Ich weiß nicht genau, wann Spock zurückkehrt, aber ich hatte ohnehin vor, Scotty zur Station zu schicken und ihn nach Wanzen suchen zu lassen. Ich sage ihm, er soll den Transporter überprüfen.«

Wo ist Spock? Und welche Wanzen?

»Offenbar habe ich in letzter Zeit einige Dinge versäumt«, sagte McCoy.

»Ja«, bestätigte Jim ein wenig schroff. »Ich bringe dich gern auf den neuesten Stand, wenn du eine Minute Zeit findest. Wie steht's mit den Routineuntersuchungen?«

McCoy wollte sich über Jims Tonfall ärgern, doch nach zwei Sekunden überlegte er es sich anders. Seit Tagen ging er seinen Freunden aus dem Weg. Es war lächerlich anzunehmen, dass sie es nicht bemerkten oder sich nicht darum scherten.

»Wahrscheinlich werde ich morgen früh damit fertig«, sagte McCoy.

»Gut.« In einem leichteren Tonfall fügte Kirk hinzu: »Du weißt ja, was mit Spock geschieht, wenn du nicht da bist.«

McCoy lächelte. »Dann wird er großmäulig?«

Jim erwiderte das Lächeln. »Dann langweilt er sich.«

Nach ein oder zwei Sekunden wurden sie wieder

ernst – die Sorgen schienen zu schwer auf ihnen zu lasten, um länger zu lächeln. Für McCoy genügte es, um zu begreifen, wie einsam er gewesen war.

Sag es ihm.

Nein. Erst musste er mit Karen reden und herausfinden, ob es noch eine Chance für ihn gab.

»Sonst noch etwas?«, fragte Jim.

»Ja.« McCoy hob den Datenchip. »Dies habe ich in einem Stiefel des Toten gefunden. Ich habe mir den Inhalt angesehen, aber es sind nur ein Haufen Symbole und Zahlen. Selbst der Computer konnte nichts damit anfangen.«

Kirk nahm den Chip entgegen. »Darres erwähnte die Codierung seiner Notizen. Er glaubte sich verfolgt, wegen seiner Ermittlungen in Hinsicht auf die Ereignisse an Bord der *Sphinx*.«

Das erklärte einiges. Kein Wunder, dass Jim über Wanzen und eine absichtlich herbeigeführte Fehlfunktion des Transporters sprach.

»Uhura kann vielleicht etwas damit anfangen«, sagte der Captain und ging zur Tür. »Danke, Pille.«

»Keine Ursache«, entgegnete McCoy. »Und Jim … Das mit deinem Freund tut mir leid.«

»Mir auch«, sagte Kirk.

10

Der Flug von Deep Space Station M-20 zur Starbase 23 war kurz und ereignislos. Spock nutzte die Zeit, um Hypothesen in Hinsicht auf Verbindungen zwischen Dr. Kettaract und den Geschehnissen an Bord der *Sphinx* zu entwickeln. Er zog ein breites Spektrum an Motiven und Zielen in Erwägung, von einer Absprache Kettaracts mit den Romulanern bis hin zum Diebstahl der Tarntechnik, um sie gegen die Föderation einzusetzen. Ohne zusätzliche Informationen konnte keine dieser Theorien eine solide Basis bekommen, aber die andauernden Spekulationen hielten Spock beschäftigt. Und wenn sich neue Daten ergaben, so bestand die Möglichkeit, dass sie eine der bereits entwickelten Theorien stützten.

Bei seiner Ankunft wurden der Transporter und er gescannt – eine normale Maßnahme bei dieser Starbase, denn ihre Nähe zur Neutralen Zone erforderte ein höheres Sicherheitsniveau. Spock wurde als nicht gefährlich eingestuft, bekam einen Sonderausweis und musste anschließend warten, während man die Romulanerin von seinem Eintreffen informierte. Sie befand sich als Gast an Bord der Starbase und war daher nicht gezwungen, irgendjemanden zu empfangen.

Fast eine Stunde lang geduldete sich Spock, bis die Romulanerin ihre Entscheidung traf – sie wollte ihm ein wenig von ihrer Zeit widmen. Er hatte mit einer gewissen Wartezeit gerechnet, denn bestimmt war sie nicht sonderlich versessen darauf, ihn sofort fortzuschicken oder seinen Besuch zu akzeptieren. Stolz gehörte zu ihrem romulanischen Wesen.

Der Adjutant des Stationsverwalters führte Spock zum etwas abseits gelegenen Quartier der Romulanerin und ließ ihn dort nach einer kurzen Belehrung zurück, bei der es darum ging, dass keine Starfleet- oder Föderationsgeheimnisse preisgegeben werden durften. Er erfuhr auch: Zwar überwachte man die Kom-Verbindungen der Romulanerin mit ihrer Regierung, aber ansonsten war die Privatsphäre des Quartiers garantiert.

Spock stand vor der Tür, sammelte seine Gedanken für das bevorstehende Gespräch und betätigte dann den Melder.

»Herein«, sagte sie und der Klang ihrer Stimme überraschte ihn ein wenig. Er betrat das Quartier.

Die Romulanerin saß an einem kleinen Tisch in der Mitte des Wohnbereichs und ihr gegenüber stand ein leerer Stuhl. Sofa und Sessel waren beiseite geschoben. Spock stellte eine angenehm hohe Temperatur fest, die ihn an sein Quartier an Bord der *Enterprise* und ans Ambiente ihres eigenen Schiffes erinnerte.

Er richtete seine Aufmerksamkeit auf die Offizierin und ihre Blicke trafen sich, ohne dass jemand von ihnen etwas sagte. Auch das Wiedersehen überraschte ihn ein wenig, wie zuvor der Klang ihrer Stimme. Sein Körper reagierte wie bei einem geringfügigen Schock, obwohl ihr Erscheinungsbild fast exakt seiner Erinnerung entsprach. Der einzige Unterschied betraf ihr Haar, das jetzt hochgesteckt war. Eine Aura der Eleganz umgab sie und etwas an ihrer Präsenz verlangte Respekt.

»Hallo, Spock«, sagte die Romulanerin ruhig und deutete auf den leeren Stuhl. »Möchtest du Platz nehmen?«

»Ja, danke«, erwiderte er, trat näher und setzte sich. Erneut musterten sie sich gegenseitig. Ihre Augen faszinierten ihn. Ihr Blick wirkte ebenso beunruhigend wie bei ihrer ersten Begegnung. Beunruhigend, aber nicht Besorgnis erregend.

»Du hast dich nicht von mir verabschiedet, als ich die *Enterprise* verließ«, sagte sie sanft, doch ohne besondere Freundlichkeit. Ihre tiefe Stimme klang melodisch. »Bist du gekommen, um dich zu entschuldigen?«

»Das ist nicht der Zweck meines Besuchs«, erwiderte Spock. »Aber wenn mein Verhalten dich auf irgendeine Weise beleidigt haben sollte, so bitte ich um Verzeihung.«

Die Romulanerin beobachtete ihn und lächelte dünn. »Ich nehme die Entschuldigung an. Nun, warum bist du gekommen? Es geht dir bestimmt nicht darum, meine Gesellschaft zu genießen.«

Spock fühlte den Drang, ihr zu widersprechen, obgleich ihre Bemerkung der Wahrheit entsprach. Er widerstand der Versuchung. »Ich bin gekommen, um dich um Informationen zu bitten. Sie betreffen die Tarntechnik und ihre Verbreitung im Romulanischen Reich.«

Ihr Lächeln wuchs in die Breite, aber er sah deutlich, dass Ärger dahinter steckte. »Du erlaubst dir einen Scherz ... Nein, natürlich nicht. Warum? Und wieso glaubst du, dass ich bereit sein könnte, dir zu helfen?«

Spock hatte bereits über Antworten auf diese Fragen nachgedacht. »Die *Enterprise* untersucht derzeit einen Zwischenfall, bei dem vielleicht eine Tarnvorrichtung zum Einsatz gelangte. Gerüchten zufolge ist dein Volk an den Geschehnissen beteiligt, die zahlreiche Personen das Leben kosteten. Aber es könnte auch sein, dass es sich um eine interne Angelegenheit handeln. Ich suche nach der Wahrheit und würde sie allein im Rahmen der Ermittlungen verwenden. Ich verspreche, dein Vertrauen nicht zu missbrauchen.«

»Tatsächlich?«, erwiderte die Romulanerin spöttisch. »Wie beruhigend. Und wenn ich dir mitteile, dass das Reich einen Großangriff auf die Föderation plant?«

»Dann müsste ich dem Schutz von Leben Priorität geben.«

»Natürlich«, sagte sie und maß ihn mit einem durchdringenden Blick. »Eine Antwort auf meine Frage steht noch aus. Du hast mir gesagt, warum ich dir helfen sollte. Aber du hast nicht erklärt, weshalb ich deiner Ansicht nach bereit sein könnte, dir zu helfen.«

Spock überlegte sorgfältig. Er vermutete, dass es der Romulanerin um seine Einschätzung ihrer Beziehung ging, doch die Wahrheit warf kein gutes Licht auf seine Verpflichtungen der vulkanischen Identität gegenüber. Noch schwieriger wurde alles dadurch, weil sie damals keinen Zweifel an ihren Gefühlen gelassen hatte, die menschliche Hälfte seines Wesens nicht nur akzeptierte, sondern auch ermutigte. Gleichzeitig respektierte sie seine Entscheidung, sich selbst als Vulkanier zu sehen. Eine solche Akzeptanz war selten und er hatte sie nie von einer Frau erfahren, zu der er sich hingezogen fühlte.

Er war gekommen, weil er die Romulanerin um einen Gefallen bitten wollte. Diesmal sollte es keine Lügen geben.

»Meine Hoffnung besteht darin, dass die gemeinsam verbrachte Zeit unsere politischen Differenzen überwinden kann«, sagte Spock. »Vielleicht bist du bereit, mir zu helfen, weil die kurze Phase der Intimität zwischen uns nicht den Verrat von Gefühlen enthielt. Die Geschehnisse, die unsere Beziehung begleiteten, entzweiten uns, aber meiner Meinung nach blieb unsere Nähe von Verrat unberührt.«

Die Schärfe wich aus den Zügen der Romulanerin und sie entspannte sich ein wenig. »Ich verstehe.«

Als sie keine weiteren Worte hinzufügte, beschloss Spock, seine Bitte zu wiederholen. »Bist du bereit, mit mir über die Tarntechnik zu sprechen?«

Die Romulanerin seufzte. »Du führst mich in Versuchung … Aber du hast mich schon einmal belogen,

Spock, und es wäre sehr dumm von mir, dir jetzt zu trauen. Wenn ich ins Romulanische Reich zurückkehre, wird man mir vermutlich mein Kommando nehmen, was ich dir und dem Captain verdanke. Glücklicherweise ist der Senat bestrebt, meine Fehler als ein Beispiel für die Täuschungsmanöver der Föderation zu präsentieren, und hinzu kommt meine Abstammung – ich brauche also keine Hinrichtung zu befürchten.«

Spock bedauerte, dass sie ihm keine Auskunft geben wollte. Er musste zugeben, dass er für ihre besondere Situation verantwortlich war. »Es tut mir leid.«

Sie lächelte vage. »Schon gut. Wenn deine Mission nicht erfolgreich gewesen wäre, hätte man dich auf meinen Befehl hin erschossen und die *Enterprise* zerstört. Die Dinge sind so, wie sie sind. Und obwohl ich dir gern glauben würde …«

Sie kniff die Augen zusammen und die plötzliche Veränderung in ihrem Gesicht wies darauf hin, dass sie eine Idee hatte. Vielleicht war es ihr doch möglich, ihm zu vertrauen.

»Es gibt einen Weg. Teile dein Bewusstsein mit mir, Spock. Wenn ich weiß, dass du die Wahrheit sagst, wenn eine mentale Verbindung zwischen uns entsteht und ich sicher sein kann, dass du Vertrauen verdienst, dass du mich nicht noch einmal täuschen willst … Dann spreche ich mit dir.«

Spock sah eine gewisse Logik in diesem Vorschlag, obwohl seine erste Reaktion aus Ablehnung bestand. Die Mentalverschmelzung war eine sehr persönliche Angelegenheit und schuf eine Intimität, die weit über das vorsichtige emotionale Sondieren bei ihrem letzten Erlebnis dieser Art hinausging …

Aber die Informationen der Romulanerin könnten von großer Bedeutung sein. Und es geschähe nicht zum ersten Mal, dass ich eine Mentalverschmelzung mit einer anderen Person herbeiführe …

Spock begriff, dass er nach einer Rechtfertigung suchte, denn ein Teil von ihm wollte sich der Romulanerin öffnen, ihre Gedanken und Gefühle erfahren, während sie in seinem Selbst nach Absichten suchte. Derartige egoistische Bestrebungen waren abscheulich. Aber das galt auch – und vielleicht noch mehr – für die Ablehnung der geistigen Verbindung aus persönlichen Gründen. Logischerweise hatten die Gründe für eine Mentalverschmelzung mehr Gewicht als jene, die dagegen sprachen.

»Nun gut«, sagte er und fügte sich damit dem Wunsch der Romulanerin. Tief in ihm prickelte Aufregung, als sich die Frau erhob und zum Sofa ging. Sie gab sich gleichgültig seiner Zustimmung gegenüber und dadurch gelang es ihr, Spocks Neugier zu stimulieren.

Nachdem Kirk den codierten Chip Uhura überlassen hatte, suchte er sein Quartier auf, um dort nachzudenken. Eine Zeit lang hielten sich Kummer und Zorn die Waage, doch dann setzte sich allmählich der Zorn durch. Gage Darres war tot und nach dem letzten Gespräch mit ihm bestand für Kirk kein Zweifel daran, dass es sich um Mord handelte. Scotty hatte sich zur Raumstation gebeamt, um dort nach Hinweisen zu suchen, aber seit einiger Zeit entwickelten sich die Dinge so seltsam – Kirk dachte in diesem Zusammenhang an Casden und die Ermittlung, an Jain und Kettaract –, dass er kaum mit der Entdeckung konkreter Anhaltspunkte rechnete.

Gage muss auf irgendetwas gestoßen sein – und deshalb brachte man ihn zum Schweigen. Aber was hatte Darres in Erfahrung gebracht? Er war der Meinung gewesen, dass an Casdens Loyalität Starfleet gegenüber nicht der geringste Zweifel bestand. Er hatte von einer abgekarteten Sache gesprochen, und wenn das stimmte … Wer zog die Fäden? Hinzu kam Spocks unvermeidliche Schlussfolgerung, dass eine Verschwörung dahinter stecken musste. Aber wer war daran beteiligt? Was sollte mit der Ermordung von Casden und seiner ganzen Crew bezweckt werden?

Und jetzt hat es auch Gage erwischt. Wie die Vertuschung einer Vertuschung. Was auch immer vor sich ging – es musste aufhören. Es waren bereits zu viele Personen gestorben.

Immer wieder kam die romulanische Tarntechnik ins Spiel, die der Föderation erst seit kurzer Zeit zur Verfügung stand, und das beunruhigte Kirk aus mehreren Gründen. Wenn jemand mit nicht gerade ehrenhaften Absichten eine Tarnvorrichtung in die Hand bekam – und das konnte bereits geschehen sein –, so ließ sich damit erheblicher Schaden anrichten. Tausende von Leben mochten in Gefahr geraten. Es war sogar denkbar, einen Krieg zwischen den Großmächten der Galaxis zu provozieren.

Das alles hielt Kirk für schlimm genug, aber er musste sich auch noch der Erkenntnis stellen, dass zumindest teilweise ihn die Schuld traf. Der Einsatzbefehl stammte von Konteradmiral Cartwright, aber er hatte ihn ausgeführt. Er konnte nicht leugnen, dass *er* es gewesen war, der die Tarntechnik zur Föderation gebracht hatte, und dieser Gedanke erfüllte ihn mit Unbehagen. Für die Graviton-Emissionen musste es einen bestimmten Grund geben, und wenn die Romulaner keine Verantwortung für das trugen, was mit der *Sphinx* geschehen war, so musste die betreffende Technik vom Starfleet-Geheimdienst stammen. Vielleicht hatte Kettaract oder jemand anders sie beschafft. Das Wer spielte eigentlich keine Rolle, denn ohne den Einsatz der *Enterprise* hätte es überhaupt keine Tarnvorrichtung geben, die jemand beschaffen konnte.

Wenn sich Kirk Selbstvorwürfen hingab, erklang oft

eine innere Stimme, die ihn aufforderte, aktiv zu werden. Das war auch diesmal der Fall.

Es hat keinen Sinn, darüber zu grübeln. Unternimm etwas. Irgendetwas. Vergeude keine Zeit, indem du einfach dasitzt und dir wünschst, die Dinge hätten sich anders entwickelt.

Kirk stand von der Bettkante auf, trat zum Schreibtisch und aktivierte das Interkom, als er Platz nahm. »Kirk an Brücke.«

»Hier ist Lieutenant Uhura, Captain.«

»Sind Sie mit dem Chip weitergekommen, Lieutenant?« So bald rechnete er noch nicht mit Resultaten, aber es konnte nicht schaden zu fragen.

»Nein, Sir«, erwiderte Uhura und klang ein wenig entmutigt. »Es ist ein komplizierter Code.«

»Ich vertraue Ihren Fähigkeiten, Lieutenant«, sagte Kirk. »Aber ich möchte Sie darum bitten, Ihre Bemühungen kurz zu unterbrechen ... Setzen Sie sich mit Commodore Jefferson von der Starbase 27 in Verbindung und stellen Sie ihn zu mir durch. Versuchen Sie außerdem, Admiral Cartwright zu lokalisieren, und beantragen Sie einen Gesprächstermin. Ich glaube, er befindet sich in Starbase 29.«

»Ja, Sir. Bitte bleiben Sie in Bereitschaft.«

Kirk wartete, klopfte mit den Fingern auf den Schreibtisch und wusste nicht recht, was er herauszufinden hoffte. Die Informationen, die Commodore Jefferson in Hinsicht auf Casden weitergegeben hatte, mussten irgendwoher kommen. Wenn Darres Recht hatte, wenn jene Behauptungen Lügen waren ... Dann mochte es von Bedeutung sein, ihre Quelle ausfindig zu machen.

Was Cartwright betraf ... Er hatte die *Enterprise* beauftragt, die Tarnvorrichtung eines romulanischen Raumschiffs zu erbeuten, mit allen Mitteln. Es war eine sehr ungewöhnliche Mission gewesen. Kirk hatte den Befehl ohne irgendwelche Fragen ausgeführt, aber mehr als nur einmal darüber nachgedacht, von wem *Cart-*

wrights Anweisungen stammten. Der Konteradmiral hatte die Order erteilt, ohne irgendetwas zu erklären; damals war er Kirk wie ein Prahlhans erschienen …

Uhura unterbrach seine Überlegungen. »Captain, ich habe Starbase 27 erreicht, aber Commodore Jefferson wurde offenbar versetzt. Ich bin mit Commander Lewis verbunden, von der diese Information stammt.«

Seltsam. »Schalten Sie auf diesen Kom-Kanal um.«

Lewis erwies sich als ältere Frau mit dunklem Haar und einem falschen Lächeln. Sie wies darauf hin, für die Personalplanung der Raumbasen 25 bis 30 zuständig zu sein.

Kirk kam sofort zur Sache. »Wo ist Commodore Jefferson, Commander?«

Lewis schüttelte den Kopf und verzog das Gesicht. »Ich weiß es nicht, Sir. Die ganze Situation ist höchst ungewöhnlich. Offenbar war Commodore Jeffersons Versetzung hierher befristet. Er befand sich nur drei Monate hier und sein Sicherheitsstatus erforderte nicht, dass er mir seine Angelegenheiten erklärte.« In Lewis' Stimme hörte Kirk den klagenden, pedantischen Tonfall einer kleinen Bürokratin, die unglücklich war, weil man sie einfach übergangen hatte. »Vor zwei Tagen habe ich die 344-B-Standardmitteilung bekommen, die ihn vom Dienst freistellte. Sie kam direkt von Starfleet Command, ohne irgendeine Erklärung, ohne Versetzungsinformationen wie zum Beispiel die Nennung des neuen Einsatzsektors. Commodore Jefferson verließ Starbase 27 nur wenige Stunden nach dem Eintreffen der Nachricht.«

Lewis schüttelte erneut den Kopf. »Höchst ungewöhnlich«, wiederholte sie.

Kirk dankte ihr, unterbrach die Verbindung und wusste nicht, was er von der Sache halten sollte. Normalerweise glaubte er nicht an Zufälle, doch hier fiel ihm keine vernünftige Alternative ein …

»Uhura an Captain Kirk. Ich habe Konteradmiral Cartwright an Bord von Starbase 29 erreicht.«

Die Kommunikationsoffizierin klang erstaunt und den Grund dafür verstand Kirk sehr gut. Normalerweise dauerte es Stunden oder sogar Tage, einen Gesprächstermin bei jemandem wie Cartwright zu bekommen – er bekleidete einen hohen Rang. Doch Kirk hatte Uhura vor nicht einmal zehn Minuten gebeten, ihn ausfindig zu machen.

»Stellen Sie ihn durch.«

Cartwright erschien auf dem Bildschirm, steif und ernst. »Was ist los, Captain? Ich bin sehr beschäftigt.«

Aber offenbar nicht zu beschäftigt. »Ich weiß, Admiral. Nun, ich wollte Sie auf einen Einsatz ansprechen, der vor einigen Wochen stattgefunden hat und bei dem es um eine Angelegenheit des Starfleet-Geheimdienstes ging ...«

»Dieser Kom-Kanal ist abgeschirmt«, sagte Cartwright fast verächtlich. »Sie können offen reden.«

»Ja, Sir«, erwiderte Kirk und gab sich alle Mühe, höflich zu bleiben. Der Admiral gab ihm bestimmt keine Informationen, wenn er sich ungehalten zeigte. Und ob es ihm gefiel oder nicht: Der Mann war ein vorgesetzter Offizier und verdiente Respekt. »Es geht um die Tarnvorrichtung. Ich würde gern mehr über die Urheber jener Mission wissen, Sir. Wenn ...«

Cartwright unterbrach ihn. »Sie haben gute Arbeit geleistet, Captain«, sagte er so gleichgültig, als verläse er einen uninteressanten Text. »Sie können stolz darauf sein, der Sicherheit der Föderation einen so guten Dienst erwiesen zu haben. Aber Sie haben Ihre Befehle ausgeführt und jetzt kümmert sich der Starfleet-Geheimdienst um die Sache. Sie haben Ihre Pflicht getan, und angesichts der delikaten Natur dieser Angelegenheit sollten Sie sich nicht länger damit beschäftigten.«

Er lächelte, aber das Lächeln sparte die Augen aus. »Ist das alles?«

So sieht's aus. »Ja, Sir.«

»Guten Tag, Captain.«

Cartwrights Bild verschwand vom Schirm und Kirk blickte ins Leere. Das Unbehagen in ihm verdichtete sich und gleichzeitig wuchs seine Besorgnis, ohne dass sie sich auf etwas Konkretes bezog. Je mehr Informationen er bekam, desto weniger Sinn schien alles zu ergeben.

Er hoffte, dass Spock mehr Glück hatte und bald mit etwas zurückkehrte, das ihnen wirklich weiterhalf – derzeit fühlte sich Kirk ziemlich hilflos.

Seit sich die Romulanerin an Bord der Starbase 23 befand, hatte sie sich oft gefragt, was zwischen Spock und ihr geschehen war. Die Erinnerung an den einen Tag erfüllte sie mit Zorn, Schmerz, Enttäuschung ... und auch Verlegenheit darüber, dass sie so sehr an ihre Überzeugungskraft geglaubt hatte. Beschämt musste sie sich eingestehen, versagt zu haben. Aber es hatte auch noch andere Gefühle gegeben, eine Verbindung, die ihr etwas bedeutete, auch jetzt noch. Und als Spock neben ihr auf dem Sofa Platz nahm, wünschte sie sich jene Verbindung. Ihr Stolz war verletzt, doch einen Groll gegen ihn zu hegen, weil er Starfleet und sich selbst treu blieb ... Darin sah sie nicht den geringsten Sinn. Er hatte getan, was er tun musste, ebenso wie sie selbst.

Spock richtete einen aufmerksamen Blick auf sie und streckte wortlos die Hände nach ihr aus. Seine Fingerspitzen waren kühl und trocken, strichen behutsam das Haar beiseite und berührten bestimmte Nervenpunkte. Er rückte etwas näher und presste andeutungsweise die Lippen zusammen, als er den notwendigen physischen Kontakt herstellte.

Die Romulanerin schloss die Augen, spürte die Wärme von Spocks Körper und hörte seinen Atem. Sie musste den Verstand verloren haben, dass sie dies zuließ, dass sie es sogar *verlangt* hatte, aber sie brachte es einfach nicht fertig, jetzt damit aufzuhören.

»Entspann dich«, sagte Spock leise. Seine tiefe Stimme wirkte beruhigend. »Atme.«

Sie lehnte sich zurück, die Augen noch immer geschlossen, und dachte erstaunt daran, dass dies tatsächlich geschah: Er berührte sie und sie gestattete es ihm. Vermutlich wusste er, dass sie sich die Mentalverschmelzung nur zum Teil aus dem genannten Grund wünschte. Sie konnte ihm natürlich keine Geheimnisse des Reiches anvertrauen, ohne zu wissen, was er damit anfangen wollte, aber sie machte sich nichts vor: Er wäre bestimmt in der Lage gewesen, die notwendigen Informationen einfach ihrem Bewusstsein zu entnehmen.

Ich bin hierzu bereit, weil ich ihn genauer kennen lernen möchte. Alles andere ist nur ein Vorwand.

Das war ihr letzter klarer, fokussierter Gedanke.

Vage spürte sie, dass sie seinen Atem nicht mehr hörte – sie atmeten beide synchron ein und aus. Sie hatte das sonderbare Gefühl, langsam zu fallen und zu treiben, nicht nach unten, sondern fort. Auf etwas zu.

»Unsere Gedanken sind eins«, sagte Spock. Seine Stimme war noch sanfter und tiefer, ein Geräusch, das sie mit einem kleinen Licht in völliger Finsternis verglich, einem Licht, das sie anzog. Der Übergang erfolgte allmählich und so friedlich, dass sie ihn kaum bemerkte, als sie langsam ihm entgegenglitt.

Sie fühlte noch immer seine Finger an ihrem Kopf, undeutlich, wie durch einen Schleier, der ihre Wahrnehmungen filterte. Gedanken schwebten ihr entgegen; darunter nahm sie eine sorgfältig gehütete Struktur wahr, und *darunter* wiederum Emotionen, aber nicht in der ihr vertrauten Form. Sie waren seltsam entrückt, intensiv, aber abstrakt. Sie spürte sie, aber es war ihre eigene Wahrnehmung, die sie definierte. Mühe. Zweifel. Bedauern. Liebe. Und Einsamkeit, so ausgeprägt, dass sie in ihr Schmerzen auslöste; sie erfüllte alles, ließ sich nicht von ihm – von ihnen – trennen.

Dies waren die Dinge, die er sich nicht gestattete, aber er konnte sie auch nicht ganz aus sich verbannen. Sie entdeckte Verachtung, die ihm selbst galt, und Ärger. Sie fand Ehrlichkeit und Moral. Und dort begegnete sie sich selbst und verstand.

Es gibt keine Lüge.

Erneut flog die silberblaue Wolke des Intellekts über alles hinweg und die Romulanerin begriff, dass sie Dinge gesehen und gefühlt hatte, die Spock nur selten eingestand. Die Tiefe dieser Intimität war verblüffend, aufregend und beängstigend. Sie spürte, dass er versuchte, sie fortzulenken, ihr Gelegenheit zu geben, zu sich selbst zurückzukehren. Aber er wollte sich auch in ihrem Bewusstsein umsehen; er widersetzte sich diesem Wunsch, ohne ihn verbergen zu können.

Es kostete sie eine große Anstrengung, aber schließlich gelang es ihr zu sprechen.

Fühle mich.

Sie wusste nicht, ob sie diese beiden Worte wirklich laut ausgesprochen oder nur gedacht hatte, aber er hörte sie. Unmittelbar darauf bemerkte sie die Veränderung. Spock hatte sich ihr langsam und vorsichtig geöffnet. Zwar versuchte er jetzt, sich mit der gleichen Behutsamkeit in ihre Gedanken zu tasten, aber das Gefühl war anders, eine Verschiebung der Kontrolle und Akzeptanz – gesehen zu werden anstatt zu sehen. Spocks beherrschte und sanfte Essenz bewegte sich in ihr und erfuhr sie, so wie sie ihn erfahren hatte. Und dann gab es keine Trennung mehr. Sie waren eins.

Wo sie sich jetzt befanden, existierte kein Gefühl der Zeit oder der körperlichen Existenz. Die Romulanerin hatte nicht gewusst, wie verwundbar sie sein würde, wie sehr sie davon abhing, dass er wieder Grenzen schuf. Das merkte sie erst, als sie ihn erneut als individuelle, von ihr getrennte Präsenz wahrnahm. Erleichterung und Trauer folgten, ein gemeinsames Verstehen dieser Erfahrung als etwas Einzigartiges und die Anerkennung der Tatsache, dass sich ihre Wege voneinander unterschieden. Einmal mehr glaubte sie zu spüren, wie sie forttrieb … Und dann fühlte sie das Pochen ihres Herzens und Spocks Fingerspitzen an den Schläfen.

Als er die Hände sinken ließ, öffnete sie die Augen und beobachtete, wie er zurückwich und wieder auf Gesprächsdistanz ging – obgleich es eine Zeit lang überhaupt nichts zu sagen gab.

Dann stellte Spock Fragen in Hinsicht auf die Tarnvorrichtung und die Romulanerin antwortete.

11

Abgesehen von den beiden Kom-Verbindungen, die Uhura für den Captain hergestellt hatte, galt ihre Aufmerksamkeit seit drei Stunden dem Code, der sich hartnäckig weigerte, seine Geheimnisse preiszugeben. So etwas sah sie jetzt zum ersten Mal und offenbar ging es dem Computer ebenso. Die Datenbanken der *Enterprise* enthielten Hunderte von Symbolsprachen, aber keine einzige von ihnen wies auch nur vage Ähnlichkeit mit den im Chip gespeicherten Informationen auf.

Drei Symbole, eine einstellige Zahl. Sechs Symbole, eine zweistellige Zahl. Zehn Symbole, wieder eine einstellige Zahl. Auf den ersten Blick betrachtet hatte es nicht sehr schwer ausgesehen: ein Symbol für einen Buchstaben, eine Zahl für eine Leerstelle … Allerdings war die Anzahl der Symbole ungerade, und es gab zu viele von ihnen, obgleich Captain Darres' Personaldatei nicht darauf hinwies, dass er andere Sprachen als Englisch beherrscht hatte. Außerdem erwiesen sich die Symbole nicht als konsistent, als Uhura versuchte, sie durch Buchstaben zu ersetzen. Mit welcher Sprache sie es auch versuchte – keine passte. Das Symbol, das vielleicht einen Buchstaben in einem Wort repräsentierte, schien im nächsten Wort etwas ganz anderes zu bedeuten und Uhura konnte nicht feststellen, an welcher Stelle sich die Bedeutungen veränderten. Nach den ersten beiden Stunden starrte sie auf den Bildschirm, bis alles zu verschwimmen schien, aber das brachte sie ebenfalls nicht weiter.

Zwar hätte sie in einer privateren Umgebung arbeiten können, aber sie blieb an ihrer Station auf der Brücke sitzen. Sie war daran gewöhnt, sich nicht ablenken zu lassen, konnte sich selbst dann problemlos konzentrieren, wenn um sie herum reger Betrieb herrschte. Doch ihre Frustration nahm immer mehr zu. An der Akademie war sie Klassenbeste in Codierung und Kryptographie gewesen, aber als sie nun die kantigen und runden Zeichen betrachtete, ohne ein Muster zu erkennen, fragte sie sich, weshalb sie damals so gut abgeschnitten hatte.

Die Zahlen wiesen bestimmt darauf hin, wo sich die Bedeutungen veränderten. Es gab keine andere Erklärung … Aber trotzdem schien das nicht der Fall zu sein und der Grund dafür blieb Uhura ein Rätsel. Wie ärgerlich: Endlich bekam sie einmal Gelegenheit, ihre Fähigkeiten an etwas zu erproben, das aus dem Rahmen der täglichen Routine fiel, aber sie kam einfach nicht voran.

»Computer, kennzeichne noch einmal die wahrscheinlichen Vokale«, sagte sie und seufzte leise. Angenommen, es handelte sich um einen englischen Text. Angenommen, die Worte waren nicht rückwärts buchstabiert oder mit Hilfe eines Gitters gekreuzt … Oder schlimmer noch: Vielleicht basierte der Code auf einem Buch oder einem Schriftstück, wobei sich die Zahlen und Symbole auf markierte Seiten und Worte bezogen. Ohne einen Schlüssel war eine solche Codierung praktisch nicht zu knacken. Und genau deshalb weigerte sich Uhura noch, eine solche Möglichkeit ernsthaft in Betracht zu ziehen. Wenn so etwas der Fall war, hätte sie sich jetzt gleich das Haar ausreißen können, anstatt das noch ein wenig hinauszuschieben …

»Noch immer kein Glück, wie? Haben Sie versucht, die kleinen Gruppen mit Worten wie ›der, die, das‹ sowie ›und‹ zu ersetzen?«

Uhura hob den Kopf und stellte fest, dass Sulu über ihre Schulter blickte.

»Ja, danke«, sagte sie und musste sich sehr beherrschen, um den Ärger aus ihrer Stimme fern zu halten. Er versuchte nur zu helfen.

»Ich wollte Kaffee holen«, meinte Sulu. »Möchten Sie einen Becher?«

Eine *solche* Hilfe wusste Uhura sehr zu schätzen. Sie lächelte dankbar. »Das ist sehr nett von Ihnen, Sulu. Milch und Zucker.«

»Geht klar.« Er sah noch einmal auf den Bildschirm und schüttelte den Kopf. »Von hier oben sieht's nach einem Haufen Linien und Schnörkel aus.«

Eine tolle Beschreibung.

Sulu ging und Uhura lehnte sich zurück, runzelte dabei die Stirn. Eigentlich sah es *tatsächlich* nach Linien und Schnörkeln aus. Eine vertikale Linie, zwei Kurven. Eine Kurve, ein Schrägstrich, noch eine Kurve. Vier Linien in einer Reihe, unterschiedlich hoch. Jemand schien das Alphabet in einen Mixer gegeben und die Resultate auf dem Bildschirm sichtbar gemacht zu haben.

Uhura wollte sich strecken, hob die Arme über den Kopf – und erstarrte. Langsam ließ sie die Hände wieder sinken, beugte sich vor und betrachtete die Zeichen mit neuem Interesse. Es gab durchaus Muster. Die vier Linien in einer Reihe kamen oft vor, mochten einem Vokal entsprechen, vielleicht dem Buchstaben »E«. Zwei Kurven und eine Linie, möglicherweise der Buchstabe »B«. Die gleichen Kurven und Linien gab es in anderen Anordnungen …

Wenn die Buchstaben auseinander genommen und dann die Einzelteile aneinander gefügt wurden, und wenn die Zahlen darauf hinweisen, welcher Buchstabe in jeder Gruppe seine Konfiguration verändert, oder auf die Anzahl der Worte hinweist, nach denen die Veränderung stattfindet …

Es passte, ja, es passte – und es fühlte sich richtig an. Natürlich musste Uhura noch die Zahlen bestimmen, den Computer anweisen, die Symbole der Form nach zu sortieren, den offensichtlichsten von ihnen Bedeutung zuweisen, um Strukturen zu erkennen …

Uhura lächelte voller Stolz. Sulu verdiente einen Kuss. Vielleicht behielt sie ihr Haar.

Der Captain wartete im Transporterraum, als Scott von der Raumstation zurückkehrte. Er stand mit verschränkten Armen da und man sah ihm seine Ungeduld deutlich an. Als das Summen des Transporters verklang, trat Kirk zur Plattform. Der rematerialisierte Chefingenieur griff nach seiner Werkzeugtasche und seufzte. So sehr er sich auch darüber freute, wieder an Bord der *Enterprise* zu sein – das bevorstehende Gespräch mit dem Captain ließ gemischte Gefühle in ihm entstehen.

»Nun, Mr. Scott?«

»Sir, ich habe keine klaren Beweise gefunden, weder für das eine noch für das andere.«

»Ich höre«, sagte Kirk scharf.

Aye, der Captain hatte schlechte Laune. Scott stellte seine Werkzeugtasche wieder auf den Boden und bemerkte, dass der an den Transporterkontrollen stehende Tam ihm einen mitfühlenden Blick zuwarf. Er achtete nicht darauf, nahm sich aber vor, den jungen Mr. Tam daran zu erinnern, dass er sich um seine eigenen Angelegenheiten kümmern sollte.

»Nun, ich habe Ihren Anweisungen gemäß das Quartier überprüft, in dem man Captain Darres vorübergehend untergebracht hatte«, sagte Scotty. »Und ich bin dabei sehr gründlich gewesen. Ich habe jeden Quadratzentimeter mit dem Tricorder sondiert, in den Wänden nach Variationen von Dichte und Temperatur Ausschau gehalten. Ich habe die Möbel gescannt, die persönlichen Gegenstände des Captains, sogar eine Flasche mit saurianischem Brandy, die ich in dem Quartier fand. Dabei ließ sich nichts Ungewöhnliches feststellen. Nirgends gab es Überwachungsgeräte irgendeiner Art. Aber ich fand eindeutige Hinweise darauf, dass sich jemand an der Belüftungsröhre zu schaffen gemacht hat. Das Gitter wurde vor kurzer Zeit entfernt und dann wieder angebracht – bei den winzigen Kratzern im Metall hat kaum die Oxidierung begonnen.«

Diese Information beeindruckte den Captain ganz offensichtlich nicht. Er nickte knapp. »Damit können wir kaum etwas anfangen. Was ist mit dem Transporter der Raumstation?«

»Auch in dieser Hinsicht gibt es keine klaren Anhaltspunkte«, sagte Scott. »Ich konnte nichts Greifbares entdecken, wenn Sie verstehen, was ich meine ...«

»Ich verstehe«, erwiderte Kirk. »Was haben Sie gefunden beziehungsweise *nicht* gefunden?«

»Ich habe bei meinen Untersuchungen praktisch die gleichen Resultate erzielt wie die Techniker der Raumstation bei ihren Ermittlungen.« Scott seufzte. »Die Fehlfunktion geht auf eine Irregularität bei der automatischen Restrukturierung zurück. So etwas kann einmal bei einer Milliarde Transfers geschehen und nur in zehn Prozent aller Fälle ergibt sich echte Gefahr. Es dürfte der häufigste Grund für Transporterunfälle sein, aber man darf dabei nicht vergessen, dass es sich um eine sehr kleine Zahl handelt. Allerdings: Dann und wann kann so etwas passieren.

Nun, ich beschloss, die Konsole zu öffnen, um sie mir von innen anzusehen, um die Phasenübergangsspulen und so weiter zu scannen ... Bei der höchsten Empfindlichkeitsstufe des Scanners entdeckte ich etwas, das vielleicht die Spur eines gezielten magnetischen Impulses darstellen könnte.«

Kirk runzelte die Stirn. »Und das bedeutet ...?«

»Wenn ich jemanden mit Hilfe eines Transporters loswerden wollte, ohne dass jemand Verdacht schöpft, so würde ich eine solche Methode wählen, Sir«, sagte Scott. »Ein kurzer Impuls mit einem ganz gewöhnlichen elektromagnetischen Generator, programmiert auf eine bestimmte Reichweite und ein bestimmtes energetisches Niveau; solche Geräte sind heute nicht größer als ein Kommunikator ... Das Ergebnis ist ein Toter. Außerdem wäre nur ein einzelner Transfer betroffen. Es bestünde also nicht die Gefahr, weitere Personen zu töten.«

»Das ist es!«, stieß Kirk hervor. Er schien sehr aufgeregt zu sein und deshalb bedauerte es Scott, ihm auch den Rest berichten zu müssen.

»Es *könnte* ein magnetischer Impuls gewesen sein, Sir«, sagte er niedergeschlagen. »Aber die Spuren waren so vage, dass auch andere Dinge als Erklärung in Frage kommen, zum Beispiel natürliche Emissionen eines häufig benutzten Systems – wegen der Konferenz wurde das Transportersystem während der letzten Zeit sehr oft eingesetzt. Es gibt einfach keine absolute Gewissheit.«

Der Captain seufzte. »Ich nehme an, es gab keine Sicherheitssensoren im oder in der Nähe des Transporterraums.«

»Nein, Captain, nicht einen einzigen.«

»Was ist mit den Ermittlungen, die an Bord von M-20 durchgeführt wurden? Haben Sie mit dem Stationsverwalter gesprochen?«

Jetzt kam das dicke Ende. Scott bereitete sich innerlich vor, denn er wusste, dass der Captain alles andere als begeistert sein würde.

»Aye, ich habe mit ihm gesprochen. Mr. Miatsu begleitete mich zum Transporterraum. Die Sicherheitsabteilung der Station hat alle befragt: den Wächter, der Darres zum Transporter begleitete; den jungen Mann, der die Kontrollen bediente; und auch alle anderen, die in der Nähe arbeiteten. Offenbar ereignete sich der Zwischenfall nach einem Schichtwechsel. Einige Minuten lang war der Transporterraum offenbar leer und wurde nicht kontrolliert. Aber ohne konkrete Beweise ...«

Scotty holte tief Luft. »Der Verwalter meinte, dass er Captain Darres' Tod als Unfall zu den Akten legen muss, wenn sich nichts anderes ergibt. Er versprach, Ihnen den Untersuchungsbericht zu schicken, sobald er damit fertig ist.«

Der Chefingenieur hatte damit gerechnet, dass Captain Kirk seinem Ärger Luft machte, aber der schüttelte nur den Kopf. Er wirkte sehr unzufrieden, doch nicht in dem Sinne überrascht.

»Was geht hier vor, Captain?«, fragte Scott. »Hat es etwas mit Captain Darres' Ermittlungen in Hinsicht auf die Ereignisse an Bord der *Sphinx* zu tun?«

»Ich bin mir nicht sicher, noch nicht«, erwiderte Kirk ernst und richtete den Blick auf Scott, ohne ihn zu sehen. Sorge zeichnete sich in seinem Gesicht ab. »Aber etwas geschieht und was auch immer es sein mag – ich habe allmählich den Eindruck, dass es eine verdammt große Sache ist.«

Er klopfte dem Chefingenieur auf die Schulter. »Sie haben gute Arbeit geleistet, Mr. Scott.«

»Danke, Sir«, erwiderte Scotty. Die Anerkennung des Captains erfüllte ihn wie immer mit Stolz.

»Brücke an Captain Kirk«, ertönte Uhuras Stimme.

Der Captain trat zum Interkom. »Hier Kirk.«

»Es ist mir gelungen, den Inhalt des Datenchips zu entschlüsseln.« Uhuras Stimme klang so melodisch wie immer, aber Scott hörte einen speziellen Unterton, der darauf hindeutete, dass sie sehr zufrieden mit sich selbst war.

»Ausgezeichnet, Lieutenant. Ich bin gleich bei Ihnen. Kirk Ende.«

Der Captain nickte Scotty und Mr. Tam an den Transporterkontrollen zu, machte sich dann auf den Weg zur Brücke und wirkte ein wenig hoffnungsvoller als noch vor wenigen Sekunden. Scott freute sich darüber. Er hatte keinen besonders angenehmen Nachmittag in der Raumstation verbracht. Nach Beweisen dafür zu suchen, dass ein Starfleet-Captain ermordet worden war … So etwas genügte, um einen Mann zum Trinker werden zu lassen. Aber wenn es stimmte, würde Captain Kirk der Sache auf den Grund gehen. Und wenn er glaubte, dass ihm die entschlüsselten Informationen eines Datenchips dabei helfen konnten – umso besser.

Scott wandte sich innerlich von dieser traurigen Angelegenheit ab, richtete einen scharfen Blick auf Mr. Tam und beabsichtigte, ihm einen kurzen Vortrag über gute Manieren zu halten.

Chekov betrat die Krankenstation und so etwas wie Verzweiflung erfasste McCoy, als er den Gesichtsausdruck des jungen Mannes sah – Chekov wirkte blass und erschöpft. Von einem Augenblick zum anderen war der Arzt absolut sicher, dass Karen Patterson nicht mehr lebte. Sie war tot – und seine Hoffnung mit ihr.

»Oh, hallo, Mr. Chekov«, sagte Schwester Chapel munter. Sie stand am Tresen und ging die letzten Untersuchungsergebnisse durch. »Stimmt was nicht?«

Chekov rang sich ein Lächeln ab, aber es fiel ihm sichtlich schwer. »Oh, es ist alles in Ordnung. Wenn ich Sie allein sprechen könnte, Dr. McCoy?«

»Natürlich«, erwiderte der Arzt sofort und seine Stimme schien dabei aus weiter Ferne zu kommen. »Wir können uns im Wachzimmer unterhalten.«

Chekov folgte McCoy und hatte es dabei so eilig, dass er dem Arzt fast auf die Fersen trat. Mit welchen Nachrichten auch immer er kam – sie konnten nicht sehr gut sein.

Als die Tür hinter ihnen zugeglitten war, wandte sich McCoy sofort dem jungen Mann zu und rechnete mit dem Schlimmsten. Plötzlich erschien es ihm absurd, überhaupt gehofft zu haben.

»Ich habe etwas gefunden, Doktor. Zuerst dachte ich,

dass meine Suche erfolglos bleiben würde, denn nach dem Verlassen von Altair VI war sie sehr schwer zu lokalisieren. Aber ich habe sie gefunden.« Chekov sprach schnell und war ganz offensichtlich beunruhigt. Aber es erklang auch Stolz in seiner Stimme, eine besondere Betonung bei dem Wort »ich«.

Vielleicht ist Karen doch nicht tot. Jedenfalls verhielt sich Chekov nicht wie jemand, der eine schlechte Nachricht brachte. Vorsichtig wagte es McCoy, wieder ein wenig Hoffnung zu schöpfen.

»Nach Altair nahm sie sich einige Zeit frei und das machte die Suche so schwer – sechs Monate lang hinterließ sie keine Spuren«, fuhr Chekov fort. »Dann bekam sie einen Forschungsauftrag bei einem Unternehmen, das für Arzneien bestimmte Chemikalien herstellt und zur Carter Winston Group gehört. Dort arbeitete sie bis vor zwei Monaten, kündigte plötzlich und buchte einen Flug zur Deep Space Station R-5. Dort traf sie sich mit einigen anderen Wissenschaftlern aus allen Teilen der Föderation. Ausnahmslos wichtige Leute. Ich habe die Listen der eingetroffenen Personen gesehen.«

»Und dort befindet sie sich jetzt?«, fragte McCoy unruhig.

»Nein, Sir«, erwiderte der junge Mann, dessen Augen immer größer zu werden schienen. »Nur einen Tag später holte ein Schiff sie und die anderen von R-5 ab und seitdem ist die ganze Gruppe spurlos verschwunden. Sie scheint sich einfach in Luft aufgelöst zu haben.«

McCoy schüttelte verwirrt und verärgert den Kopf, aber bevor er etwas sagen konnte, fügte Chekov hinzu:

»Doktor, das Schiff, das Dr. Patterson und die anderen Wissenschaftler fortbrachte ... Es war die *Sphinx* unter dem Kommando von Jack Casden.«

Einige Sekunden lang starrte McCoy den junge Mann sprachlos an, bis Chekov nervös darauf hinwies, dass sie dem Captain Bescheid geben mussten. Der Arzt war völlig durcheinander, aber trotzdem gelang es ihm irgendwie, Chekov mit dem Hinweis zu beruhigen, dass er sich darum kümmern würde. Er nahm ihm das Versprechen ab, mit niemandem darüber zu reden. Nachdem der junge Navigator die Bürde des Wissens geteilt hatte, wirkte er nicht mehr ganz so nervös wie vorher und wollte über die Angelegenheit reden, aber McCoy entschuldigte sich unter einem Vorwand, dankte Chekov und schickte ihn fort.

Dann nahm er auf der Kante eines Diagnosebettes Platz und dachte nach. Er musste entscheiden, was er Jim mitteilen sollte ... Und außerdem wurde es Zeit, dass er sich bezüglich der jüngsten Ereignisse auf den neuesten Stand brachte, denn es schien eine Querverbindung zu seinem persönlichen Problem zu geben. Nach einigen Minuten stand er auf, trat zum Computer und versuchte, die von Chekov erwähnten Passagierlisten zu finden. Dabei fragte er sich, ob er den Zeitpunkt erkennen würde, an dem Hoffnungen ihren Sinn verloren.

12

Der Tod von Captain Darres war sehr bedauerlich, umso mehr als es zu bezweifeln galt, dass es sich wirklich um ein Unglück handelte. Andererseits hielt es Spock auch für unwahrscheinlich, dass jemals der Beweis für einen Mord erbracht werden konnte.

Er erfuhr von Darres' Tod, als er nach M-20 zurückkehrte. Die Information stammte von einem Fähnrich, der zur Ermittlungsgruppe gehörte. Er und seine Kollegen schienen von einer Fehlfunktion des Transporters auszugehen und Spock widersprach nicht. Dafür gab es zwei Gründe. Erstens wollte er die *Enterprise* erreichen und mit dem Captain sprechen. Und zweitens deutete alles darauf hin, dass unter den gegenwärtigen Umständen mehr Wissen eine kürzere Lebenserwartung bedeutete.

Nach seinem ausführlichen Gespräch mit der Romulanerin über die Tarntechnik gewann Spock den Eindruck, genug Informationen zu haben, um dem Captain eine Theorie zu präsentieren. Sie war nicht komplett – es existierten noch immer einige unbekannte Faktoren –, aber er glaubte, eine Prämisse entwickelt zu haben, die als Handlungsgrundlage dienen konnte.

Der Captain befand sich in seinem Quartier, als sich Spock zur *Enterprise* beamte. Er beschloss, ihn dort zu besuchen, anstatt um einen Empfang im Transporterraum zu bitten – der Tod eines Freundes stellte sicher eine große emotionale Belastung für Captain Kirk dar.

Als er den Transporterraum verließ und sich auf den Weg zum Quartier des Captains machte, dachte Spock über die noch unbekannten Faktoren nach. Er war ziemlich sicher, dass Dr. Kettaract die Tarntechnik für seine eigenen Zwecke nutzte; er hatte sie bei seinen Untersuchungen der Tarnvorrichtung in die Finger bekommen, über die der Starfleet-Geheimdienst verfügte. Diese Schlussfolgerung basierte auf dem Hinweis der Romulanerin, dass das Romulanische Reich nur den Verlust einer einzigen Tarnvorrichtung beklagte – dabei handelte es sich um das Exemplar, das Spock und Captain Kirk beschafft hatten. Unklar blieb, was Dr. Kettaract zu verbergen versuchte und wer sonst noch daran beteiligt war.

Was die *Sphinx* betraf … Spock hielt es für logisch anzunehmen, dass Captain Casden und seine Crew ums Leben gekommen waren, weil sie Dr. Kettaracts Machenschaften entdeckt hatten. Der plötzliche Tod von Captain Darres stützte diese Theorie … Aber es blieb die Frage, wie sie Kettaract auf die Schliche gekommen waren. Eine zufällige Entdeckung seiner Absichten – worin auch immer sie bestanden – hielt Spock für unwahrscheinlich. Und wenn der unbekannte Mann an Bord der *Sphinx* für den Tod der Crew und des Captains verantwortlich war – wer hatte dann Captain Darres umgebracht?

»Warten Sie, Spock!«

Der Vulkanier drehte sich um und sah, wie Dr. McCoy durch den Korridor eilte. In der einen Hand hielt er ein Stück Papier. Haltung und Gesichtsausdruck wiesen auf große Sorge hin.

»Wollen Sie zu Jim?«, fragte der Doktor, als er Spock erreichte. Eine logische Annahme – das Quartier des Captains befand sich hinter der nächsten Korridorbiegung.

»Ja, Doktor.«

»Ich ebenfalls«, sagte McCoy mit für ihn untypischer Liebenswürdigkeit. »Ich habe etwas gefunden, das vielleicht mit der *Sphinx* in Zusammenhang steht … Nun, eigentlich hat Chekov es gefunden. Ich habe ihn um den Gefallen gebeten, mir bei der Suche nach einer alten Freundin zu helfen, und dabei ergab sich das hier.«

Spock wölbte eine Braue. »Die Geschichte hinter dieser Entdeckung ist sicher sehr interessant, Doktor. Vermutlich noch interessanter als die Entdeckung selbst.«

Daraufhin schnitt der Doktor eine vertraute Grimasse. »Das habe ich davon, *Ihnen* etwas zu erzählen. Nun, zufälligerweise ist die alte Freundin von mir eine Ärztin, und vor nicht allzu langer Zeit verschwand sie zusammen mit einigen Top-Wissenschaftlern. Ausgerechnet die *Sphinx* brachte sie fort.« Er hob den Zettel. »Es sind insgesamt sieben.«

Faszinierend. »Darf ich mal sehen, Doktor?«

McCoy reichte ihm die Liste mit den Namen der verschwundenen Wissenschaftler. Nachdem Spock sie gelesen hatte, wusste er, dass mindestens zwei der bis eben noch rätselhaften Elemente neu kategorisiert werden mussten.

»Doktor, wir sollten sofort mit dem Captain reden«, sagte Spock und McCoy widersprach ihm nicht, was tatsächlich ab und zu geschah.

Kirk blickte auf den Monitor und hoffte inständig, dass er sich irrte. Er wünschte sich fast seine früheren Gefühle – Enttäuschung und Entmutigung – zurück.

Er *war* enttäuscht gewesen, als Uhura ihm das Ergebnis ihrer Bemühungen gezeigt hatte. Der codierte Datenchip, von dem sie sich eine Lösung des Rätsels erhofften, Antwort auf alle Fragen, enthielt nichts weiter als eine Kopie der Starfleet-Charta. Sie befand sich in den Datenbanken eines jeden Raumschiffs und jeder Starbase. Kirk hatte sie in sein Quartier mitgenommen und überflogen, in der Hoffnung, irgendeinen Hinweis zu finden. Doch seine Suche blieb ohne Ergebnis und daraufhin fühlte er sich versucht, einfach aufzugeben. Keine Anhaltspunkte, keine Antworten, keine Fortschritte … Die Crew eines ganzes Raumschiffs getötet, sein Freund und Mentor tot. Seine inoffizielle Ermittlung steckte offiziell in einer Sackgasse. Wenn Spock nicht irgendetwas im Ärmel hatte, wusste Kirk nicht weiter.

Andererseits … Darres hatte den Text sicher nicht ohne Grund codiert. Kirk betätigte eine Taste, kehrte noch einmal zum Anfang zurück und las, hielt in jedem Satz nach versteckter Bedeutung Ausschau, fühlte dabei, wie seine Enttäuschung immer mehr wuchs – bis er es fand. Besser gesagt: Bis er *etwas* fand.

Zutiefst besorgt blickte er auf den Monitor, als der Türmelder summte. Aus einem Reflex heraus schaltete Kirk den Monitor aus, bevor er die Tür öffnete.

Zwei Besucher. Spock und McCoy kamen herein.

»Wie war Ihre Reise, Mr. Spock?«, fragte Kirk und schob das, was er in der Charta gesehen hatte, beiseite.

Vorerst.

»Erfolgreich, Captain«, erwiderte Spock. »Das Gespräch mit der Romulanerin und die Informationen, die ich gerade von Dr. McCoy erhalten habe, versetzen mich in die Lage, den Zusammenhang zwischen Dr. Kettaract und den Ereignissen in Hinsicht auf Captain Casden, seine Crew und auch Captain Darres zu verstehen. Wenn ich Recht habe, bleibt uns vielleicht nur noch wenig Zeit, um zu handeln.«

Pille schnitt eine finstere Miene. »Dann sollten Sie sofort zur Sache kommen.«

»Genau das versuche ich, Doktor, und wenn Sie mir gestatten …«

»Schluss damit«, sagte Kirk scharf. »Erstatten Sie Bericht, Spock.«

»Meine Hypothese sieht folgendermaßen aus«, begann Spock ruhig. »Die *Sphinx* wurde von jemandem sabotiert, der versuchen wollte, sie am Verlassen des Lantaru-Sektors zu hindern. Dort gibt es eine illegale getarnte Föderationsstation, in der Dr. Bendes Kettaract und ein Wissenschaftlerteam daran arbeiten, ein Omega-Molekül zu synthetisieren, jene Energiequelle, die Dr. Kettaract zu einem früheren Zeitpunkt seiner beruflichen Laufbahn postulierte – sie ist nicht stabil und daher enorm gefährlich. Captain Casden erfuhr vermutlich von der getarnten Basis, als er vor zwei Monaten einen Teil von Kettaracts Wissenschaftlerteam von der Deep Space Station R-5 zur Lantaru-Station flog.

Offenbar fanden Flüge der *Sphinx* dorthin mehrmals statt. Casden glaubte, dass seine Einsatzbefehle vom Starfleet-Geheimdienst kamen und einer hohen Sicherheitsklassifikation unterlagen. Aber irgendwann erkannte er den Schwindel und beschloss, Starfleet auf Dr. Kettaracts Arbeit und die geheime Station hinzuweisen.

Ich nehme an, er stellte Dr. Kettaract in der getarnten Basis zur Rede, woraufhin der Wissenschaftler die Sabotage der *Sphinx* veranlasste. Der Tod von Jack Casden und seiner Crew könnte auf eine Verkettung unglücklicher Umstände zurückzuführen sein. Dr. Kettaracts Werk steht unmittelbar vor der Vollendung und die *Sphinx* sollte nur für kurze Zeit verschwinden, lange genug, um ein Gerücht in Umlauf zu bringen, das Casdens Glaubwürdigkeit in Frage stellte – es galt zu vermeiden, dass man seinen Behauptungen sofort Glauben schenkte.

Alles deutet darauf hin, dass eine gewisse Anzahl unbekannter Personen Dr. Kettaracts Bemühungen unterstützt. Mindestens eine von ihnen ist bereit zu töten, um das Projekt geheim zu halten – der angebliche Unfalltod von Gage Darres bietet einen deutlichen Hinweis darauf. Ich halte es für wahrscheinlich, dass ein sorgfältiges Netz aus Fehlinformationen, geschaffen von einigen wenigen skrupellosen Personen, Starfleet-Offiziere dazu gebracht hat, unwissentlich Hilfe zu leisten.«

Mein Gott.

Kirk war bestürzt und die gleiche Reaktion sah er in McCoys Gesicht. Die Komplexität einer solchen Situation war verblüffend, die Auswirkungen waren furchterregend. Hatten all jene Personen sterben müssen, damit ein besessener Wissenschaftler seiner Paranoia frönen konnte? Einige Dinge klangen unfassbar, aber da der Bericht von Spock stammte, hielt Kirk sich nicht damit auf, sie in Zweifel zu ziehen.

»Warum glauben Sie, dass er an dem Omega-Molekül arbeitet?«, fragte er.

»Wegen seiner Vorgeschichte. Und wegen der Personen, die er in jüngster Zeit für sein Mitarbeiterteam ausgewählt hat. Medizinische Theoretiker und Mechanik-Ingenieure, die einen Weg finden sollen, die erzeugten Energien zu nutzen.«

»Warum die Eile?«, fragte Pille. »Woher wissen wir, dass er seinem Ziel ganz nahe ist?«

»Weil er es selbst glaubt«, erwiderte Spock schlicht. »Und aufgrund der Mitteilung, die er gestern Abend erhielt, von jemandem namens Hermes. Die Bedeutung, die dem Vornamen beigemessen wurde, John und nicht Tom … Ich glaube, es war ein Code. Die irdische Mythologie kennt Hermes als Götterboten. Ich weiß nicht genau, was sich hinter dem Vornamen verbirgt, aber ich vermute, ›John‹ forderte Dr. Kettaract und seine Assistentin auf, sofort zur Station zurückzukehren. Wahrscheinlich deshalb, weil das Experiment eine kritische Phase erreicht hatte.«

Dr. Kettaract und *seine Assistentin.*

»Angesichts der möglichen Konsequenzen einer tatsächlich erfolgreichen Synthese sollten wir sofort etwas unternehmen, um die Wissenschaftler an der Erreichung ihres Ziels zu hindern«, fügte Spock hinzu.

»Wie ernst ist die Sache?«, fragte Kirk.

»Eine genaue Einschätzung ist nicht möglich, da ein solches Molekül noch nie existiert hat«, antwortete Spock. »Das Ergebnis der unvermeidlichen Destabilisierung beschränkt sich vielleicht nur auf die Zerstörung der Station. Es hängt davon ab, wie gut alles abgeschirmt ist. Denkbar wäre die Entstehung eines expandierenden Energiefelds im Subraum, das weite Bereiche jenes Kontinuums schädigt.«

Kirk zögerte nur eine Sekunde, lange genug, um sich über die enorme Bedeutung von Spocks Ausführungen klar zu werden. Und um zu überlegen, ob sie die Station vor Kettaract erreichen konnten ...

... und vor Jain, der bezaubernden, schönen Jain ...

Wahrscheinlich nicht. Aber sie waren in der Lage, unmittelbar nach ihnen dort einzutreffen.

Der Captain betätigte den Interkom-Schalter.

»Kirk an Maschinenraum. Mr. Scott, bereiten Sie das Triebwerk vor. Wir kehren zum Lantaru-Sektor zurück und brauchen Warp acht.«

13

Suni hatte erwartet, dass einige der anderen Wissenschaftler in der Station kalte Füße bekamen. Seit Wochen rechnete sie damit und deshalb war sie innerlich auf das eine oder andere Problem vorbereitet, als sie andockten. Während des Flugs, hin und her gerissen zwischen Gedanken an Jim und ihrer eigenen Aufregung – nur noch wenige Stunden trennten sie von der Synthese –, hatte sie versucht, auch Kettaract vorzubereiten.

Als sie den früheren Frachtraum der Station betraten, in dem es jetzt antiseptisch roch, stellte Suni fest, dass die Situation ernster war als angenommen. Die meisten Angehörigen des Teams warteten auf sie, ebenfalls von freudiger Aufregung erfüllt, doch sechs Personen fehlten.

»Willkommen!«

John Connolly grinste wesentlich breiter als sein neben ihm stehender Bruder. Tom Connolly hatte immer wieder prognostiziert, dass sich die Sache als Fehlschlag herausstellen würde, und sein jüngerer Bruder war bereit gewesen, mit ihm zu wetten. Die Verwendung ihrer Namen als Signale – falls sich die Station mit Kettaract bei der wissenschaftlichen Konferenz in Verbindung setzen musste – ging auf Sunis Idee zurück.

»John, nicht Tom«, sagte Kettaract und lächelte. »Was haben Sie gewonnen?«

»Es geht nicht darum, was er gewonnen hat, sondern was ich verloren habe«, erwiderte Tom gutmütig. »Ein dickes Lob in den Geschichtsbüchern. Darüber wird sich jetzt mein jüngerer Bruder freuen können.«

Die sechzehn versammelten Wissenschaftler und Techniker lachten, ein Geräusch, in dem sich mühsam unterdrückter Jubel vernehmen ließ. Überschwang knisterte in der Luft, denn schon sehr bald würden sie den Lohn für ihre harte Arbeit bekommen. Es freute Suni, ihre Kollegen in so guter Stimmung zu sehen – sie verdienten es, sich zu freuen. Einige von ihnen waren seit dem Anfang dabei, als Kettaract in einem verlassenen Lagerhaus auf einem bündnisfreien Planeten im Taugan-Sektor geforscht hatte. Damals, bevor er den Leuten begegnet war, für die Suni arbeitete.

»Wo sind die anderen?«, fragte Kettaract.

»In der Cafeteria«, sagte John und sein Grinsen verblasste. »Als sie begriffen, wie dicht wir vor dem Ziel stehen … Es ist keineswegs so, dass sie nicht an Sie glauben, Bendes. Sie sind nur besorgt.«

»Ich glaube, sie können einfach nicht fassen, dass wir jetzt wirklich so weit sind«, warf Wesker ein und schniefte laut. Dem Physiker schien immer die Nase zu laufen. »Es ist eine Art Abwehrhaltung. Furcht vor dem Erfolg.«

Suni lächelte unwillkürlich. In diesem Fall bedeutete Erfolg Ruhm und Glück, während Misserfolg mit ziemlicher Sicherheit zum Tod führte. Sie bezweifelte also, ob sich die anderen vor einem Erfolg fürchteten. Das Problem bestand im Glauben. Darum war es von Anfang an gegangen. Die Wissenschaftler hatten an Bendes und auch an sich selbst glauben müssen.

»Ich könnte eine letzte Mahlzeit vertragen, bevor wir für immer den Verlauf der Geschichte ändern«, sagte Kettaract, woraufhin die Versammelten erneut lachten. »Lassen Sie uns gehen. Es gibt da noch einige Dinge, die ich Ihnen sagen möchte, Ihnen allen.«

Aus der Gruppe wurden Paare und Trios, als sie ins

Innere der Station gingen, sich dabei fröhlich unterhielten. Suni hielt sich ein wenig zurück und beobachtete die anderen, die einen erstaunlichen Anblick boten. Über viele Monate – sogar *Jahre* – hinweg waren sie blass und ernst gewesen, hatten immer die Stirn gerunzelt.

Wahrscheinlich sah ich genauso aus. Zusammen mit den anderen bin ich immer wieder durch diese große, leere Station gewandert, in der es kein echtes Leben gibt, habe ständig Berechnungen angestellt und sie überprüft …

Damit war jetzt Schluss. Suni hatte ihren Beitrag geleistet, als Wissenschaftlerin und jemand, der motivierte, Anregungen gab. Sie hatte ihren Teil der Berechnungen durchgeführt, bestimmte Kontaktpersonen auf dem Laufenden gehalten und Bendes gezeigt, wie er sein Team inspirieren konnte. Immer wieder war es ihr gelungen, Probleme aus dem Weg zu räumen. Als die Tarnvorrichtung zur Verfügung stand, hatte sie Bendes überredet, Gebrauch davon zu machen. Sie hatte darauf hingewiesen, dass sie dicht vor dem Ziel standen und nicht riskieren durften, dass jemand ihre Bemühungen störte.

Es war nicht zuletzt ihr zuzuschreiben, dass der Erfolg des Projekts jetzt in greifbare Nähe rückte. Suni hatte das Projekt vorangetrieben, um die Föderation zu dem zu machen, was sie sein sollte. Mit der Energie des Omega-Moleküls konnte sich ihr nichts mehr in den Weg stellen, konnte nichts mehr sie daran hindern, ihre altruistischen Ziele zu erreichen: die Vereinigung aller Welten, Frieden und Wohlstand für jedes lebende Wesen, das daran teilhaben wollte.

Es war nicht übel, die eigene Zeit auf eine solche Weise zu verbringen … Aber jetzt spürte Suni die Last der Erschöpfung. Sie glaubte, nicht mehr die Kraft zu haben, um mit weiteren Problemen und Rückschlägen fertig zu werden, um Bendes und die anderen durch ihre Wutanfälle und Zweifel zu führen.

Von der Einsamkeit ganz zu schweigen, Jain, flüsterte eine grausame Stimme in ihr. *All die Tage, Wochen und Monate voller Geheimnisse.* Es musste sie niemand daran erinnern; so etwas ließ sich nicht einfach vergessen. Nicht einmal Kettaract kannte ihre wahre Identität.

Aber der kommende Abend würde alles verändern. Sicher folgten noch einige Wochen der Forschung, bevor sie sich an die Öffentlichkeit wandten, was bedeutete: Während die Mediziner und Techniker tätig wurden, konnte sie ein oder zwei Wochen ausspannen. Das missgönnte ihr sicher niemand.

Sie erhoffte sich ein oder zwei Wochen mit Jim ... Damit das Versprechen des Kusses in Erfüllung gehen konnte. Aber Suni wünschte sich noch mehr. Bald würde sie die Chance bekommen herauszufinden, ob »noch mehr« möglich war. Und wenn nicht ... Nun, selbst wenn sich nichts Dauerhaftes ergab – es konnte wohl kaum die Rede davon sein, Zeit vergeudet zu haben, wenn sie sich mit einem attraktiven, starken und ehrlichen Mann entspannte. Vielleicht weihte sie ihn sogar in einige ihrer weniger wichtigen Geheimnisse ein. Die Situation besaß durchaus einen ironischen Aspekt. Immerhin hatte Kirk die Tarnvorrichtung beschafft, die das Projekt verbarg ... Nun, *davon* sollte er besser nichts erfahren.

Aber ich könnte ihm von meiner Arbeit am Molekül erzählen. Er gehört zu Starfleet. Er wäre sicher sehr fasziniert. In oder zwei Stunden spielte es keine Rolle mehr, ob die Wahrheit über Kettaracts Projekt bekannt wurde. Es bedeutete nur, dass sich noch mehr Personen über ihren Erfolg freuten.

Der Gedanke daran, was bald geschehen würde, ließ Sunis Herz schneller klopfen. Als sie den anderen in die Cafeteria folgte, widerstand sie nur mit Mühe der Versuchung, voller Freude zu tanzen. Es war so weit. Endlich war es so weit.

Die sechs bereits am Tisch sitzenden Wissenschaftler tranken Kaffee und wirkten bedrückt. Ihre Gesichter blieben leer, als sie aufsahen, doch die Körpersprache ließ sich schwerer kontrollieren als die Mimik. Hängende Schultern und gesenkte Köpfe vermittelten eine recht deutliche Botschaft. Die Skeptiker taten Suni leid. Auch sie wäre voller Furcht gewesen, wenn sie daran gezweifelt hätte, dass Kettaract einen Erfolg erzielen konnte.

»Bitte nehmen Sie Platz«, forderte Kettaract seine Begleiter auf und trat in den vorderen Bereich des Raums. »Ich möchte einige Worte an Sie richten.«

Suni hoffte inständig, dass er wenigstens zwei oder drei ihrer häufigen Ratschläge beherzigte. Eigentlich sollte nichts schief gehen – er war in einer zu guten Stimmung, um so loszulegen wie am vergangenen Abend bei der Konferenz. Es verblüffte sie noch immer, dass er dumm genug gewesen war, so viel Aufmerksamkeit zu erregen, ohne zu wissen, wie dicht sie vor dem Abschluss des Projekts standen.

Jetzt kann er nichts mehr vermasseln. Hier wollen alle an ihn glauben.

»Heute Abend scheint *der* Abend zu sein«, sagte Kettaract und lächelte strahlend. Einige Personen applaudierten. »Deshalb halte ich es für richtig, dass ich vor Sie trete und Ihnen sage, wie stolz ich darauf bin, dass Sie heute bei mir sind. Ich weiß, dass es nicht immer leicht gewesen ist, aber Sie haben durchgehalten. Jeder von Ihnen hat sich mit der Theorie befasst und ihre Integrität erkannt. Jeder von Ihnen hat eigene Opfer gebracht, um hierher zu kommen und hier zu leben, um mir dabei zu helfen, meinen Traum zu verwirklichen. Dadurch wurde er auch zu Ihrem Traum.«

Offenbar hat er tatsächlich einmal auf mich gehört, dachte Suni. Er betonte die Fundiertheit seiner Arbeit, fügte ein wenig Demut hinzu und gab zu erkennen, dass er die Leistungen seiner Mitarbeiter zu schätzen wusste. Genau die Mischung, die sie ihm empfohlen hatte.

»Mir ist klar, dass es auch Nervosität und Sorge bei Ihnen gibt«, fuhr Kettaract fort. »Ich halte das für ganz normal. Schließlich sollte man die gewaltige Macht des Omega-Moleküls nicht auf die leichte Schulter nehmen. Aber wir dürfen auch nicht die Bedeutung unserer Arbeit vergessen. Gibt es ein Risiko? Natürlich – obwohl es unendlich klein ist, wie wir wissen. Doch den Verlauf der Geschichte zu ändern ... Nun, das ist immer eine riskante Angelegenheit. Ich bin absolut davon überzeugt, dass wir einen enormen Lohn dafür empfangen werden, ein kleines Risiko einzugehen.

Wir stehen dicht davor, ein Universum der Möglichkeiten zu schaffen, für unsere Kinder und die Kinder unserer Kinder, für die Zukunft aller Föderationsbürger. Ewiger Frieden.«

Es gelang Kettaract, die Skeptiker auf seine Seite zu ziehen. Suni sah es in Kaylors Augen, in Pattersons Gesicht, in der Art und Weise, wie Angelo die Wangen aufblähte. Es waren genau die richtigen Worte.

Kettaract lächelte und schüttelte den Kopf. »Meine Güte, sehen Sie mich nur an ... Ich halte Reden. Nun, eigentlich wollte ich Ihnen nur danken und das tue ich hiermit – danke. Auch danke dafür, dass Sie mir zugehört haben.«

Noch mehr Applaus. Die Wissenschaftler lachten und klatschten. Wenn Suni es nicht besser gewusst hätte, wäre sie vielleicht tatsächlich bereit gewesen, Kettaract für bescheiden zu halten. Natürlich wies er nicht darauf hin, dass er die meisten seiner Mitarbeiter Suni gegenüber als Lakaien bezeichnet und behauptet hatte, dass nur einige wenige von ihnen wirklich kompetent waren. Doch solche Worte wären an Kettaracts großem Tag wohl kaum der richtige Ton gewesen.

Suni mochte mehrere Personen an Bord der Station.

Sie war stolz darauf, bei der Synthese von Kettaracts Molekül mitgeholfen zu haben, und sie glaubte fest an das letztendliche Ziel: Die Föderation sollte die Macht bekommen, die sie verdiente. Aber derzeit zählte nur der Augenblick, dieser Abend, dieser besondere Moment. Sie war Bendes Kettaract zugewiesen worden, um Resultate zu erzielen, und nach fast drei Jahren harter Arbeit zeichnete sich endlich der erhoffte Erfolg ab.

Sie dachte noch immer daran, als sie Dickerson sah, der ihr von der Tür her zuwinkte. Kubaro Dickerson leitete die kleine Gruppe, die dafür sorgte, dass die Systeme der Station einwandfrei funktionierten. Seit Max nicht mehr lebte, war er die einzige andere Person an Bord, die in Diensten der Förderer des Experiments stand.

Als Suni zu ihm trat, zog er sie in den Korridor. Er war auffällig nervös und besorgt – im einen Augenwinkel zuckte es.

»Es ist ein Schiff dort draußen«, sagte er leise.

Sofort verflüchtigte sich Sunis Freude. »Ein Schiff der Föderation? Wie weit entfernt?«

»Starfleet, Constitution-Klasse«, sagte Dickerson. »Derzeit beträgt die Distanz etwa achthundert Millionen Kilometer, aber das Schiff nähert sich.«

»Irgendwelche Probleme mit der Tarnvorrichtung?«

Dickerson schüttelte den Kopf. »Nein. Aber zum Teufel auch – was machen die Burschen da draußen?«

Suni antwortete nicht. Sie war viel zu sehr damit beschäftigt, Kettaract in Gedanken für seine aufwieglerische Rede bei der Konferenz zu verfluchen. Damit hatte er Starfleet praktisch aufgefordert, ihn zu überprüfen.

Offenbar war jemand gekommen, um nach dem Rechten zu sehen.

McCoy verschob die letzten Routineuntersuchungen auf den nächsten Tag – er war viel zu besorgt, um gute

Arbeit zu leisten. Unruhig wanderte er in der Krankenstation auf und ab, ohne zu wissen, was er tun sollte.

Wenn Spocks Theorie der Wahrheit entsprach – und mit seinen Theorien behielt er fast immer Recht, verflixt noch mal –, so hatte sich Karen Patterson einer Gruppe von irregeleiteten Genies angeschlossen, die glaubten, das Universum ändern zu können. McCoy kannte Jim gut genug, um zu wissen, dass er mit allen Mitteln versuchen würde, das Omega-Experiment zu verhindern. Aber was war mit Karen? Wie besessen war sie von dem, was vor sich ging? Vielleicht hatte sie überhaupt kein Interesse daran, jemandem zu helfen, den sie vom Medizinstudium her kannte.

Und wie kann ich mich unter solchen Umständen mit ihr in Verbindung setzen, um sie zu fragen?

Jim wollte die Station finden; abgesehen davon schien er kaum einen Plan zu haben. Es ging darum, den aufgezeichneten Kurs der *Sphinx* in den Lantaru-Sektor zurückzuverfolgen und dort nach Emissionsspuren von Kettaracts Schiff zu suchen. Angenommen, sie fanden die verdammte Station tatsächlich, und angenommen, die Wissenschaftler versuchten nicht zu fliehen, wenn sie merkten, dass man sie entdeckt hatte – was dann? Es hing davon ab, um wie viele Personen es ging. Entweder nahm die *Enterprise* Dr. Kettaract und seine Leute in Gewahrsam oder die Crew wartete, bis ein größeres Transportschiff eintraf. Was auch immer geschah: Karen Patterson endete mit ziemlicher Sicherheit in irgendeiner Strafanstalt und normalerweise verfügten solche Orte nicht über Laboratorien, in denen jemand versuchen konnte, Heilmittel für Krankheiten zu entwickeln.

Zum ungefähr millionsten Mal seit der Diagnose fühlte sich McCoy schuldig, weil er die eigenen Bedürfnisse über alles andere stellte, weil er praktisch alles unter dem Aspekt der Möglichkeit sah, seine Xenopolycythämie zu heilen. Er konnte einfach nicht anders. Die einzige Alternative bestand darin …

… den Tod zu akzeptieren, mich damit abzufinden, dass ich sterben werde.

Dazu war er nicht bereit. Er wollte nicht aufgeben, solange es noch eine Chance gab. Als er merkte, dass die *Enterprise* den Warptransfer unterbrochen hatte, verließ er die Krankenstation und suchte die Brücke auf.

Dort waren alle Stationen besetzt und der Wandschirm zeigte leeres All, wie erwartet. McCoy trat neben den Kommandosessel und sah hinaus ins Nichts, beobachtete ferne Sterne.

»Lässt sich irgendetwas feststellen?«, fragte Jim.

Spock blickte in den Sichtschlitz des Scanners. »Negativ. Ich …«

Der Vulkanier unterbrach sich und drehte einen Einstellregler. »Captain, die Sensoren registrieren eine Materie-Antimaterie-Partikelspur, die vom Antrieb eines Raumschiffs stammt, Richtung eins eins sieben Komma sieben.«

»Ganz langsam, Mr. Sulu«, sagte Jim. Mit den Fingern der linken Hand rieb er sich geistesabwesend die Unterlippe, während er so zum Wandschirm sah, als rechnete er jeden Augenblick damit, dort etwas zu erkennen.

McCoy folgte dem Beispiel des Captains und fragte sich, ob Karen dort draußen im Dunkeln war, zur *Enterprise* blickte und hoffte, dass sie verschwand.

14

Kirks Aufmerksamkeit galt dem Wandschirm, als die *Enterprise* tiefer in den Lantaru-Sektor hineinflog. Er dachte darüber nach, was es jetzt zu unternehmen galt.

Spock hatte Emissionsspuren gefunden, wie sie für das Ende eines Warptransfers typisch waren – sie konnten nur von Kettaracts Schiff stammen. Aber sie lösten sich schnell auf, und selbst wenn die *Enterprise* direkt vor der Station anhielt – wie sollten sie die Wissenschaftler an Bord veranlassen, die Tarnvorrichtung zu deaktivieren? Es war nicht möglich, jemanden in die Basis zu beamen, aber vielleicht ließ sich eine aufgezeichnete Nachricht in die Basis transferieren. Kirk wusste nicht, ob Kettaract mit sich reden ließ, doch bei Jain war er sicher, dass sie auf die Stimme der Vernunft hören würde.

Wenn sie bei dieser Angelegenheit überhaupt etwas zu sagen hat. Sie war klug, aber vielleicht hatte Kettaract sie irgendwie davon überzeugt, dass keine Gefahr bestand. Und möglicherweise hatte er die *Sphinx* ohne ihr Wissen sabotiert. Kirk wusste, dass er sich Wunschdenken hingab, doch er konnte sich beim besten Willen keine Jain vorstellen, die jemandem absichtlich ein Leid zufügte.

»Passen Sie den Kurs auf eins zwei null Komma fünf an«, sagte Spock.

»Ja, Sir«, bestätigte Sulu und blickte auf die Anzeigen seiner Konsole.

»Was hast du jetzt vor?«, fragte Pille und blieb rechts

vom Kommandosessel stehen. »Sollen wir hier so lange herumfliegen, bis wir die Station rammen?«

Kirk ließ McCoys spöttische Frage unbeantwortet und dachte wieder daran, ein Objekt durch den Tarnschirm zu beamen. Es schien die beste Möglichkeit zu sein, einen Kontakt mit der Station herzustellen, und zweifellos die sicherste. Das Problem bestand darin, dass sie die exakten Koordinaten nicht kannten. Selbst wenn sie Glück hatten und zum Beispiel einen Tricorder in einen offenen Bereich der Station beamten – vielleicht materialisierte er in einem Schrank oder an einem anderen Ort, wo ihn niemand fand. Das Gravitonfeld machte die Ortung von Lebensformen unmöglich. Die energetischen Emissionen der Tarnvorrichtung waren so intensiv, dass sich keine direkte Sondierung mehr durchführen ließ – die Sensoren registrierten nur noch Gravitonen. Und man entdeckte sie nur, wenn man nach bestimmten Mustern Ausschau hielt, und selbst dann beschränkten sich die Ortungsergebnisse auf …

Natürlich. Der Gedanke kam einer Offenbarung gleich und führte sofort zu einem Plan. Wenn Spock die Tarnvorrichtung lokalisieren konnte, wenn es Scott schaffte, den Transporterstrahl zu verstärken …

»Spock – wäre es mit den von Mr. Scott aufgezeichneten Gravitonmustern möglich, ihre Quelle und damit die Tarnvorrichtung zu lokalisieren?«

Der Vulkanier richtete sich auf und wirkte sehr nachdenklich, als er sich Kirk zuwandte.

»Ja«, sagte er langsam und runzelte die Stirn. »Ich verstehe … Unter der Voraussetzung, dass die Basis stationär ist. Aber für einen Transfer der Tarnvorrichtung wäre enorm viel Energie erforderlich …«

Kirk fühlte einen Anflug von Triumph, als er diese Worte hörte. Wenn Spock so etwas für möglich hielt, dann *war* es möglich. Und wenn es genug Energie gab, so würde Scott einen Weg finden, sie in den Transporterstrahl zu leiten.

»Relativgeschwindigkeit null, Mr. Sulu. Halten Sie sich in Bereitschaft«, sagte Kirk und streckte die Hand nach dem Interkom aus. Den Leuten an Bord der Station stand eine ziemliche Überraschung bevor.

Eine halbe Stunde. Wenn sie noch eine halbe Stunde unentdeckt blieben, war alles bereit, und dann spielte es ohnehin keine Rolle mehr.

Wenn ein Gott existiert – bitte gib uns einige zusätzliche Minuten Zeit, dachte Suni, als sie zum Laboratorium eilte. Das Starfleet-Schiff war weniger als fünfzehntausend Kilometer entfernt und näherte sich weiter. Die energetische Signatur des Transporters hatte es hierher geführt und jetzt hielt man nach ungewöhnlichen Emissionen Ausschau. An Sunis innerem Auge zogen die Bilder von Schreckensvisionen vorbei: Sie sah, wie eine Sonde in etwas vorstieß, das man an Bord des Starfleet-Schiffes für eine Anomalie hielt. Oder es setzte einen hochenergetischen Strahl ein, der die Station traf und ein Leck schuf, das die Luft entweichen ließ … Oder der Strahl entzündete die Chemikalien, die für das Projekt benötigt wurden, wodurch es zu einer katastrophalen Explosion kam, der die ganze Station zum Opfer fiel …

Kettaract beaufsichtigte die letzten Kalibrationen der Beschleuniger und überprüfte noch einmal die Photo-Multiplikator-Röhren. Er eilte hin und her, als Suni eintraf, ging den Technikern vermutlich enorm auf die Nerven. Sie verstand seine Aufregung, aber er sorgte nur dafür, dass sich die Dinge verzögerten. Bis es Zeit wurde, den letzten Schalter für den Countdown zu betätigen – und diese Ehre gebührte Kettaract –, war seine Anwesenheit im Laboratorium überhaupt nicht erforderlich. Suni stellte sich vor, dass er völlig durchdrehte, wenn er vom Starfleet-Schiff erfuhr, und mit einem Wutanfall hätte er die Techniker noch mehr abgelenkt.

Bitte, Gott, gib uns noch ein wenig Zeit. Ich verspreche dir, dich nie wieder um etwas zu bitten.

Suni zog Kettaract zur Tür, damit die Arbeit im Labor ungestört fortgesetzt werden konnte. Sie behauptete, etwas mit ihm besprechen zu müssen …

… und nur zwei Sekunden später heulten die Sirenen der Alarmstufe Rot, kreischten durch die ganze Station und schienen das Ende des Universums anzukündigen. Die Wissenschaftler und Techniker sahen überrascht auf, und während Suni beobachtete, wie sich Entsetzen in Kettaracts Gesicht ausbreitete, gelangte sie zu folgendem Schluss: Entweder existierte Gott nicht oder Er verabscheute sie.

Sulu sah zum Wandschirm und fragte sich, was passieren mochte. Würde ganz plötzlich eine Raumstation erscheinen? Oder kam es während des Transfers der Tarnvorrichtung zu einer mehrere Sekunden langen Übergangsphase?

Wird überhaupt irgendetwas geschehen? Soweit er wusste, hatte man so etwas noch nie zuvor versucht.

Der interne Kom-Kanal war nach wie vor geöffnet. Mr. Spock nannte immer genauere Daten und Mr. Scott passte die Koordinaten entsprechend an – langsam wurde die clevere Idee des Captains in die Tat umgesetzt. Vor der *Enterprise* erstreckte sich leerer Raum und Sulu suchte nach irgendeinem Hinweis, nach einem vagen Flackern oder Schimmern, das die getarnte Station verriet. Aber nichts dergleichen zeigte sich. Es war gespenstisch: Vielleicht befanden sich dort draußen Hunderte von Personen, die genau in diesem Augenblick die *Enterprise* beobachteten.

»Captain, ich habe den Zielbereich auf einen Quadratmeter der höchsten Gravitondichte reduziert«, meldete Spock. »Eine weitere Eingrenzung ist nicht möglich.«

»Dann muss uns diese genügen«, erwiderte Captain Kirk. »Hoffen wir, dass niemand daneben steht. Sollte das doch der Fall sein, dürfte der Betreffende einen großen Schreck bekommen.«

»Mr. Scott, bitte justieren Sie den ringförmigen Sperrstrahl auf elf Milliarden Teilchen pro Millimeter«, sagte Spock. »Geben Sie dann die Koordinaten ein.«

»Aye«, bestätigte der Chefingenieur. »Justierung vorgenommen, Transferfokus ausgerichtet. Ich bin so weit.«

Sulu versuchte, nicht zu blinzeln. Er spürte die Aufmerksamkeit der anderen Brückenoffiziere – alle blickten zum Wandschirm und warteten auf die letzte, entscheidende Anweisung des Captains.

»Energie.«

Sulu merkte erst, dass er den Atem angehalten hatte, als er plötzlich nach Luft schnappte. Eine dunkle, massive Wand verwehrte den Blick auf die meisten Sterne und schien sich bis in die Unendlichkeit zu erstrecken. Im Vergleich mit der plötzlich aufgetauchten Station wirkte die *Enterprise* zwergenhaft, wie ein Floh auf dem Rücken eines Hundes. Das jähe Erscheinen der gewaltigen Basis kam einem Schock gleich.

Alle Brückenoffiziere reagierten darauf. Selbst Uhura gab ein leises »Oh!« von sich.

Der Captain blinzelte nicht einmal.

»Scotty, ich glaube, wir haben eine Tarnvorrichtung«, sagte er ruhig und nickte dem Navigator zu. »Bildschirmdarstellung fünfzig Prozent.«

Chekov betätigte die Kontrollen, als Scotts Stimme aus den Interkom-Lautsprechern klang. Man hörte das Grinsen in ihr. »Aye, Sir. Und auch ein großes Stück von der Konsole eines Schild-Generators.«

Die Station auf dem Wandschirm schrumpfte und zeigte sich ganz: Sie war radförmig konstruiert und an ihrer Achse um etwa zwanzig Grad geneigt – ein solches Konstruktionsmuster sah Sulu jetzt zum ersten Mal. Das dunkle Metall der Außenhülle gab der Station etwas Unheilvolles und Bedrohliches.

Der Umstand, dass sie wie ein Ungeheuer unterm Kinderbett hervorkam, lässt sie nicht gerade reizvoller erscheinen.

»Öffnen Sie einen externen Kom-Kanal, Lieutenant«, sagte der Captain. »Stellen Sie fest, ob Dr. Bendes Kettaract oder Dr. Jain Suni bereit sind, mit uns über ihr Experiment zu reden.«

Wenn Captain Kirk zufrieden war angesichts der erfolgreichen Durchführung seines Plans, so zeigte er es nicht. Er wirkte sehr ernst, fast unglücklich, und der Grund dafür blieb Sulu ein Rätsel.

Jemand deaktivierte endlich den Alarm, und während sich Kettaract bemühte, alle zu beruhigen, versuchte Jain, sich etwas einfallen zu lassen. Dickerson hatte darauf hingewiesen, dass sich die Tarnvorrichtung nicht mehr an Bord der Station befand. Sie wusste nicht, wie es dem Schiff dort draußen gelungen war, den Apparat zu finden und zu transferieren. Nun, wie auch immer die Antwort auf diese Frage lautete: Sie hatten eine wertvolle Komponente ihrer Ausrüstung verloren und nun standen Einmischungen bevor, die das Projekt bedrohten. Allerdings … Das alles spielte nicht die geringste Rolle, wenn sie die Synthese abschließen konnten.

Wir müssen den Captain des Starfleet-Schiffes dort draußen nur ein wenig hinhalten, indem wir behaupten … Na, fällt dir nichts ein? Du bist doch sonst nicht auf den Kopf gefallen!

Behaupte einfach, wir hätten hier eine Quarantäne. Wegen einer scheußlichen und sehr ansteckenden Krankheit.

Das klappte bestimmt. Ein Starfleet-Captain wollte seine Crew bestimmt keiner gefährlichen Krankheit aussetzen. Jain wurde nicht im Laboratorium gebraucht – sie konnte mit den Starfleet-Leuten reden, einige Male husten und ein geheimes Projekt erwähnen, das die Tarnvorrichtung erklärte. Man würde ihr die Geschichte nicht lange abkaufen, aber das war auch nicht nötig. Wenn man begann, ernsthaft Fragen zu stellen, hatte der Countdown bereits begonnen.

Ihr Kommunikator piepte. Sie klappte ihn auf und ging zu Kettaract, um ihm zu sagen, dass alles wie geplant weitergehen sollte, während sie sich um die Störenfriede kümmerte.

»Dr. Suni, hier ist Chris von der Ops.« Chris Bianchi, einer von Dickersons Leuten. »Wir empfangen Kom-Signale von der U.S.S. *Enterprise* ...«

Jain erstarrte.

»Man bittet um ein Gespräch mit Dr. Kettaract oder Ihnen – Ihr Name wurde ausdrücklich genannt. Es geht um Ihr Experiment. Was soll ich antworten?«

Jain brachte keinen Ton hervor. Jim befand sich dort draußen.

Aber wie ist das möglich? Ich bin so vorsichtig gewesen ...

War er *ihr* gefolgt? Trug sie die Schuld daran – und nicht etwa Kettaract –, dass Starfleet Verdacht geschöpft hatte?

Was auch immer der Fall sein mochte: Sie musste nachdenken, irgendeinen Ausweg finden. Sie konnten jetzt nicht aufgeben. Wenn es doch nur möglich gewesen wäre, ihm alles verständlich zu machen ...

Und plötzlich war die Idee da. Es gab keine absolute Gewissheit dafür, dass es funktionierte, aber *wenn* es klappte ... Dann wurde Kettaracts Molekül nicht nur zu dem von ihnen allen beabsichtigten Wunder – es war sogar möglich, dass sie Jim auf ihre Seite bekam.

»Teilen Sie der *Enterprise* mit, sie soll sich ein wenig gedulden«, sagte Jain und schritt zu Kettaract, um mit ihm zu reden.

Dr. Kettaract war ein älterer, zwielichtig wirkender Mann. Chekov erkannte ihn sofort, als sein lächelndes, unehrliches Gesicht auf dem Wandschirm erschien. Einem solchen Burschen konnte man nicht trauen, fand der junge Navigator.

»Captain Kirk, nicht wahr? Und Mr. Spock ist bei Ihnen, wie ich sehe ... Ich bin Bendes Kettaract.«

»Ich weiß, wer Sie sind«, sagte der Captain streng. »Und ich weiß auch, woran Sie arbeiten. Ihr Omega-Molekül ist gefährlich, Doktor, und daher kann ich nicht zulassen, dass Sie die Experimente zu Ende führen. Ich muss Sie und Ihre Gruppe in Gewahrsam nehmen – Starfleet wird Anklage gegen Sie erheben.«

Geben Sie es ihm, Captain, dachte Chekov. Dieser Mann trug wahrscheinlich die Verantwortung für den Tod der *Sphinx*-Crew. Er verdiente nicht das geringste Mitgefühl.

Kettaract schüttelte den Kopf. »Ich verstehe nicht ... Wieso kommen Sie auf die Idee, das Omega-Molekül sei gefährlich?«

Mr. Spock trat vor. »Sir, Ihr Molekül kann nicht existieren. Es wird unmittelbar nach der Synthese instabil.«

Für einen Sekundenbruchteil ließ Dr. Kettaract die Maske fallen. Ärger blitzte in seinen Augen und dann kehrte das falsche Lächeln zurück. Chekov erinnerte sich an die berühmte russische Geschichte vom Wolf im Schafspelz.

»Ich bin anderer Meinung, Mr. Spock. Wenn Sie sich auf meine ursprüngliche Arbeit beziehen ... Ja, dann müssen Sie vermutlich zu einem solchen Schluss gelangen. Aber ich versichere Ihnen, dass es im Lauf der Jahre zu Weiterentwicklungen und Verbesserungen gekommen ist. Ich kann es Ihnen beweisen, wenn Sie mir Gelegenheit dazu geben. Hiermit lade ich Sie und den Captain ein: Beamen Sie sich zu uns und gewinnen Sie einen unmittelbaren Eindruck davon, was wir geleistet haben und wie dicht wir vor dem Ziel stehen ...«

Kettaract nickte dem Captain zu. »Dr. Suni ist sicher gern bereit, Ihnen zu erläutern, was dies für die Föderation bedeutet. Glauben Sie mir, Captain: Wir haben allein das Wohl der Föderation im Sinn.«

»Dient der Tod von Jack Casden und seiner Crew dem Wohl der Föderation?«, erwiderte der Captain scharf. »Glauben Sie, mit Lügen und Mord der Föderation zu dienen?«

Kettaract zögerte kurz. »Das war ein schrecklicher Unfall«, sagte er dann und klang so ernst, dass Chekov ihm fast geglaubt hätte. »Sie ahnen nicht, wie sehr ich bedauere, was Captain Casden zugestoßen ist. Ich bin bereit, Sie zu begleiten und mich vor den zuständigen Stellen zu verantworten – *nachdem* ich Ihnen bewiesen habe, dass wir an einer Sache arbeiten, die nicht nur möglich ist, sondern auch bald Realität wird.«

Der Blick des Wissenschaftlers glitt erneut zu Spock. »Nur noch wenige Minuten trennen uns vom Ziel, Mr. Spock. Wenn ich Ihnen nicht beweisen kann, dass keine Gefahr droht ... Dann packe ich meine Sachen, ohne Widerstand zu leisten. Aber wenn ich in der Lage bin, den Beweis zu erbringen ...« Kettaract lächelte strahlend – das erste aufrichtige Lächeln seit Beginn des Gesprächs. »Dann hoffe ich, dass Sie bei uns bleiben, um den Beginn einer neuen Ära für die Föderation und das uns bekannte Universum zu beobachten.«

O ja, den Tag streiche ich in meinem Kalender rot an. Chekov sah kurz zu Sulu, der den Blick erwiderte und seine Meinung zu teilen schien: Kettaract war offenbar zu lange ohne Kopfbedeckung durch die Steppe gewandert.

»Warten Sie«, sagte Kirk und sofort verbannte Uhura den Wissenschaftler vom Wandschirm. »Mr. Spock?«

»Ich muss gestehen, neugierig zu sein, Captain. Und wenn wir in der Station sind, wären wir auch imstande, ihn an der Fortsetzung seiner Arbeit zu hindern.«

»Ich würde gern mitkommen, wenn niemand was dagegen hat«, warf Dr. McCoy ein und Chekov applaudierte in Gedanken, als der Captain zustimmte. Alles deutete darauf hin, dass der Bordarzt seine Freundin bald wiedersehen würde.

Hoffentlich hat er mehr Glück als ich mit Joanna. Sie hatte ihn nicht nur beim Schach geschlagen, sondern im Augenblick des Sieges auch noch ihre Verlobung bekannt gegeben. Chekov war gezwungen gewesen, ihr zweimal zu gratulieren.

Der Captain nickte Uhura zu und Kettaract erschien wieder auf dem Bildschirm.

»Wir nehmen Ihre Einladung an, Doktor.«

Der Wissenschaftler strahlte. »Sie werden es nicht bereuen.«

Captain Kirk rief Mr. Scott zur Brücke, um ihm das Kommando zu überlassen, machte sich dann mit Dr. McCoy und Mr. Spock auf den Weg, um dem unaufrichtigen und wahrscheinlich verrückten Kettaract an Bord der Station zu begegnen.

15

»Wie lange dauert es noch?«, fragte Suni und sah zu Wesker, der am Computerschirm schniefte und zum zwanzigsten Mal die Mesonen-Werte rejustierte. Er leistete Großartiges, wenn es darum ging, Top- und Bottom-Quarkpaare zu kalibrieren, aber er war auch das langsamste Mitglied der Gruppe.

»Sehen Sie sich die vertikale Achse an«, erwiderte Wesker. »Die Pion-Zahl stimmt noch immer nicht. Das Spektrum muss breiter sein.«

Suni presste die Lippen zusammen, schwieg und trat zurück, um Wesker genug Platz zu lassen. Alles andere war bereit. Das Team hatte eine letzte Anstrengung unternommen, damit die Synthese so schnell wie möglich durchgeführt werden konnte. Suni widerstand der Versuchung, Wesker zur Eile aufzufordern. Wenn ihm dadurch ein Fehler unterlief, der das Experiment scheitern ließ … So etwas hätte sie sich nie verziehen.

Die übrigen Wissenschaftler warteten. Einige hatten bereits den Beobachtungsraum an der vorderen Seite des Laboratoriums aufgesucht, in dem die Synthese stattfinden sollte. Die anderen standen hier und dort, unterhielten sich mit leisen Stimmen. Inzwischen herrschte keine festliche Stimmung mehr und dagegen hatte Suni nichts einzuwenden. Sie konnten später feiern, wenn sich das Molekül im Schirmfeld befand, stabil und sicher, wenn alles in Ordnung war.

Sunis Kommunikator piepte. Sie wusste, wer sich

melden und was er sagen würde, aber es laut zu hören, schuf ein flaues Gefühl in ihrer Magengrube.

»Sie sind unterwegs«, sagte Dickerson.

Natürlich waren sie das. Nicht eine Sekunde lang hatte Suni daran gezweifelt, dass Jim Kettaracts Einladung annehmen würde – nicht nach dem Hinweis auf ihre Bereitschaft, mit ihm zu sprechen. Was auch immer Jim von ihr dachte, was auch immer er *wusste:* Zufrieden war er bestimmt erst dann, wenn er mit ihr gesprochen hatte. Mit dieser Einschätzung schien sie genau richtig zu liegen.

Suni drehte sich um und näherte sich langsam der Anlage, in der es bald zur Synthese kommen würde – Szintillatoren und Beschleunigerringe warteten dort auf ihre Aktivierung. Der Vorgang zeichnete sich durch eine Präzision aus, die Suni wundervoll fand. Wenn Kettaract den Countdown einleitete, übernahm der Computer die Kontrolle und maß die Ionen-Werte, bevor er Strahlen durch die Beschleunigerringe schickte. Sie mussten genau ausgerichtet sein, und wenn sie die richtige Geschwindigkeit erreichten, sollten sie im Magnetfeld in der Mitte des Raums aufeinander treffen. Wenn sich die Ionenstrahlen trafen, wurde ein spezieller Energiespektrum-Sensor aktiv. Seine Aufgabe bestand darin, die enorme, durch die Kettenreaktion entstehende überschüssige Energie in den Subraum abzuleiten, wo sie sich entfalten konnte, ohne Schaden anzurichten.

Zum ersten Mal seit der Nachricht, dass sich ein Raumschiff in der Nähe der Station befand, glaubte Suni, dass sie es wirklich schaffen konnten, dass es ihnen tatsächlich gelingen würde, das Projekt zu einem erfolgreichen Abschluss zu bringen. Jim, Spock und Dr. McCoy waren gekommen, um Kettaract Fragen zu stellen, und wenn er sie beantwortete, wenn er den Besuchern zeigte, dass seine Berechnungen stimmten – dann blieb ihnen keine andere Wahl, als das Experiment zu befürworten. Und wenn die Föderation erst einmal über die gewaltige Macht des Omega-Moleküls verfügte, so würde sich niemand mehr fragen, wie sie dazu gekommen war.

Und konnte Jim überhaupt Einwände erheben? Die Tarnvorrichtung war Starfleet nicht einfach so in die Hände gefallen. Kirk hatte nicht gezögert, hinterlistig zu handeln, um der Föderation einen wertvollen Dienst zu erweisen. Auch bei ihm heiligte der Zweck manchmal die Mittel.

Suni hörte Bendes' Stimme im Korridor. Wenige Sekunden später betrat er das Laboratorium, begleitet von Jim, dem vulkanischen Ersten Offizier der *Enterprise* und einem dunkelhaarigen Mann, der die Uniform der wissenschaftlichen Abteilung von Starfleet trug.

»... sind hier nur wenige Personen tätig«, sagte Kettaract gerade. »Der größte Teil der Station ist abgeriegelt. Sie werden feststellen, dass alle Anwesenden voll und ganz hinter dem Experiment stehen ...«

Er sprach weiter, aber Jain hörte ihm nicht mehr zu. Sie musterte Jim, suchte in seinem Gesicht nach Hinweisen darauf, was er empfand. Doch seine Miene blieb völlig ausdruckslos, so als sähe er sie jetzt zum ersten Mal.

»Ah, Dr. Suni«, sagte Kettaract und führte die Besucher näher. »Soweit ich weiß, sind Sie Captain Kirk und Mr. Spock schon einmal begegnet. Dies ist Dr. McCoy, Bordarzt der *Enterprise.*«

Der Doktor nickte ihr zu, schenkte ihr aber kaum mehr als beiläufige Aufmerksamkeit. Sein Blick huschte hin und hier, als hielte er nach jemandem Ausschau. Er sah zum Beobachtungsraum, schien dort jemanden zu erkennen.

»Die Bekannte, von der ich dir erzählt habe, Jim ...«, sagte McCoy. »Würdest du mich bitte entschuldigen?«

»Geh nur, Pille«, erwiderte Kirk, ohne den Blick von Jain abzuwenden.

Kettaract war viel zu aufgeregt, um etwas zu bemerken. »Dr. Suni, vielleicht könnten Sie dem Captain erklären, womit wir hier beschäftigt sind, während ich Mr. Spock die Berechnungen zeige ...«

Er wartete keine Antwort ab, ging zusammen mit dem Vulkanier fort und erklärte die Funktion der einzelnen Geräte. Spock folgte ihm, die Hände auf den Rücken gelegt. Suni und Jim Kirk blieben allein zurück.

»Was wir hier machen, ist richtig«, sagte Jain. Es waren die ersten Worte, die ihr in den Sinn kamen, und sie entsprachen der Wahrheit. »Es tut mir leid, dass ich dich nicht schon vorher darauf hinweisen konnte.«

»Tut dir auch leid, was mit Jack Casden geschehen ist?«, fragte Jim. Sein Tonfall war ebenso neutral wie der Gesichtsausdruck.

Er wusste also darüber Bescheid. »Es war ein Unfall«, sagte Jain leise und senkte den Kopf. Zum wiederholten Male wünschte sie sich, Dickerson anstelle von Max geschickt zu haben. Dickerson hätte die Sache nicht verpfuscht. »Ein Fehler.«

Als sie den Kopf wieder hob, sah sie weder Verständnis noch Anteilnahme, nicht einmal so etwas wie Erbarmen. Stattdessen zeigten Jims Augen einen Schmerz, dessen Anblick Jain kaum ertragen konnte. Sie begriff, dass ein Teil von ihm gehofft hatte, sie wäre nicht an dieser Sache beteiligt.

»Dies meintest du also mit dem Hinweis darauf, manchmal müsste man von den eigenen Überzeugungen Abstand nehmen, um sie zu bewahren«, sagte Jim und diesmal verriet seine Stimme Ärger. »Leben auslöschen, um dir und Kettaract die Möglichkeit zu geben, die Arbeit an dem Molekül fortzusetzen. War es die Mühe wert? Glaubst du wirklich, dass die Föderation einfach so ihre Feinde auslöscht, wenn du ihr die Macht dazu gibst? Glaubst du, dass die Entscheidungsträger deine Einstellung teilen?«

Schuldgefühle und eigener Schmerz weckten Zorn in Jain. Sie sprach weiterhin leise, aber ihre Worte klangen schärfer als vorher. »Und du glaubst, dass die Leute in der Föderation, auf die es ankommt, nicht so denken wie ich? Meinst du etwa, dass Optimismus und gute Absichten genügen, um die Stärke von Starfleet auch in Zukunft zu erhalten? Erinnere dich an *deine* Worte. Du hast davon gesprochen, wie schwer es sei, den Glauben zu bewahren, während ihn alle anderen aufzugeben scheinen. Nun, vielleicht geben die anderen ihn auf, weil sie irgendwann die Augen öffnen und erkennen, dass man mit einem freundlichen Lächeln kaum etwas gegen entschlossene Feinde ausrichten kann.«

Jim starrte sie groß an. »Und dies ist deine Antwort: Lügen; Stehlen; *Mord.*«

»Oh, und so etwas kommt für Starfleet natürlich nicht in Frage, oder?«, erwiderte Jain hitzig. Es fiel ihr immer schwerer, die Stimme gesenkt zu halten. »Worum geht's bei der Allgemeinen Order 14? Betrifft sie nicht die Zerstörung eines bewohnten Planeten? Starfleet ist scheinheilig, Jim. Man predigt den Frieden und die Suche nach Wissen – bis jemand kommt, der sich nicht an die Regeln hält. Dann holt man die Phaser hervor und überrollt einfach alles.«

Jain legte eine Pause ein, um Luft zu holen und sich wieder unter Kontrolle zu bringen. »Begreifst du denn nicht? Dies *ist* die Antwort. Und ich bin nicht die einzige, die so denkt.«

Jim schüttelte den Kopf, sein Blick war streng und unversöhnlich. Aber seine Stimme klang nur müde. »So viele Tote, Jain … Casden, seine Crew, selbst der Mann, der die Ermittlungen leitete … Du und deine Freunde – wollt ihr alle umbringen, die zu viel herausfinden?«

Von Darres hatte Suni nichts gewusst; die Nachricht von seinem Tod war eine unangenehme Überraschung für sie. Kein Wunder, dass Jim nicht auf sie hören wollte. Immerhin hatte er ihr erzählt, dass Darres ein alter Freund von ihm gewesen war.

»Das mit Gage bedauere ich sehr«, sagte Jain und meinte es ernst. »Davon wusste ich nichts. Ich schwöre dir, dass es nach dem heutigen Tag keine weiteren Toten geben wird.«

Jim musterte sie noch einige Sekunden lang, und was sie in seinem Gesicht sah, war viel schlimmer als Zorn. Sie sah Mitleid.

Wortlos drehte er sich um und ging fort.

Die Frau stand bei einer kleinen Gruppe unweit eines Beobachtungsraums an der vorderen Seite des Laboratoriums. Sie war älter und in ihrem roten Haar zeigten sich einige graue Strähnen, aber abgesehen davon schien sie sich kaum verändert zu haben.

McCoy verharrte einige Meter entfernt und beobachtete, wie sich Karen Patterson mit einer kleineren Gesprächspartnerin unterhielt. Ihre Augen waren genauso hübsch, wie er sie in Erinnerung hatte. In unmittelbarer Nähe befand sich das Synthese-Zentrum, ein breiter, offener Bereich, von Geräten und Apparaten umringt.

So sehr McCoy auch bestrebt gewesen war, Karen Patterson zu finden und mit ihr zu reden – jetzt fürchtete er sich plötzlich.

Wenn sie mir sagt, dass es weder ein Heilmittel gibt noch die Möglichkeit, in absehbarer Zeit eins zu entwickeln …

McCoy schnitt eine Grimasse und fragte sich, wann er feige geworden war. Er straffte die Schultern und trat der Frau entgegen.

Seine Sorge, dass sie ihn nicht wiedererkennen würde, erwies sich als unbegründet. Als er näher kam, erhellte sich ihre Miene.

»Lenny? Lenny McCoy?«

Er schauderte innerlich – seit einer Million Jahren hatte ihn niemand mehr Lenny genannt, vor allem deshalb nicht, weil er es verabscheute – und lächelte freundlich. »Hallo, Karen.«

Sie entschuldigte sich bei den anderen, griff nach McCoys Arm und strahlte. »Nun, das ist wirklich eine angenehme Überraschung. Wie geht es dir, Lenny? Wie um alles in der Welt bist du hierher gekommen? Hat Bendes dich dazu überredet, Zeuge des historischen Augenblicks zu werden?«

Smalltalk erschien McCoy aus irgendeinem Grund unangemessen. Er wusste nicht, mit welcher Frage er beginnen sollte, und deshalb improvisierte er eine. »Karen … Wie bist du in diese Angelegenheit verwickelt worden?«

Sie schüttelte den Kopf und lächelte. »Manchmal frage ich mich das selbst. Um eine lange Geschichte kurz zu machen … Eine Freundin von mir, eine Chemikerin – die Frau dort drüben, mit der hellbraunen Bluse –, fragte mich vor sechs Monaten, ob ich noch immer an Forschungen auf dem Gebiet der Gammastrahlen-Pathologie interessiert sei. Damit wollte ich mich schon seit einer ganzen Weile befassen, weißt du. Sie erzählte mir vom Omega-Objekt und schickte mir Unterlagen. Ich konnte der Versuchung einfach nicht widerstehen.«

McCoy nickte, erwiderte das Lächeln aber nicht. »Hast du … Weißt du von der *Sphinx?*«

»Was ist mit ihr?« Karens Lächeln verschwand. »Jack ist doch nichts zugestoßen, oder?«

Sie wusste also nicht darüber Bescheid. McCoy schüttelte den Kopf und entschied, diese Angelegenheit zunächst nicht zur Sprache zu bringen – dafür gab es später noch Zeit genug. »Nein. Ich habe nur gehört, dass dich jenes Schiff hierher brachte … Karen, machst du dir denn gar keine Sorgen in Hinsicht auf die Gefahren des Omega-Projekts?«

»Nein, eigentlich nicht«, erwiderte Karen Patterson. »Ich gebe zu, dass ich zuerst ein wenig nervös war, aber nur wegen der enormen Energie des Moleküls. Jetzt steht der entscheidende Augenblick unmittelbar bevor und ich bin sehr aufgeregt, wie auch alle anderen. Ich habe mit meinen Kollegen gesprochen und kann dir daher versichern: Der Zweifelmesser steht auf null.«

Sie lachte so, als hätte sie einen Witz erzählt, und McCoy lächelte höflich. Die gleiche alte Karen. Er wollte darauf hinweisen, dass der »entscheidende Augenblick« mit ziemlicher Sicherheit verschoben wurde, und zwar für immer, dass die *Enterprise* gekommen war, um das Experiment zu verhindern. Aber plötzlich begriff er, dass er nicht länger warten konnte. Die sorgfältig vorbereitete Geschichte über einen erkrankten Patienten ließ er fallen. Er musste erfahren, ob es noch eine Chance gab.

Niemand befand sich in der Nähe. Er sah Karen an und holte tief Luft. »Ich wollte mit dir reden, weil ich weiß, dass du dich mit Xenopolycythämie befasst hast. Ich habe deinen Artikel darüber gelesen und darin hast du viel versprechende Fortschritte erwähnt ... Bei mir wurde die Krankheit diagnostiziert, Karen. Bitte sag mir ganz offen und ehrlich: Wie weit sind wir von einem Heilmittel entfernt?«

Karens Gesicht zeigte Betroffenheit und Anteilnahme, aber nicht das, was sich McCoy erhofft hatte. Es gab keine Anzeichen dafür, dass ihn eine beruhigende Antwort erwartete.

»Oh, Lenny, es tut mir sehr Leid.«

McCoy schluckte und nickte. »Schon gut.«

»Nein, ich meine, es tut mir Leid, dass du an Xenopolycythämie leidest«, sagte Karen. »Deine Überlebenschancen sind sehr gering, da will ich dir nichts vormachen, aber die Sache ist nicht ganz hoffnungslos.«

McCoy nahm kaum zur Kenntnis, dass Karen noch immer nicht gelernt hatte, besser mit Patienten umzugehen. »Wirklich? Wie, ich meine ... wo ... Wer betreibt die Forschungen?«

»Die Person steht vor dir«, sagte Karen, aber es fehlte ein aufmunterndes Lächeln. »In den vergangenen Jahren habe ich mich immer wieder damit beschäftigt und nach Möglichkeiten gesucht, die Produktion der roten Blutkörperchen zu verlangsamen. Ich habe die eine oder andere Idee, aber um ganz ehrlich zu sein, Lenny ...«

Sie schüttelte den Kopf. »Ich weiß es nicht. Selbst wenn sich herausstellen sollte, dass ich auf dem richtigen Weg bin ... Ich weiß es einfach nicht. Wie viel Zeit bleibt dir?«

»Vielleicht ein Jahr.«

Karen rang sich ein Lächeln ab. »Ich schätze, dann sollte ich keine Zeit verlieren. Ich packe sofort meine Sachen.«

McCoy konnte es kaum fassen. Zwanzig Jahre waren vergangen, aber Karen zögerte nicht, ihre eigenen Interessen beiseite zu schieben, um ihm zu helfen, ihm echte Hoffnung zu geben.

Ein Kloß hatte sich in McCoys Hals gebildet. »Ich ...«, brachte er mühsam hervor. »Karen ... ich weiß nicht, was ich sagen soll ...«

Sie seufzte. »Ich kann dir nichts versprechen, Lenny. Du solltest deine Hoffnungen nicht zu hoch schrauben.«

»Natürlich«, erwiderte McCoy und versuchte, überzeugt zu klingen. »Ich verstehe.«

Karen öffnete den Mund, um noch etwas hinzuzufügen, aber dann schloss sie ihn wieder und blickte an McCoy vorbei. Er drehte sich um und sah einen Mann, der auf sie zukam, breit grinste und sich mit der einen Hand die Nase rieb.

»Wir sind soweit«, sagte er, schniefte laut und trat wie ein aufgeregtes Kind von einem Bein aufs andere. »Alles ist vorbereitet.«

Spock war offenbar gerade mit der Durchsicht von Dr. Kettaracts Unterlagen fertig, als sich Kirk von Jain abwandte und versuchte, seine Gefühle unter Kontrolle zu bringen.

Eine Mischung aus Schmerz, Zorn und schrecklicher Enttäuschung vibrierte in ihm. Jain schien zu glauben, dass er nie einen Befehl in Frage gestellt, nie über die moralischen Aspekte seiner Entscheidungen nachgedacht hatte. Sie glaubte, dass er nicht verstand. Ihr Gesichtsausdruck wies deutlich darauf hin ... So sehr von einer Frau unterschätzt zu werden, die er respektierte, mit der er seine Gefühle geteilt hatte ...

Sie irrte sich. Er verstand genau, was sie meinte, was sie wollte und woran sie glaubte. Er hatte die Argumente schon früher gehört, von beiden Seiten: Die Föderation sollte aggressiver und militaristischer sein; nein, sie musste passiver und friedlicher werden. Irgendwann war er zu dem Schluss gelangt, dass weder die einen noch die anderen Recht hatten, und damit bezog er einen besonders unbeliebten Standpunkt.

Er wusste, dass die Leute nach Antworten suchten. Sie wünschten sich klare Regeln, die in jeder Situation angewendet werden konnten. Vermutlich lag es in der Natur des Menschen, alles im Voraus wissen zu wollen. Die Leute wünschten sich, immer genau zu wissen, was man von einer Sache halten sollte – ohne ständig alles in Frage stellen zu müssen. Kirk teilte diesen Wunsch. Warum auch nicht? Es wäre alles viel einfacher gewesen.

Wenn es so etwas tatsächlich gäbe ... Dann könnten wir alle bei unseren persönlichen Überzeugungen bleiben, ohne uns die Meinungen anderer Personen anzuhören. Nie zu zweifeln ... Aber der Preis dafür wäre Unveränderlichkeit.

Starfleet war eine militärische Organisation. Gleichzeitig aber auch eine pazifistische, eine wissenschaftliche und noch vieles mehr. Um mit gewissen Situationen fertig zu werden, kam es bei Starfleet wie im Leben darauf an, sie mit offenen, klaren Augen zu sehen und alles sorgfältig abzuwägen, bevor man eine Entscheidung traf.

Er hatte Jain gemustert und Gewissheit gesehen. Sie glaubte fest daran, dass die Föderation mehr Macht brauchte, und sie war bestrebt, ihr diese Macht zu geben – ohne sich zu fragen, welche Entscheidungen sie dafür treffen musste. Mit dieser Einstellung waren schon zahlreiche Menschen gescheitert, und es schmerzte sehr zu sehen, wie dies sich bei Jain wiederholte.

Kirk blieb stehen, obwohl Spock und Kettaract an einem kleinen Klapptisch saßen. Der Vulkanier legte das Klemmbrett des Wissenschaftlers beiseite, verschränkte die Arme und runzelte nachdenklich die Stirn.

»Nun?«, fragte Kettaract ungeduldig. »Sie haben die Weiterentwicklung registriert, nicht wahr?«

»Ja«, bestätigte Spock. »Die Arbeit ist ausgezeichnet, Doktor. Die Erweiterung durch entgegengesetzte Magnetfelder in einem kreuzförmigen Muster für eine bessere Kontrolle der Beschleunigungsrate ist sehr interessant.«

Kettaract wirkte überaus stolz, als er nickte und lächelte. »Ja, nicht wahr?«

»Trotzdem bin ich fast ganz sicher, dass die Synthese fehlschlagen wird«, fuhr Spock fort. »Das Ungleichgewicht zwischen Quarks und Antiquarks wird die atomare Bindungsenergie auflösen, noch während sie entsteht.«

Das Lächeln verschwand von Kettaracts Lippen. »Das habe ich berücksichtigt – mit dem Subraum-Ventil bei der Verschmelzung.«

»Es genügt nicht, um eine Stabilisierung zu gewährleisten«, sagte Spock ruhig. »Die Reaktion wird dadurch in den Subraum projiziert und eine Kettenreaktion auslösen, mit katastrophalen Auswirkungen auf jenes Kontinuum.«

Kettaract schüttelte den Kopf. »Das wird nicht geschehen. Bei dieser besonderen Materie genügt die Reaktion nicht, um eine kritische Geschwindigkeit oder Temperatur zu erreichen. Die Energie bleibt unter Kontrolle.«

Kirk warf einen Blick über die Schulter und stellte fest, dass McCoy zurückgekehrt war. Sorge zeigte sich in seinem Gesicht.

»Einer der Wissenschaftler wies eben darauf hin, dass alles bereit ist«, flüsterte Pille und beugte sich vor. »Alle sind davon überzeugt, dass das Experiment erfolgreich sein wird.«

Spock sprach noch immer. »... sind Ihre Berechnungen ansonsten zwar korrekt, aber Sie gehen davon aus, dass der Übergang in den Subraum Geschwindigkeit und Temperatur senkt. Ich glaube das nicht und Ihre Arbeit hat meine Zweifel nicht ausgeräumt.«

Jain näherte sich der anderen Seite des Tisches und blieb hinter Kettaract stehen.

»Sie kritisieren einen theoretischen Punkt«, sagte der Physiker verärgert.

»Und Sie verteidigen einen«, erwiderte Spock. »Genau darum geht es: um eine Theorie. Wir haben es hier mit einem unbekannten Faktor zu tun. Sie wollen Ihr Leben riskieren, um herauszufinden, wer von uns beiden Recht hat.«

»Ich bin sicher ...« Kettaract unterbrach sich. Sein Gesicht war gerötet, zeigte Zorn ... und auch noch etwas anderes. Ein Schatten von Zweifel huschte über die Miene des Wissenschaftlers und verschwand sofort wieder.

»Das Risiko ist minimal«, sagte Jain und legte Kettaract die Hand auf die Schulter. »Das *wissen* Sie. Seit Jahren arbeiten Sie am Omega-Projekt und haben alle seine Aspekte mehrmals überprüft. Wir hätten Sie nicht unterstützt, wenn wir nicht von einem Erfolg überzeugt wären, Bendes. *Ich* hätte Sie nicht unterstützt.«

Sie sah Kirk an und ihre Augen blickten kalt, während die Stimme ermutigend klang. »Alles ist bereit. Sie dürfen sich jetzt, auf der Schwelle des Triumphs, nicht aufhalten lassen. Diese Leute wollen nicht, dass irgendjemand ein Risiko eingeht, weil sie es selbst nicht können. Es sind scheinheilige Heuchler, wie alle anderen.«

Kettaract nickte. »Sie haben Recht, Jain. Sie haben natürlich Recht.«

»Ob sie Recht hat oder nicht – ich werde auf keinen Fall zulassen, dass Sie sich selbst zerstören«, sagte Kirk. Wenn sich der Wissenschaftler weigerte, vernünftig zu sein, so war das seine Sache. »Pille, sprich mit deiner Bekannten. Überzeug sie davon, dass es vorbei ist. Sie soll es den anderen erklären. Spock, beginnen Sie damit, die hiesigen Geräte zu deaktivieren. Ich gebe Scotty Bescheid und ...«

Jain wirbelte herum und sprintete durchs Laboratorium. Ihr Ziel war eine breite Schalttafel an der etwa fünfzehn Meter entfernten Wand.

»Wir müssen sie unbedingt aufhalten, Captain«, sagte Spock und erhob sich.

Kirk griff nach seinem Phaser. Ihm blieb überhaupt keine Zeit nachzudenken, als er den Strahler hob und zielte ...

Jain erreichte die Schalttafel und betätigte einen Schalter – Kirk hatte zu spät reagiert. Die junge Frau drehte sich um und lächelte triumphierend, aber es ging keine Freude mit ihrem Sieg einher. Ihr Gesicht zeigte nur selbstgerechten Zorn, dem sich Schmerz hinzugesellte, als sie den Phaser in Kirks Hand sah.

»Es tut mir leid, Bendes«, sagte sie und ihr Stimme

schwankte dabei. »Ich weiß, dass es Ihr großer Augenblick sein sollte.«

Kettaract stand auf und seine Lippen formten ein ungläubiges Lächeln. »Sie haben vollkommen richtig gehandelt.«

Er wandte sich an Spock und lächelte noch immer. »In etwa neunzig Sekunden finden wir heraus, wer von uns beiden Recht hat, Mr. Spock.«

16

Jain kehrte zurück, als der lächelnde Bendes einige Worte an Spock richtete. Sie verstand nicht, was er sagte; vermutlich ging es um den Countdown.

Es ist soweit. Endlich.

Sie war noch immer wie überwältigt von der Erleichterung, die sie bei der Betätigung des Schalters gefühlt hatte. Alles andere spielte jetzt keine Rolle mehr. Jim Kirk und seine ach so erhabene Moral konnten zur Hölle fahren.

Spock ignorierte Kettaracts Bemerkung und wandte sich an Jim.

»Wir müssen sofort zum Schiff zurück, Captain. Dieser Station droht die völlige Zerstörung.«

»Können wir den Countdown irgendwie anhalten?«, fragte Jim. »Indem wir Teile der Apparatur beschädigen oder den Computer deaktivieren?«

»Negativ. Wir würden den Vorgang nur beschleunigen.«

»Du solltest hier bleiben und dir alles ansehen, Jim«, sagte Jain, aber er hörte gar nicht zu, klappte seinen Kommunikator auf und sprach schnell.

»Scotty, richten Sie den Transferfokus auf uns und bereiten Sie die *Enterprise* auf den Warptransit vor.«

Ein anschwellendes Summen erfüllte den Raum. Die anderen Wissenschaftler klatschten und lachten, als sie den Beobachtungsraum aufsuchten.

Kirk wandte sich ihnen zu und winkte.

»Verlassen Sie die Station, solange Sie noch Gelegenheit dazu haben!«

»Karen!«, rief der Bordarzt der *Enterprise,* aber Dr. Patterson hörte ihn nicht – sie hatte das Laboratorium bereits verlassen, um vom Beobachtungsraum aus die Synthese zu verfolgen.

Kettaract winkte ebenfalls. »Es ist alles in Ordnung!«, rief er noch lauter als Jim und Dr. McCoy. »Es ist alles in Ordnung! Nur noch etwa sechzig Sekunden!«

Jain bemerkte Verwirrung in den Gesichtern einiger Mitglieder des Teams, aber die Betreffenden begaben sich ebenfalls in den Beobachtungsraum und nahmen dort ihre Plätze ein. Sie vertrauten Kettaract und wussten, dass er ein Genie war, trotz seiner persönlichen Schwächen und Fehler.

Jim drehte sich um und presste in hilflosem Zorn die Lippen aufeinander.

»Spock, das Schiff ...«, stieß er hervor.

»Wir müssen sofort aufbrechen«, beharrte der Vulkanier. »Wenn wir in den Wirkungsbereich der Explosion geraten ...«

Jim sah Jain an und in seinen Augen blitzte Furcht oder Wut. »Fünf Personen für den Transfer«, wies er die *Enterprise* an. »Gehen Sie in den Warptransit, sobald wir an Bord sind. Beliebiger Kurs ...«

Kettaract lief los, in Richtung Beobachtungsraum. Jain wich zurück und schüttelte den Kopf. Sie wollte das Wunder auf keinen Fall versäumen, nicht nach all dem, was sie dafür geopfert hatte. Der Sieg gehörte ihr, das wusste Jim ebenso gut wie sie – aber aus irgendeinem Grund hatte Jain noch einmal Kirks Gesichtsausdruck vor Augen, als er sich von ihr abgewandt hatte.

Wie kann er es wagen, mich zu bemitleiden?

»Es war richtig von uns, Kettaract zu unterstützen«, sagte Jain und wich noch weiter zurück. »Du wirst sehen.«

»Energie«, sagte Jim. Als er entmaterialisierte, zeigte sein Gesicht nicht mehr Furcht oder Wut, auch kein Mitleid. Stattdessen sah Jain eine Trauer, die sie nicht verstand, aber trotzdem vagen Schmerz in ihr entstehen ließ.

Kirk und seine beiden Begleiter verwandelten sich in Energiesäulen und verschwanden.

»Noch fünfundzwanzig Sekunden, Jain!«, rief Kettaract von der Tür des Beobachtungsraums her.

Sie lief zu ihm und erreichte den Zugang, als sich Dr. Patterson einen Weg in Richtung Laboratorium bahnte.

»Sie sind weg?«, fragte sie erstaunt. »Dr. Angelo sagte mir, dass sie nach mir riefen ...«

Jain schüttelte den Kopf. »Sie kehren bald zurück«, erwiderte sie. »Der wissenschaftliche Offizier gab dem Captain einen schlechten Rat, das ist alles.«

»Noch fünfzehn Sekunden«, sagte Kettaract und schien überglücklich zu sein. »Lassen Sie uns Platz nehmen.«

Mehrere Personen sprachen über das seltsame Verhalten des Captains und wirkten beunruhigt, doch ihre Sorge verlor sich in der allgemeinen Aufregung, die immer deutlicher zu spüren war. Die Wissenschaftler verhielten sich wie entzückte Kinder.

»Fünf«, sagte Kettaract und die anderen stimmten mit ein in den Countdown. Jain schwieg. Sie dachte an das neue Leben, das jetzt für sie begann, an ein wundervolles Leben, voller Bedeutung und Macht ...

»Drei ... zwei ... eins ...«

Jetzt ist es ...

17

Der plötzliche Energieschub blieb ohne Licht und Geräusche. Es geschah so schnell, dass eine der Konsequenzen aus völliger Lautlosigkeit bestand. Von einem Augenblick zum anderen existierte die Station nicht mehr. Ihre Desintegration mit allen Geräten und Personen an Bord nahm weniger Zeit in Anspruch als die Destabilisierung des Omega-Moleküls: 0,0011 Sekunden.

Etwas verschwamm und kräuselte sich in der Dunkelheit, als es zu einer Art negativen Explosion kam. Antiquarks replizierten sich schneller als Quarks und die Wolke aus Nichts dehnte sich aus, verschlang alles, was sie berührte.

18

Wir haben sie, Sir, aber nur unsere Leute«, sagte Tam. »Es befand sich niemand sonst in der Nähe.«

Der Captain hatte von fünf Personen gesprochen. Pech für die anderen beiden – Scott musste sich an seine Befehle halten. »Jetzt, Mr. Sulu.«

Die *Enterprise* glitt fort von der Station, sprang in den Subraum und raste mit Warp vier los. Es erleichterte Scott, dass der Captain keine höhere Geschwindigkeit angeordnet hatte – der Transfer einer arbeitenden Tarnvorrichtung erforderte viel Energie. Nun, vermutlich brauchte die *Enterprise* gar nicht schneller zu werden. Für gewöhnlich breiteten sich die energetischen Druckwellen von Explosionen nicht mit vielfacher Überlichtgeschwindigkeit aus.

Wenige Sekunden später betraten der Captain und Mr. Spock die Brücke. Scott gab das Kommando über die *Enterprise* nur zu gern ab – er wollte in den Maschinenraum zurückkehren und feststellen, ob der überlastete Warpkern stabil blieb.

»Mr. Sulu, bereiten Sie eine Sonde vor«, sagte Captain Kirk, als er im Kommandosessel Platz nahm.

Scott wandte sich den technischen Kontrollen zu und stellte anhand der angezeigten Daten fest, dass mit der Reaktionskammer alles in Ordnung war. Er wollte den Captain gerade darauf hinweisen, als Spock zu sprechen begann, während er in den Sichtschlitz des Scanners sah.

»Die Station existiert nicht mehr, Captain«, sagte der Vulkanier und richtete sich auf. »Wo sie sich befunden hat, dehnte sich jetzt ein relativistisches Reaktionsfeld aus. Der Einsatz einer Sonde wäre sinnlos.«

»Womit genau haben wir es zu tun, Spock?«, fragte der Captain.

»Die bei der Destabilisierung des Omega-Moleküls freigesetzte Energie zerstört die Struktur des Subraums«, erklärte der Vulkanier. »Es entsteht eine tote Zone, in der Warpflüge und Subraum-Kommunikation für immer unmöglich sind.«

»Wie können wir das Reaktionsfeld an einer weiteren Ausdehnung hindern?«, fragte Kirk.

Spock zögerte und runzelte die Stirn. »Ich weiß es nicht.«

Er fügte diesen Worten nichts hinzu und Scott spürte, wie es ihm kalt über den Rücken lief. Wenn Spock keine Lösungsvorschläge hatte, war die Situation wirklich sehr ernst.

Captain Kirk drehte seinen Sessel und sah zum Ersten Offizier. »Was soll das heißen? Es muss doch irgendeine Möglichkeit geben, dem Phänomen Einhalt zu gebieten ...«

»Derzeit breitet sich das Reaktionsfeld mit einer Geschwindigkeit von Warp zwei Komma sieben durch den Subraum aus und die Beschleunigung dauert an«, sagte Spock so ruhig, als sprächen sie übers Wetter. »Die Technik der Föderation ist nicht imstande, ein solches Energiefeld aufzuhalten.«

»Geben Sie mir eine *Theorie,* Spock«, sagte Captain Kirk angespannt. »Ich brauche nicht über Dinge Bescheid zu wissen, die nicht funktionieren.«

»Captain!«

Sulus aufgeregte Stimme veranlasste alle, zum Wandschirm zu blicken. Einige Sekunden lang glaubte Scott den Darstellungen nicht und vermutete Fehler bei der

Übertragung der Sensordaten. Wo sich zuvor die Lantaru-Station befunden hatte, entstanden geisterhafte Bilder, flackernde und pulsierende Fragmente, die ein sonderbares Flickenmuster bildeten und sich immer mehr ausdehnten. Die netzartigen Strukturen erinnerten Scott an zerbrochenes Glas.

Wie gebannt beobachtete er die Erscheinung und hörte nur Spocks geradezu gespenstisch ruhige Stimme.

»Wir sehen etwas, das man als ›Normalraum-Schatten‹ des Effekts auf den Subraum bezeichnen könnte«, sagte der Vulkanier, nachdem er einen Blick auf die Anzeigen seiner Instrumente geworfen hatte. »Das Reaktionsfeld breitet sich jetzt mit Warp drei Komma eins aus und wird noch immer schneller. Wenn es uns erreicht, während wir im Warptransit sind, wird das Schiff vielleicht stark beschädigt.«

»Und wenn wir den Warptransfer unterbrechen?«, fragte Scott.

»Dann entgehen wir der Zerstörung, aber eine Verwendung des Warptriebwerks wird nicht möglich sein, solange wir uns im Innern der toten Zone befinden.«

Kirk wandte sich an Sulu. »Geschwindigkeit auf Warp sechs erhöhen.« Nachdenklich sah der Captain zum Wandschirm. »Können wir vor dem Energiefeld bleiben?«

»Nicht auf Dauer«, antwortete Spock. »Bei der gegenwärtigen Beschleunigung übertrifft das Reaktionsfeld in einundvierzig Komma null drei vier Minuten die Höchstgeschwindigkeit der *Enterprise*.«

»Wie groß wird es?«

»Schwer zu sagen. Es hat noch nie zuvor eine Omega-Destabilisierung stattgefunden und die Theorie allein gibt keine Auskunft darüber. Ich schätze, dass sich das Feld nach spätestens zwanzigtausend Lichtjahren auflöst.«

Scott fluchte leise, verdammte Kettaract und alle seine Helfer, die für dieses Chaos verantwortlich waren.

Spock beobachtete die Darstellungen des Wandschirms, als Kirk plötzlich aufstand und zum Geländer zwischen ihnen trat. »Sie meinten, die Technik der Föderation sei nicht imstande, ein solches Energiefeld aufzuhalten«, sagte er. »Was ist mit der Technik der Romulaner?«

Spock wölbte eine Braue. »Die Tarnvorrichtung«, erwiderte er und ahnte, was der Captain beabsichtigte.

Kirk nickte. »Sie sprachen davon, dass der Apparat Gravitonen manipuliert ...«

Spock dachte rasch darüber nach. Die Tarnvorrichtung verwendete Gravitonen, um das Licht zu krümmen ... Wenn etwas schwer genug war, zog es alles an, doch das spezielle Kraftfeld der Tarnvorrichtung erzeugte keine Gravitation im herkömmlichen Sinn. Mit der Romulanerin hatte er ausführlich über die wissenschaftlichen Aspekte dieser Technologie gesprochen.

Wenn die Tarnvorrichtung so verändert werden konnte, dass sie Gravitonen durch den Subraum anzog, sie am expandierenden Reaktionsfeld konzentrierte und dessen Energie nutzte, um eine Implosion zu bewirken ...

»Rein theoretisch lässt es sich bewerkstelligen«, sagte Spock. »Es müssen ein Subraum-Transceiver und ein Energiekonverter hinzugefügt werden – dann kann die Tarnvorrichtung Energie vom Reaktionsfeld abziehen. Allerdings müsste die *Enterprise* gefährlich nahe an die Wellenfront des Felds heran.«

»Warum?«, fragte der Captain.

»Wenn sich die notwendigen Modifikationen vornehmen lassen, damit die Tarnvorrichtung bei Warpgeschwindigkeit Subraum-Gravitonen am Reaktionsfeld konzentriert, so muss sie sich in unmittelbarer Nähe des Felds befinden und bereits in Funktion sein, wenn wir sie ins All beamen. Ein Transfer unter solchen Bedingungen stellt eine enorme energetische Belastung für das Schiff dar und kann deshalb nicht über eine größere Entfernung hinweg stattfinden. Außerdem gilt es zu berücksichtigen, dass wir den Warptransit unterbrechen müssen, um den Apparat zu beamen. Wenn ein Erfolg ausbleibt, sitzen wir entweder in der toten Zone fest oder müssen mit der Zerstörung der *Enterprise* rechnen.«

Die gleichen Aussichten wie zuvor. So oder so sieht's verdammt übel für uns aus. »Ich nehme an, Sie haben keine besseren Ideen, oder?«

Eine überflüssige Frage. Spock wäre sicher bereit gewesen, einen anderen Plan vorzuschlagen, wenn er bessere Alternativen gesehen hätte.

»Nein, Sir«, erwiderte der Vulkanier.

»Bereiten Sie alles vor«, sagte der Captain, sah zum Wandschirm und beobachtete den Omega-Effekt. »Helfen Sie ihm, Scotty. Und beeilen Sie sich.«

Stille und Anspannung herrschten auf der Brücke, als Spock und Scotty die technische Abteilung der *Enterprise* aufsuchten. Alle blickten zum Wandschirm und beobachteten, wie sich das Nichts weiter ausdehnte. Kirk dachte an die Ereignisse an Bord der Station, an das Gespräch mit Jain, sah sich selbst, wie er den Phaser hob und auf sie richtete … Mit schmerzhafter Deutlichkeit erinnerte er sich an das Gefühl der Hilflosigkeit – er hatte gewusst, dass Jain und die anderen Personen an Bord der Lantaru-Station sterben würden. Und jetzt mussten sie beobachten, wie Teile des Universums für immer verschwanden, verzehrt und verschlungen von der unglaublichen Energie, die sich Jain und Kettaract erträumt hatten. Weitere Leben waren ihrem blinden Eifer zum Opfer gefallen und jetzt folgte die Zerstörung des Subraums.

Wenn das Reaktionsfeld auch weiterhin expandiert …

»Mr. Chekov, befinden sich Einrichtungen der Föderation auf dieser Seite des Felds?«, fragte Kirk.

Der Navigator betätigte die Kontrollen seiner Station. »Ja, Captain. Eine Bergbaukolonie und ein wissenschaftlicher Außenposten, Tanaris IX und Outpost 771. Beide auf Planeten der Klasse M. Das Feld erreicht Tanaris IX in … neun Minuten.«

Verdammt. Kirk erinnerte sich daran, dass alles noch viel schlimmer sein könnte, aber dieser Gedanke tröstete ihn nicht. »Lieutenant Uhura, schicken Sie beiden Einrichtungen eine Breitband-Mitteilung und weisen Sie auf die Situation hin.«

Uhura nickte. »Ja, Captain«, sagte sie und Sorge erklang in ihrer Stimme.

Kirk widerstand der Versuchung, sich mit der technischen Abteilung in Verbindung zu setzen – seine letzte Anfrage lag nur drei oder vier Minuten zurück. Spock und Scotty noch einmal aufzufordern, sich zu beeilen … Dadurch hätte er den Eindruck gewonnen, aktiv zu sein, aber einer von den beiden wäre gezwungen gewesen, die Arbeit zu unterbrechen, um Bericht zu erstatten.

Er konnte nur hoffen, dass es ihnen noch einmal gelang, ein Wunder zu vollbringen.

Das geisterhafte Bild des anschwellenden Reaktionsfelds erinnerte Sulu an eine Geschichte, die ihm sein Großvater einmal erzählt hatte. Kikanu Sulu war während des größten Teils seines Lebens Shuttle-Pilot auf der Erde gewesen. Er hatte viele Orte besucht, dabei kulturelle Legenden und Anekdoten gesammelt.

Vage entsann er sich daran, dass sein Großvater eines Nachmittags von Mythen berichtet hatte, die das Ende der Zeit oder des Universums betrafen – er wusste es nicht mehr genau. Dabei war die Rede von einer Göttin gewesen, die einen Schatten gebar, und dieser Schatten wuchs heran, wurde zu Dunkelheit. Als die Göttin starb, dehnte sich die Finsternis voller Kummer aus und alles fand ein Ende, für immer.

Sulu schauderte und dachte an Dr. Kettaract, während das Reaktionsfeld expandierte, an jenes Selbst, das diese Dunkelheit geschaffen hatte.

Scott arbeitete, so schnell er konnte, und brachte es irgendwie fertig, einen Energiekonverter und Subraum-Transceiver der Föderation mit der romulanischen Tarnvorrichtung zu verbinden. Spock nahm Veränderungen an den dünnen Fasern vor, die sich netzartig durch das Kugelsegment des Apparats erstreckten, sah dabei immer wieder auf die Anzeigen seines Tricorders, um an den richtigen Stellen neue Verbindungen zu schaffen.

Scott verstand die Theorie, auf der Spocks Plan beruhte, und er sah sich nicht zum ersten Mal mit der Aufgabe konfrontiert, völlig unterschiedliche Technik zur Zusammenarbeit zu bewegen. Doch in diesem Fall wäre er allein nicht zurechtgekommen. Die Tarnvorrichtung war ihm ein Rätsel gewesen, als er sie damals mit den Bordsystemen der *Enterprise* verbunden hatte – er erinnerte sich an sein Erstaunen darüber, dass sie tatsächlich funktionierte. Aber dies …

Sie verwandelten die Tarnvorrichtung in einen Blitzableiter, der freie Gravitonen durch den Subraum anzog und sie zu einem Kraftfeld komprimierte, zu einer Barriere für das expandierende Reaktionsfeld. Die gefangene kinetische Energie sollte den von der Tarnvorrichtung bewirkten Effekt verstärken und genug Feedback erzeugen, um eine Subraum-Implosion hervorzurufen. *Wenn* der Apparat lange genug durchhielt.

Spock schloss den oberen Teil der Tarnvorrichtung und wenige Sekunden später war auch Scott fertig. Er betätigte einen Schalter und am Transceiver leuchteten grüne Indikatoren.

»Scott an Brücke. Es ist alles bereit. Mr. Spock meint, es sollte funktionieren, aber wenn sich herausstellt, dass er Unrecht hat ...«

»Uns bleibt keine Wahl, Mr. Scott«, erwiderte der Captain und die Anspannung in seiner Stimme war unüberhörbar. »Treffen Sie Vorbereitungen für den Transfer und richten Sie Mr. Spock aus, dass er zur Brücke zurückkehren soll.«

»Aye, Sir«, bestätigte Scott. Der Captain hatte sich sehr besorgt angehört. Vermutlich hatte sich die Situation draußen im All weiter verschärft. Eins stand fest: Wenn der Graviton-Blitzableiter nicht funktionierte, gab es bald niemanden mehr, der sich Sorgen machen konnte.

Kirk wies Sulu an, den Warptransit zu unterbrechen, weit genug vor dem Reaktionsfeld, um ihnen einen zweiundzwanzig Sekunden langen Countdown zu ermöglichen. Eine Ewigkeit lang, so schien es ihm, hatte er hilflos beobachtet, wie sich das Nichts ausdehnte. Jetzt stand das Leben seiner Crew auf dem Spiel und plötzlich vergingen die Sekunden viel zu schnell.

»Neunzehn ... achtzehn ...«, begann Spock.

Das sonderbare dunkle Wabern raste der *Enterprise* entgegen und Kirk erinnerte sich an den letzten Countdown des Ersten Offiziers, vor einigen Tagen – zwanzig Sekunden bevor Sulu den Warptransfer einleitete.

Um die Sphinx *zu retten.* Eine andere Katastrophe, weniger folgenschwer als die, mit der sie es jetzt zu tun hatten, aber ebenso entsetzlich. So viele Tote ... Opfer von aggressivem Patriotismus, von Furcht und Machtgier, als Loyalität getarnt.

»Dreizehn ...«

Auf der Brücke wurde es dunkler, als Scott Energie

aus allen Bordsystemen für den Transporter abzweigte. Die Tarnvorrichtung war bereits aktiviert, aber bis sie Energie vom Reaktionsfeld aufnahm und diese gegen das sich ausbreitende Nichts richtete, ließ sich nicht feststellen, ob sie wie geplant funktionierte. Wenn das nicht der Fall war, so blieb ihnen kaum Zeit genug, um den Misserfolg zur Kenntnis zu nehmen.

»Neun …«

Das Reaktionsfeld hatte sich immens aufgebläht – in seinem Innern befanden sich bereits zwei Welten mit Hunderten von Föderationsbürgern. Sie beobachteten die Entstehung einer Narbe, die für immer existieren würde.

Na los …

»Vier … drei …«

»Energie, Scotty!«

Zwei … eins …

»Warpgeschwindigkeit, Mr. Sulu!«, befahl Kirk.

Sulus Finger flogen über die Kontrollen …

… und plötzlich schlingerte die *Enterprise*, als das Reaktionsfeld sie überholte. Die Erschütterungen waren so heftig, dass Chekov aus seinem Sessel geworfen wurde und Kirk ans Geländer unweit von Spocks Station stieß. Auf der anderen Seite der Brücke stoben Funken aus Konsolen und in den Wänden knackte es, als die strukturellen Belastungen einen kritischen Wert erreichten. Spock hielt sich fest und sah zum Wandschirm …

Zu spät. Es ist zu spät …

Dann plötzlich hörten die Vibrationen auf. Die Trägheitsabsorber reagierten und die Fluglage des Schiffes stabilisierte sich wieder. Chekov stand auf – er schien unverletzt zu sein – und die Brückenoffiziere begannen mit einer Kontrolle der Systeme. Uhuras Stimme erklang, als sie von den einzelnen Abteilungen des Schiffes Schadensberichte anforderte. Die *Enterprise* hatte alles gut überstanden. Kirk nahm das dankbar zur

Kenntnis, ebenso wie die Tatsache, dass die Crew lebte. Sie waren in Sicherheit.

Und wir sind in der toten Zone gestrandet.

»Die Tarnvorrichtung hat ihren Zweck nicht so schnell erfüllt, wie ich gehofft habe«, sagte Spock. »Das Reaktionsfeld hat uns überholt, bevor es an einer weiteren Ausdehnung gehindert werden konnte.«

Kirk nickte ernst und befürchtete, dass sie über Jahre oder gar Jahrzehnte hinweg mit Unterlichtgeschwindigkeit fliegen mussten, bevor sie die tote Zone verlassen und wieder in den Warptransit gehen konnten.

Spock runzelte die Stirn und überlegte. »Wenn Mr. Scott die Leistungsfähigkeit des Impulstriebwerks nicht verbessern kann, brauchen wir mindestens neun Tage, um die tote Zone zu verlassen.«

Kirk versuchte vergeblich, das Grinsen aus seinem Gesicht fern zu halten. »Neun Tage«, wiederholte er.

Spock nickte und sah den Captain an. Seine Augen lächelten *fast.*

Kirk schüttelte den Kopf und lachte, drehte sich dann um und nahm wieder im Kommandosessel Platz. Das Lächeln verschwand von seinen Lippen, als er an den vom Reaktionsfeld angerichteten Schaden dachte. Bendes Kettaract und Jain Suni würden für ihre Arbeit in die Geschichte eingehen, wie sie gehofft hatten.

»Mr. Chekov«, sagte Kirk, »bitte nehmen Sie Kurs auf Deep Space Station M-20. Mr. Sulu … volle Impulskraft.«

19

Christine Chapel wusste, dass etwas nicht stimmte. Am vierten Tag des Flugs durch den Lantaru-Sektor begann sie zu befürchten, dass es sich um etwas Ernstes handelte.

Seit einiger Zeit schien Dr. McCoy überhaupt nicht mehr er selbst zu sein. Die Veränderung hatte schon vor dem Tod seiner Bekannten an Bord der Station begonnen. Chapel erinnerte sich an den Morgen, als der Arzt so ausweichend gewesen war. Nach der Omega-Angelegenheit hatte er sich noch mehr in sich selbst zurückgezogen. Christine verstand den Schmerz darüber, jemanden verloren zu haben, aber sie glaubte, dass mehr dahinter steckte. Zwar führte der Doktor sein Leben weiter wie bisher, aber er wirkte dabei wie eine Marionette. Chapel kannte ihn lange genug, um seinen Kummer zu erkennen, und obwohl sie es immer für sehr unhöflich gehalten hatte, die Privatsphäre anderer Personen zu verletzen – genug war genug.

Sie neigte von Natur aus nicht dazu, andere Leute zu manipulieren, und deshalb dachte sie sorgfältig darüber nach, wie sie vorgehen sollte – immerhin wusste sie, dass Dr. McCoy normalerweise nichts preisgab, ohne vorher Widerstand zu leisten. Als die Routineuntersuchungen der Crew beendet waren und nur noch der Abschlussbericht erstellt werden musste, hatte das medizinische Personal relativ viel Zeit. Trotzdem wartete Christine, bis sie beide den Dienst beendeten, bevor sie sich an den Arzt wandte. Dadurch wollte sie verhindern, dass er sich in die Enge getrieben fühlte und die Flucht ergriff. Als sie schließlich das Wort an ihn richtete, stemmte sie die Hände in die Hüften, bereit dazu, jedes Mittel zu nutzen, um der Sache auf den Grund zu gehen.

»Dr. McCoy, Sie haben meine Gefühle verletzt«, sagte Chapel streng und stellte erfreut fest, dass sich echte Überraschung im Gesicht des Arztes zeigte. Er wirkte nicht mehr annähernd so benommen und geistesabwesend wie während der vergangenen Tage – ein guter Anfang.

»Das … tut mir leid«, brachte er hervor. Er wusste ganz offensichtlich nicht, wofür er sich entschuldigte, aber so griesgrämig er manchmal auch sein konnte – tief in seinem Herzen war er ein Gentleman.

»Ich dachte, wir seien Freunde«, sagte Chapel und hoffte, dass es angemessen gekränkt klang.

Dr. McCoy blinzelte. »Äh, das dachte ich ebenfalls.«

»Seit Tagen laufen Sie wie das personifizierte Unglück herum, ohne mir einen Hinweis darauf zu geben, was mit Ihnen los ist«, sagte Christine.

Er begriff und seine Miene verfinsterte sich. Auch diese Reaktion erfüllte Chapel mit Zufriedenheit.

»Ich glaube nicht, dass Sie ein Recht darauf haben, über meine privaten Angelegenheiten Bescheid zu wissen, Schwester«, sagte McCoy scharf. »Deshalb bezeichnet man sie als ›privat‹.«

»Sie vertrauen mir nicht«, warf sie ihm vor und verschränkte die Arme. »Wir kennen uns seit langer Zeit, aber Sie vertrauen mir nicht.«

Damit berührte sie einen wunden Punkt. Er sah genauso betreten aus wie vor zwei Jahren, als er ihren Geburtstag vergessen hatte.

»Nun seien Sie doch nicht so …«

»Heraus damit.« Christine ließ sich ihre Sorge anmerken. »Sagen Sie mir, was los ist, damit ich Ihnen helfen kann.«

Dr. McCoy senkte den Blick. »Sie können mir nicht helfen.«

»Lassen Sie es mich versuchen.«

Der Arzt hob den Kopf, sah sie an und nickte nach einigen Sekunden. »Setzen wir uns.«

Er erzählte ihr alles: Diagnose und Prognose; die Bitte an Chekov, Dr. Patterson zu finden; die Ereignisse an Bord der Station. Christine spürte, wie ihr Tränen in die Augen quollen, aber es gelang ihr, sie zurückzuhalten. Wenn sie jetzt weinte, hätte McCoy seine Offenheit bereut.

Als er seine Schilderungen beendete, griff sie nach seiner Hand und drückte sie fest. »Sie müssen es dem Captain sagen«, drängte sie. »Nicht deshalb, weil er Bescheid wissen sollte, sondern weil er Ihr Freund ist.«

McCoy schüttelte den Kopf. »Ich weiß nicht. Eigentlich wollte ich noch damit warten ...«

Christines Finger schlossen sich noch fester um die Hand des Doktors. »Sie brauchen die moralische Unterstützung Ihrer Freunde, mehr als alles andere.«

Er blieb skeptisch, aber Chapel wusste, wie wichtig es war, und deshalb ließ sie nicht locker. »Versprechen Sie mir, dass Sie es ihm sagen, Doktor.«

»Er wird davon erfahren«, brummte McCoy. »Es bleibt mir gar keine Wahl.«

»Bald«, betonte Christine. »Versprechen Sie mir, dass Sie es ihm bald sagen. Wenn Sie ihm den Abschlussbericht geben – das wäre eine gute Gelegenheit.«

Er seufzte und sein alter Sarkasmus kehrte zurück. »Na schön. Sind Sie jetzt fertig damit, mir zu sagen, was ich tun soll? Darf ich gehen?«

Christine nickte und wagte es nicht zu sprechen – sie

fürchtete, dass ihre Stimme versagte. McCoy stand von dem Stuhl auf, den er neben den Schreibtisch geschoben hatte, und die Krankenschwester lächelte schief, als sie beobachtete, wie er eine mürrische Miene aufsetzte, sie einer Maske gleich trug.

Auch Dr. McCoy schwieg, aber bevor er ging, legte er Christine kurz die Hand auf die Schulter und sie wusste, dass er ihr damit dankte.

Sie wartete, bis er fort war, hob dann die Hände zum Gesicht und weinte.

McCoy suchte sein Quartier auf. Eine Zeit lang sondierte er vorsichtig sein Innenleben, um festzustellen, wie er sich fühlte. Er wusste nicht genau, was er erwartete, aber als er nichts entdeckte, das auf einen melodramatischen Kollaps hinwies, kam er sofort zur Sache.

Karen Patterson war tot und wahrscheinlich musste auch er bald sterben – vor dieser bitteren Wahrheit gab es keine Flucht. Er konnte sich noch nicht ganz damit abfinden, aber vielleicht war es etwas, das Zeit erforderte, an das man sich nach und nach gewöhnte. Es gab Personen, die er nicht verlassen wollte, die an ihn denken und ihn vermissen würden – damit hatte er mehr als viele andere.

Na bitte.

McCoy merkte plötzlich, dass er regelrecht ausgehungert war, und er beschloss, etwas zu essen. Er sah kaum einen Sinn darin zu verhungern.

Spock fand keine Ruhe.

Normalerweise hätte er seinen Mangel an Konzentration zum Anlass genommen, noch tiefer zu meditieren, aber er wusste auch, dass manche Zeiten schwerer waren als andere. Er öffnete die Augen, stand auf und ging zum Schreibtisch. Dort nahm er wieder Platz und presste die Fingerspitzen an die Schläfen.

Der Gedanke an sein letztes Gespräch mit dem Captain hatte die Meditation gestört. Spock fühlte sich sowohl von den Dingen beunruhigt, die Kirk erwähnt hatte, als auch von den anderen, die unausgesprochen geblieben waren.

Zunächst einmal der detaillierte, für Starfleet bestimmte Bericht des Captains. Im Wesentlichen lief er auf Folgendes hinaus: Das Omega-Molekül war zu gefährlich, um weiter untersucht zu werden; für ein raumfahrendes Volk konnten sich zu verheerende Konsequenzen daraus ergeben. Zwei Kolonien im Lantaru-Sektor waren durch die strukturellen Schäden im Subraum von der Föderation abgeschnitten; der nächste Kontakt mit ihnen würde erst in einigen Jahren stattfinden. Und es hätte für sie sogar noch viel schlimmer kommen können. Deshalb hatte der Captain Starfleet Command empfohlen, alle Forschungen in Hinsicht auf das Omega-Molekül zu verbieten.

Spock verstand Jims Gründe und sah sich außerstande, ihnen zu widersprechen. Wie er der Romulanerin gegenüber betont hatte: Dem Schutz von Leben kam in seinen Prinzipien absolute Priorität zu. Aber er konnte die Schlussfolgerungen des Captains auch nicht unterstützen, und dadurch gewann ein intellektueller Konflikt, der schon seit einer ganzen Weile seine Aufmerksamkeit erforderte, deutlichere Ausprägung. Auf der einen Seite stand seine Pflicht, der Föderation zu dienen und sie zu schützen, auf der anderen seine persönliche Ideologie, Wissen in allen Formen zu sammeln. Wie konnte er beides miteinander vereinen, wenn man berücksichtigte, was durch das Omega-Molekül klar geworden war?

Er sah das eigene Pflichtbewusstsein aus der Sicht der Romulanerin, dachte darüber nach, wie sie ihn während der Mentalverschmelzung wahrgenommen hatte. Sie hatte die Disharmonie wegen des Diebstahls der Tarnvorrichtung in ihm entdeckt und war erleichtert gewesen angesichts der Erkenntnis, dass er mit sich selbst rang, ungeachtet von Pflicht und Integrität. Ohne einen Kampf, so glaubte sie, ohne innere Anstrengungen blieb alles ohne Bedeutung – um eins zu sein, musste man ständig die eigenen Entscheidungen in Frage stellen. Spock fand diese Ansicht sehr interessant.

Ex Astris Scientia. Wissen von den Sternen. So lautete das Starfleet-Motto, das die Fahne der Akademie zierte. Das auf diese Weise repräsentierte Konzept hatte mit seiner einfachen Wahrheit immer einen großen Reiz auf ihn ausgeübt. Aber jetzt schickte sich Starfleet an, genau dieses Konzept zu verraten. Spock hielt es für sehr wahrscheinlich, dass weitere Omega-Forschungen tatsächlich verboten wurden, auch wenn eine solche Entscheidung den Verantwortlichen bei Starfleet Command sicher nicht leicht fiel. Wenn man auf den Vorschlag des Captains einging … Wie konnte Spock dann seinen Dienst fortsetzen, ohne sich Fragen zu stellen? Wenn er nicht darauf vertrauen konnte, dass die Föderation ihren wichtigsten Grundsatz achtete – welche Folgen ergaben sich dadurch für seine Loyalität Starfleet gegenüber?

Der Konflikt war nicht neu – das Omega-Problem trieb ihn nur auf die Spitze. Spock sah keine logische Möglichkeit, ihn zu lösen, es sei denn durch die Wahl des kleineren Übels. Unglücklicherweise wusste er nicht, was das kleinere Übel war.

Dass der Captain einige logische Schlüsse aus Indizien bei der *Sphinx*/Kettaract-Affäre unerwähnt ließ, wies darauf hin, dass er noch nicht bereit war, dieses Thema anzuschneiden. Ganz offensichtlich litt Jim an einem Verlust von Gewissheit hinsichtlich einiger Dinge, die ihm viel bedeuteten. Andere Personen hätten vielleicht der Versuchung nachgegeben, Anhaltspunkte zu übersehen, um den inneren Frieden zu bewahren, aber Spock wusste, dass ein solches Verhalten für den Captain nicht in Frage kam. Jims Wesen verlangte von ihm, die Wahrheit immer dem Seelenfrieden vorzuziehen.

Spock gelangte zu der Einsicht, dass sich alles veränderte und Resultate unvermeidlich waren.

20

Der Captain saß im Kommandosessel, blickte zum Wandschirm und ließ seine Gedanken treiben.

Er dachte an die Ereignisse der vergangenen Tage, an die Entscheidungen, die manchmal getroffen wurden, wenn sich jemand nicht mit dem begnügen wollte, was er besaß. Er dachte an die Bedeutung einiger Bemerkungen Jains und an die Nachricht, die ihm sein alter Freund übermittelt hatte. Er spürte, wie er gegen die Erkenntnis ankämpfte, die allmählich in ihm heranreifte und auf eine mögliche Verbindung hinwies, aber er wusste auch, dass er diesen Kampf letztendlich verlieren würde.

Kirk starrte hinaus ins All und begriff, dass einige Dinge von jetzt an anders für ihn sein würden. Er sah sie aus einer ganz neuen Perspektive und konnte nicht zu seinem alten Weltbild zurückkehren. Er war so sehr mit einer genauen Prüfung seiner selbst und der Dinge beschäftigt, die er schützen wollte, dass er weder Spock noch Dr. McCoy bemerkte, als sie nacheinander an seiner Seite verharrten, mit eigenen Überlegungen beschäftigt. Sie blieben einige Sekunden lang stehen und gingen dann wieder fort, ohne einen Ton von sich gegeben zu haben.

Die sanften, vertrauten Geräusche der Brücke beruhigten Kirk ein wenig, doch das Unbehagen in ihm blieb.

EPILOG

Zwei Monate später

Als Kirk die Taverne erreichte, warteten die anderen bereits auf ihn. Fünf Männer – wie er selbst trugen sie die zivile Kleidung der Einheimischen – saßen im Hinterzimmer an einem abgewetzten Holztisch. Die Taverne, die er ausgesucht hatte, war nichts Besonderes, befand sich an einem Ort, von dem nie jemand etwas gehört hatte, auf einem Planeten, den nie jemand besuchte – genau der richtige Ort für ein Treffen, das gar nicht stattfand.

Kirk lächelte, nahm Platz und freute sich trotz der Umstände über die Begegnung. »Meine Herren … Sind Sie einander vorgestellt worden?«

Phil Waterston, Captain der U.S.S. *Constitution*, schüttelte den Kopf. »Was mich betrifft … Ich bin gerade erst eingetroffen.«

Kirk stellte die Männer vor, obwohl er wusste, dass sich einige von ihnen kannten. Commodore Bob Wesley, Commodore Aaron Stone, Captain Nick Silver, Commodore Jose Mendez, Captain Waterston. Die Offiziere nickten und lächelten. Hier und dort kam es zu einem Händedruck.

Ein junger Kellner näherte sich dem Tisch und fragte nach ihren Wünschen. Als die anderen Männer mit den Schultern zuckten, bestellte Kirk einen Krug vom lokalen Gebräu – offenbar handelte es sich um ein Getränk auf der Grundlage von fermentiertem Getreide.

Als der Kellner fortgegangen war, beugte sich Silver vor. »Also gut, Jim. Worum geht's?«

Kirk holte einen Ausdruck der Starfleet-Charta hervor, beziehungsweise eines Teils von ihr, der die Sektionen 28 bis 34 betraf. Der Text stand auf einem einzelnen Blatt Papier, das er dem links von ihm sitzenden Wesley reichte.

»Ich möchte jeden von Ihnen bitten, Sektion 31 aufmerksam zu lesen«, sagte Kirk. »Es dauert nicht lange – der Abschnitt ist kurz.«

Der Kellner brachte den Krug und sechs Gläser, schritt dann wieder fort. Kirk füllte die Gläser, während der Ausdruck herumgereicht wurde. Stone las ihn als letzter. Als er den Kopf hob und ebenso verwirrt wirkte wie die anderen, erzählte Kirk seine Geschichte.

Es dauerte einige Minuten und er fand keinen Gefallen daran, von jenen Ereignissen zu berichten, aber er ließ nichts aus und begann mit der Zeile in Sektion 31, in der es vage um die Gründung einer »autonomen Ermittlungsbehörde« ging – sie hatte nicht näher beschriebenen Ermessensspielraum bei nicht näher beschriebenen Starfleet-Angelegenheiten. Verborgen und doch ganz deutlich zu sehen.

Kirk erzählte von Jack Casden und der *Sphinx,* wies auf die Möglichkeit hin, dass Admiral Cartwright und vielleicht auch Commodore Jefferson an einem Plan beteiligt waren, der den Diebstahl einer Tarnvorrichtung und dann ihre geheime Verwendung vorsah. Es folgten: Kettaracts politische Einstellungen und der Tod von Gage Darres; die Lantaru-Station und das schreckliche Unglück, zu dem es dort gekommen war – Grund für die Omega-Direktive, die man gerade erst den Starfleet-Führungsoffizieren mitgeteilt hatte. Kirk schilderte alle Einzelheiten und ließ nur Jain unerwähnt, weil dieser Teil noch immer schmerzte und weil es nicht notwendig war, dass seine Zuhörer über sie Bescheid wussten. Außerdem wies er nicht darauf hin, dass Pille dem Tod nahe gewesen war. Die während der Krise diagnostizierte Krankheit des Doktors hatte geheilt werden können, was sie der Entdeckung des Medo-Archivs der Fabrini verdankten.

Als Kirk seinen Bericht beendete, herrschte zunächst Stille. In manchen Gesichtern sah er Skepsis und Zweifel, aber er sah auch fünf Männer, denen er sein Leben anvertrauen würde. Und er glaubte, dass sie alle auf die gleiche Weise von ihm dachten.

Mendez räusperte sich und richtete einen kummervollen Blick auf Kirk. »Ihnen ist doch klar, welche Bedeutung sich aus Ihren Worten ergibt, oder?«

»Ja.«

Wesley schüttelte ungläubig den Kopf, aber Kirk sah, dass er nicht glauben *wollte*. Solche Reaktionen und die damit einher gehenden Empfindungen verstand er sehr gut.

»Sie behaupten, dass es eine geheime Organisation *in unseren eigenen Reihen* gibt, Jim, und zwar schon seit über hundert Jahren. Wie sicher sind Sie?«

Kirk hob die Hände und deutete auf ihre Gruppe. Drei Commodore und drei Raumschiff-Kommandanten; jeder von ihnen hatte Erfahrungen in unterschiedlichen Teilen der Galaxis gesammelt. »Sagen Sie es mir.«

Er beobachtete, wie sie darüber nachdachten und sich so gegen die Vorstellung sträubten, wie auch er sich dagegen gesträubt hatte. Etwas in ihm, ein unschuldiger Aspekt seines Wesens, war gestorben, als er die Wahrheit schließlich akzeptiert hatte. Er verabscheute es, von diesen Offizieren zu verlangen, ihr Vertrauen in die Integrität der Familie aufzugeben – denn das war Starfleet für sie, eine große Familie.

»Was schlagen Sie vor?«, fragte Waterston. »Mir scheint, wir können nicht einmal beweisen, dass die ›Sektion 31‹ wirklich existiert.«

Stone nickte. »Wenn dies alles stimmt, so haben die

Leute gute Arbeit dabei geleistet, ihre Spuren zu verwischen. Es gibt keine Beweise, oder?«

Kirk schüttelte den Kopf. »Nein. Und ich bezweifle, dass es jemals welche geben wird. Zumindest nicht in naher Zukunft. Wer auch immer sie sein mögen: Sie sind vorsichtig, sehr vorsichtig, und allem Anschein nach verfügen sie über die notwendigen Ressourcen, um ihre Aktivitäten fortzusetzen. Deshalb schlage ich vor, dass wir nichts unternehmen …«

Er sprach rasch weiter, bevor jemand Einwände erheben konnte. Er wusste, was ihnen durch den Kopf ging. Immerhin hatte er ebenfalls daran gedacht.

»… denn wir könnten nichts ausrichten. Wir haben nichts in der Hand, und wenn die Gruppe so beschaffen ist, wie ich glaube, verschwindet sie einfach, wenn wir versuchen, sie an die Öffentlichkeit zu zerren.« Kirk musterte die anderen Starfleet-Offiziere der Reihe nach und sah in ihren Gesichtern die gleiche Frustration, die er selbst gespürt hatte. »Sie würden schneller untertauchen, als wir mit dem Finger auf sie zeigen könnten. Uns bleibt nichts anderes übrig, als darauf zu warten, dass sie einen Fehler machen. Und das werden sie … Vielleicht nicht in diesem Jahr und auch nicht im nächsten, aber niemand kann sich für immer verstecken.«

»Wozu dient dann dieses Treffen?«, fragte Mendez. »Wenn wir nichts tun können …«

»Wir brauchen keineswegs passiv zu bleiben«, erwiderte Kirk. »Es gibt durchaus etwas, das wir tun können, das ich hätte tun sollen, als ich den Befehl von Admiral Cartwright bekam und *wusste,* dass etwas nicht stimmt. Wir sollten die Augen offen halten. Wir sollten beobachten, zuhören, aufpassen und die Personen, denen wir trauen, auffordern, ebenfalls auf der Hut zu sein.

Ich bin davon überzeugt, dass sich Starfleet für die richtigen Dinge einsetzt und Sektion 31, was auch immer es damit auf sich hat, nur ein kleiner Teil davon ist, eine Art Tumor. Etwas, das die Tugenden und Prinzipien von Starfleet nicht widerspiegelt. Aber wenn jeder von uns bereit ist, den einen Befehl in Frage zu stellen, der nicht richtig klingt, wenn wir bereit sind, unsere Verantwortung zu akzeptieren und Starfleets Werten treu zu bleiben, indem wir sie nicht mehr für selbstverständlich halten … Wenn wir uns eine solche Einstellung zu Eigen machen, kann sich das Krebsgeschwür nicht ausbreiten.«

Den Rest formulierte Kirk allein in Gedanken. *Wir müssen die Tatsache akzeptieren, dass sich etwas in den Schatten verbirgt, in einer Dunkelheit, von deren Existenz wir bisher gar nichts wussten. Und dabei verlieren wir einen Teil unserer Unschuld … Aber nach einer Weile lässt der Schmerz darüber nach.*

Die sechs Männer unterhielten sich noch eine Zeit lang, doch alles Wichtige war bereits gesagt. Nacheinander verließen sie die Taverne, um zu ihrem jeweiligen Leben zurückzukehren, das ihnen jetzt vielleicht nicht mehr so glänzend und rein erschien. Schließlich saß nur noch Kirk am Tisch.

Er dachte lange nach. Dann griff der Captain nach seinem Glas, prostete der leeren Luft zu und setzte es ab, ohne einen Schluck getrunken zu haben. Er legte einige Münzen auf den Tisch, ging nach draußen und fragte sich, ob es irgendetwas gab, für das es sich einzusetzen lohnte. Tief in seinem Innern wusste er, dass die Antwort darauf ja lautete.

DANKSAGUNG

Ich möchte hier einige der Personen nennen, die mir bei diesem Buch halfen: Dr. Joelle Murray, mein wissenschaftlicher Freund, dessen Fakten ich immer wieder durcheinander bringe; mein Mann Mÿk Olsen, der dafür sorgt, dass ich die meiste Zeit über bei Verstand bleibe; Michael und Denise Okuda, deren hervorragende Enzyklopädie und Chronologie verhinderten, dass ich die Übersicht verlor; und dem Redakteur Marco Palmieri, dem größtenteils das Verdienst für den Handlungsumriss dieses Romans gebührt und der einen Urlaub verdient.

STAR TREK™

in der Reihe
HEYNE SCIENCE FICTION & FANTASY

STAR TREK: CLASSIC SERIE
Vonda N. McIntyre, Star Trek II: Der Zorn des Khan · 06/3971
Vonda N. McIntyre, Der Entropie-Effekt · 06/3988
Robert E. Vardeman, Das Klingonen-Gambit · 06/4035
Lee Correy, Hort des Lebens · 06/4083
Vonda N. McIntyre, Star Trek III: Auf der Suche nach Mr. Spock · 06/4181
S. M. Murdock, Das Netz der Romulaner · 06/4209
Sonni Cooper, Schwarzes Feuer · 06/4270
Robert E. Vardeman, Meuterei auf der Enterprise · 06/4285
Howard Weinstein, Die Macht der Krone · 06/4342
Sondra Marshak & Myrna Culbreath, Das Prometheus-Projekt · 06/4379
Sondra Marshak & Myrna Culbreath, Tödliches Dreieck · 06/4411
A. C. Crispin, Sohn der Vergangenheit · 06/4431
Diane Duane, Der verwundete Himmel · 06/4458
David Dvorkin, Die Trellisane-Konfrontation · 06/4474
Vonda N. McIntyre, Star Trek IV: Zurück in die Gegenwart · 06/4486
Greg Bear, Corona · 06/4499
John M. Ford, Der letzte Schachzug · 06/4528
Diane Duane, Der Feind – mein Verbündeter · 06/4535
Melinda Snodgrass, Dic Tränen der Sänger · 06/4551
Jean Lorrah, Mord an der Vulkan Akademie · 06/4568
Janet Kagan, Uhuras Lied · 06/4605
Laurence Yep, Herr der Schatten · 06/4627
Barbara Hambly, Ishmael · 06/4662
J. M. Dillard, Star Trek V: Am Rande des Universums · 06/4682
Della van Hise, Zeit zu töten · 06/4698
Margaret Wander Bonanno, Geiseln für den Frieden · 06/4724
Majliss Larson, Das Faustpfand der Klingonen · 06/4741
J. M. Dillard, Bewußtseinsschatten · 06/4762
Brad Ferguson, Krise auf Centaurus · 06/4776
Diane Carey, Das Schlachtschiff · 06/4804
J. M. Dillard, Dämonen · 06/4819
Diane Duane, Spocks Welt · 06/4830
Diane Carey, Der Verräter · 06/4848
Gene DeWeese, Zwischen den Fronten · 06/4862
J. M. Dillard, Die verlorenen Jahre · 06/4869
Howard Weinstein, Akkalla · 06/4879
Carmen Carter, McCoys Träume · 06/4898
Diane Duane & Peter Norwood, Die Romulaner · 06/4907
John M. Ford, Was kostet dieser Planet? · 06/4922
J. M. Dillard, Blutdurst · 06/4929
Gene Roddenberry, Star Trek I: Der Film · 06/4942
J. M. Dillard, Star Trek VI: Das unentdeckte Land · 06/4943
Jean Lorrah, Die UMUK-Seuche · 06/4949
A. C. Crispin, Zeit für gestern · 06/4969
David Dvorkin, Die Zeitfalle · 06/4996
Barbara Paul, Das Drei-Minuten-Universum · 06/5005

STAR TREK™

Judith & Garfield Reeves-Stevens, Das Zentralgehirn · 06/5015
Gene DeWeese, Nexus · 06/5019
D. C. Fontana, Vulkans Ruhm · 06/5043
Judith & Garfield Reeves-Stevens, Die erste Direktive · 06/5051
Michael Jan Friedman, Das Doppelgänger-Komplott · 06/5067
Judy Klass, Der Boaco-Zwischenfall · 06/5086
Julia Ecklar, Kobayashi Maru · 06/5103
Peter Norwood, Angriff auf Dekkanar · 06/5147
Carolyn Clowes, Das Pandora-Prinzip · 06/5167
Michael Jan Friedman, Schatten auf der Sonne · 06/5179
Diana Duane, Die Befehle des Doktors · 06/5247
V. E. Mitchell, Der unsichtbare Gegner · 06/5248
Dana Kramer-Rolls, Der Prüfstein ihrer Vergangenheit · 06/5273
Barbara Hambly, Der Kampf ums nackte Überleben · 06/5334
Brad Ferguson, Eine Flagge voller Sterne · 06/5349
J. M. Dillard, Star Trek VII: Generationen · 06/5360
Gene DeWeese, Die Kolonie der Abtrünnigen · 06/5375
Michael Jan Friedman, Späte Rache · 06/5412
Peter David, Der Riß im Kontinuum · 06/5464
Michael Jan Friedman, Gesichter aus Feuer · 06/5465
Peter David/Michael Jan Friedman/Robert Greenberger, Die Enterbten · 06/5466
L. A. Graf, Die Eisfalle · 06/5467
John Vornholt, Zuflucht · 06/5468
L. A. Graf, Der Saboteur · 06/5469
Melissa Crandall, Die Geisterstation · 06/5470
Mel Gilden, Die Raumschiff-Falle · 06/5471
V. E. Mitchell, Tore auf einer toten Welt · 06/5472
Victor Milan, Aus Okeanos Tiefen · 06/5473
Diane Carey, Das große Raumschiff-Rennen · 06/5474
Margaret Wander Bonanno, Die Sonde · 06/5475
Diane Carey, Kirks Bestimmung · 06/5476
L. A. Graf, Feuersturm · 06/5477
A. C. Crispin, Sarek · 06/5478
Simon Hawke, Die Terroristen von Patria · 06/5479
Barbara Hambly, Kreuzwege · 06/5681
L. A. Graf, Ein Sumpf von Intrigen · 06/5682
Howard Weinstein, McCoys Tochter · 06/5683
Judith & Garfield Reeves-Stevens, Die Föderation · 06/5684
J. M. Dillard, Sabotage · 06/5685
Denny Martin Flinn, Der Coup der Promethaner · 06/5686
Diane Carey/Dr. James I. Kirkland, Keine Spur von Menschen · 06/5687
William Shatner, Die Asche von Eden · 06/5688
William Shatner, Die Rückkehr · 06/5689
William Shatner, Der Rächer · 06/5690
Peter David, Die Tochter des Captain · 06/5691
Dean Wesley Smith/Kristine Kathryn Rusch, Die Ringe von Tautee · 06/5693
Diane Carey, Invasion – 1: Der Erstschlag · 06/5694
Dean Wesley Smith/Kristine Kathryn Rusch, Tag der Ehre – 4: Das Gesetz des Verrats · 06/5702

STAR TREK™

William Shatner, Das Gespenst · 06/5703
William Shatner, Dunkler Sieg · 06/5704
William Shatner, Die Bewahrer · 06/5705

STAR TREK: THE NEXT GENERATION
David Gerrold, Mission Farpoint · 06/4589
Gene DeWeese, Die Friedenswächter · 06/4646
Carmen Carter, Die Kinder von Hamlin · 06/4685
Jean Lorrah, Überlebende · 06/4705
Peter David, Planet der Waffen · 06/4733
Diane Carey, Gespensterschiff · 06/4757
Howard Weinstein, Machthunger · 06/4771
John Vornholt, Masken · 06/4787
David & Daniel Dvorkin, Die Ehre des Captain · 06/4793
Michael Jan Friedman, Ein Ruf in die Dunkelheit · 06/4814
Peter David, Eine Hölle namens Paradies · 06/4837
Jean Lorrah, Metamorphose · 06/4856
Keith Sharee, Gullivers Flüchtlinge · 06/4889
Carmen Carter u. a., Planet des Untergangs · 06/4899
A. C. Crispin, Die Augen der Betrachter · 06/4914
Howard Weinstein, Im Exil · 06/4937
Michael Jan Friedman, Das verschwundene Juwel · 06/4958
John Vornholt, Kontamination · 06/4986
Mel Gilden, Baldwins Entdeckungen · 06/5024
Peter David, Vendetta · 06/5057
Peter David, Eine Lektion in Liebe · 06/5077
Howard Weinstein, Die Macht der Former · 06/5096
Michael Jan Friedman, Wieder vereint · 06/5142
T. L. Mancour, Spartacus · 06/5158
Bill McCay/Eloise Flood, Ketten der Gewalt · 06/5242
V. E. Mitchell, Die Jarada · 06/5279
John Vornholt, Kriegstrommeln · 06/5312
David Bischoff, Die Epidemie · 06/5356
Peter David, Imzadi · 06/5357
Laurell K. Hamilton, Nacht über Oriana · 06/5342
Simon Hawke, Die Beute der Romulaner · 06/5413
Rebecca Neason, Der Kronprinz · 06/5414
John Peel, Drachenjäger · 06/5415
Diane Carey, Abstieg · 06/5416
Diane Duane, Dunkler Spiegel · 06/5417
Jeri Taylor, Die Zusammenkunft · 06/5418
Michael Jan Friedman, Relikte · 06/5419
Susan Wright, Der Mörder des Sli · 06/5438
W. R. Thomson, Planet der Schuldner · 06/5439
Carmen Carter, Das Herz des Teufels · 06/5440
Michael Jan Friedman & Kevin Ryan, Requiem · 06/5442
Dafydd ab Hugh, Gleichgewicht der Kräfte · 06/5443
Michael Jan Friedman, Die Verurteilung · 06/5444
Peter David, Q^2 · 06/5445
Simon Hawke, Die Rückkehr der Despoten · 06/5446

STAR TREK™

Robert Greenberger, Die Strategie der Romulaner · 06/5447
Gene DeWeese, Im Staubnebel verschwunden · 06/5448
Brad Ferguson, Das letzte Aufgebot · 06/5449
Michael Jan Friedman, Die andere Seite · 06/5750
Kij Johnson/Greg Cox, Die Ehre des Drachen · 06/5751
J. M. Dillard/Kathleen O'Malley, Wahnsinn · 06/5753
Dean Wesley Smith/Kristine Kathryn Rusch, Invasion – 2: Soldaten des Schreckens · 06/5754
Pamela Sargent/George Zebrowski, Verhöhnter Zorn · 06/5756
J. M. Dillard, Star Trek VIII: Der erste Kontakt · 06/5757
Diane Carey, Tag der Ehre – 1: Altes Blut · 06/5763
John Vornholt, Der Dominion-Krieg – 1: Hinter feindlichen Linien · 06/5765
John Vornholt, Der Dominion-Krieg – 3: Sternentunnel · 06/5766
Peter David, Imzadi II · 06/5767
John de Lancie/Peter David, Ich, Q · 06/5768
J. M. Dillard, Star Trek IX: Der Aufstand · 06/5770
Greg Cox, Das Q-Kontinuum 1: Die galaktische Barriere · 06/5771
Greg Cox, Das Q-Kontinuum 2: Die Entführung · 06/5772
Greg Cox, Das Q-Kontinuum 3: Der Widersacher · 06/5773
John Vornholt, Kristallwelt 1 · 06/5774
John Vornholt, Kristallwelt 2 · 06/5775

STAR TREK: DIE ANFÄNGE
Vonda N. McIntyre, Die erste Mission · 06/4619
Margaret Wander Bonanno, Fremde vom Himmel · 06/4669
Diane Carey, Die letzte Grenze · 06/4714

STAR TREK: DEEP SPACE NINE
J. M. Dillard, Botschafter · 06/5115
Peter David, Die Belagerung · 06/5129
K. W. Jeter, Die Station der Cardassianer · 06/5130
Sandy Schofield, Das große Spiel · 06/5187
Dafydd ab Hugh, Gefallene Helden · 06/5322
Lois Tilton, Verrat · 06/5323
Esther Friesner, Kriegskind · 06/5430
John Vornholt, Antimaterie · 06/5431
Diane Carey, Die Suche · 06/5432
K. W. Jeter, Das Böse · 06/5433
Melissa Scott, Der Pirat · 06/5434
Nathan Archer, Walhalla · 06/5512
Greg Cox/John Gregory Betancourt, Der Teufel im Himmel · 06/5513
Robert Sheckley, Das Spiel der Laertianer · 06/5514
Diane Carey, Der Weg des Kriegers · 06/5515
Diane Carey, Die Katakombe · 06/5516
Dean Wesley Smith/Kristine Kathryn Rusch, Die lange Nacht · 06/5517
John Peel, Der Schwarm · 06/5518
L. A. Graf, Invasion – 3: Der Feind der Zeit · 06/5519
Michael Jan Friedman, Saratoga · 06/5721
Diane Carey, Neuer Ärger mit den Tribbles · 06/5723
L. A. Graf, Tag der Ehre – 2: Der Himmel von Armageddon · 06/5725

STAR TREK™

Diane Carey, Der Dominion-Krieg – 2: Verlorener Friede · 06/5727
Diane Carey, Der Dominion-Krieg – 4: Beendet den Krieg! · 06/5728

STAR TREK: STARFLEET KADETTEN
John Vornholt, Generationen · 06/6501
Peter David, Worfs erstes Abenteuer · 06/6502
Peter David, Mission auf Dantar · 06/6503
Peter David, Überleben · 06/6504
Brad Strickland, Das Sternengespenst · 06/6505
Brad Strickland, In den Wüsten von Bajor · 06/6506
John Peel, Freiheitskämpfer · 06/6507
Mel Gilden & Ted Pedersen, Das Schoßtierchen · 06/6508
John Vornholt, Erobert die Flagge! · 06/6509
V. E. Mitchell, Die Atlantis Station · 06/6510
Michael Jan Friedman, Die verschwundene Besatzung · 06/6511
Michael Jan Friedman, Das Echsenvolk · 06/6512
Diane G. Gallagher, Arcade · 06/6513
John Peel, Ein Trip durch das Wurmloch · 06/6514
Brad & Barbara Strickland, Kadett Jean-Luc Picard · 06/6515
Brad & Barbara Strickland, Picards erstes Kommando · 06/6516
Ted Pedersen, Zigeunerwelt · 06/6517
Patricia Barnes-Svarney, Loyalitäten · 06/6518
Diana G. Gallagher, Tag der Ehre – 5: Ehrensache · 06/6530

STAR TREK: VOYAGER
L. A. Graf, Der Beschützer · 06/5401
Dean Wesley Smith/Kristine Kathryn Rusch, Die Flucht · 06/5402
Nathan Archer, Ragnarök · 06/5403
Susan Wright, Verletzungen · 06/5404
John Betancourt, Der Arbuk-Zwischenfall · 06/5405
Christie Golden, Die ermordete Sonne · 06/5406
Mark A. Garland/Charles G. McGraw, Geisterhafte Visionen · 06/5407
S. N. Lewitt, Cybersong · 06/5408
Dafydd ab Hugh, Invasion – 4: Die Raserei des Endes · 06/5409
Karen Haber, Segnet die Tiere · 06/5410
Jeri Taylor, Mosaik · 06/5811
Melissa Scott, Der Garten · 06/5812
David Niall Wilson, Puppen · 06/5813
Greg Cox, Das schwarze Ufer · 06/5814
Michael Jan Friedman, Tag der Ehre – 3: Ihre klingonische Seele · 06/5815
Christie Golden, Gestrandet · 06/5816
Dean Wesley Smith/Kristine Kathryn Rusch/Nina Kiriki Hoffman, Echos · 06/5817
Christie Golden, Seven of Nine · 06/5818
Eric Kotani, Tod eines Neutronensterns · 06/5819
Jeri Taylor, Schicksalspfade · 06/5820
Diane Carey, Endspiel · 06/5823

STAR TREK: DIE NEUE GRENZE
Peter David, Captain Calhoun · 06/6551
Peter David, U.S.S. Excalibur · 06/6552

STAR TREK™

Peter David, Märtyrer · 06/6553
Peter David, Die Waffe · 06/6554
Peter David, Die Hunde des Krieges · 06/6555
Peter David, Dunkle Verbündete · 06/6556

STAR TREK: DIE BADLANDS
Susan Wright, Die Badlands 1 · 06/6475
Susan Wright, Die Badlands 2 · 06/6476

DAS STAR TREK-UNIVERSUM, 2 Bde.,
von *Ralph Sander* · 06/5150
DAS STAR TREK-UNIVERSUM, 1. Ergänzungsband
von *Ralph Sander* · 06/5151
DAS STAR TREK-UNIVERSUM, 2. Ergänzungsband
von *Ralph Sander* · 06/5270

Ralph Sander, Star Trek Timer 1996 · 06/1996
Ralph Sander, Star Trek Timer 1997 · 06/1997
Ralph Sander, Star Trek Timer 1998 · 06/1998
Ralph Sander, Star Trek Timer 1999 · 06/1999

William Shatner/Chris Kreski, Star Trek Erinnerungen · 06/5188
William Shatner/Chris Kreski, Star Trek Erinnerungen: Die Filme · 06/5450

Phil Farrand, Cap'n Beckmessers Führer durch
STAR TREK – DIE CLASSIC SERIE · 06/5451
Phil Farrand, Cap'n Beckmessers Führer durch
STAR TREK – DIE NÄCHSTE GENERATION · 06/5199
Phil Farrand, Cap'n Beckmessers Führer durch
STAR TREK – DIE NÄCHSTE GENERATION – Teil 2 · 06/6457
Phil Farrand, Cap'n Beckmessers Führer durch
STAR TREK – DEEP SPACE NINE · 06/6458

David Alexander, Gene Roddenberry – Die autorisierte Biographie · 06/5544
Judith & Garfield Reeves-Stevens, Star Trek Design · 06/5545
Nichelle Nichols, Nicht nur Uhura · 06/5547
Leonard Nimoy, Ich bin Spock · 06/5548
Lawrence M. Krauss, Die Physik von Star Trek · 06/5549
Lawrence M. Krauss, Jenseits von Star Trek · 06/6497
Judith & Garfield Reeves-Stevens, Star Trek – Deep Space Nine:
Die Realisierung einer Idee · 06/5550
Herbert F. Solow & Yvonne Fern Solow, Star Trek: Das Skizzenbuch –
Die Classic-Serie · 06/6469
Judith & Garfield Reeves-Stevens, Star Trek – Phase II: Die verlorene Generation · 06/6470
Herbert F. Solow/Robert H. Justman, Star Trek – Die wahre Geschichte · 06/6499
J. M. Dillard, Star Trek: Wo bisher noch niemand gewesen ist · 06/6500

Diese Liste ist eine Bibliographie erschienener Titel,
KEIN VERZEICHNIS LIEFERBARER BÜCHER!